# 九国租界与近代天津

JIUGUOZUJIEYU
JINDAITIANJIN

尚克强 ◎ 著

天津教育出版社

图书在版编目(CIP)数据

九国租界与近代天津/尚克强著.
—天津:天津教育出版社,2008.8
ISBN 978-7-5309-5348-8

Ⅰ.九… Ⅱ.尚… Ⅲ.租界—地方史—天津市—近代 Ⅳ.I247.5

中国版本图书馆 CIP 数据核字(2008)第 073170 号

## 九国租界与近代天津

| | |
|---|---|
| 出 版 人 | 肖占鹏 |
| 作　　者 | 尚克强 |
| 选题策划 | 强　华 |
| 责任编辑 | 田　昕 |
| 装帧设计 | 郭亚非 |

出版发行　天津教育出版社
　　　　　天津市和平区西康路 35 号 邮政编码 300051
　　　　　http://www.tjeph.com.cn

| | |
|---|---|
| 经　　销 | 新华书店 |
| 印　　刷 | 山东新华印刷厂德州厂 |
| 版　　次 | 2008 年 9 月第 1 版 |
| 印　　次 | 2008 年 9 月第 1 次印刷 |
| 规　　格 | 16 开(787×1092 毫米) |
| 字　　数 | 198 千字 |
| 印　　张 | 11.25 |
| 定　　价 | 25.00 元 |

# 序

近代天津是一座饱受列强侵略和掠夺的城市,从1860年天津开埠到20世纪初的四十余年里,先后有英、法、美、德、日、俄、意、奥、比九国租界的建立,这在全国设有租界的城市中是独一无二的。

历史是一种时空文化。由于租界的存在几乎伴随了近代天津城市成长的全部,而且在时间的流淌中留下了无法磨灭的屐痕,因此我们若想研究或了解近代天津的历史,租界便成了一个不可能回避的问题。租界,厚厚地覆盖了天津的昨天。

租界,是国家罹难之时,列强凭借不平等条约而设立的,无疑是一种政治的强加和文化的强加;可是对于天津这座几百年来一直被传统农耕社会和乡村时代包围的港口城市来说,租界还为她打开了通往近代的时间隧道,架起了走向世界的无形桥梁。近代天津的一切,似乎都曾处在租界的影子里。

人人都生活在历史的流变中,而历史流变中的韵律总是复杂而又诡谲。如何在一座城市的传统与近代互动中,表达出我们应有的价值理念?如何在历史概念与类型模式的交错中,理清我们的观点与思路?租界,仅仅是这座城市中的灰色变奏吗?尚克强先生的新著《九国租界与近代天津》,就是一部力图通过丰富的多元史料,细密的解说剖析,清楚的条理架构,为我们解释和解答上述问题的。

《九国租界与近代天津》所涉及的内容,大都是租界研究中的前沿性课题,其中不少问题虽为大家津津乐道,却常常为研究者所忽略。比如说,怎样为租界定性?附属于租界的"准租界"地区在天津的哪些地方?租界里的行政体制和各种制度是怎样的?租界里的各国侨民以及侨民的职业与生活情况如何?作为租界居民主体的华人,华人社会的不同群体,华人社会的底层状况又如何?中西兼容、雅俗共赏的华人社会文化是什么样子?近代天津城市建设与外来文化的传播的关系是甚么?多国色彩的历史文化街区是怎样形成的?等等,等等。历史原本是沉寂的,可是有了作者深入细致的研究和生动脱俗观的描述，却使这部书成为了观察天津租界世间百态的窗口；在许多方面复活了那个时代的天津城市性格；让我们明白了大量的租界建筑，为什么在今天还能成为丰富文化含量的天津城市景观……拨开历史的烟霭，那些在久远年代发生的诸多历史瞬间，仿佛都变得近在咫尺。

虽说历史是昨天的记忆，但对每个人都不可或缺。当前，我们正处在解放思想，干事创业，科学发展的现代化进程中；充分享受已经拥有的，努力创造希望拥有的，是我们的优长所在。在这样的进程里，我以为，一旦丢弃历史的记忆力，将无从探索城市发展的科学化与个性化道路；也无法以面对未来的气势，承接现实的挑战。

我与克强先生相识有年，知道他是一位虚心好学、豁达乐观、精力充沛的学者。尤其对天津租界的研究，一直是他的长项。克强先生虽已年近古稀，给人的感觉，是他始终有一颗奔跑的心。为了这部书，他花费了整整两年的时间。这说明，所有锲而不舍的努力，迟早都会得到报偿。人的能力有大小，但治学无他，只有持之以恒，才能为一切聪明才智打好基础。

读罢《九国租界与近代天津》也给了我一个深刻的启示。那就是，科学研究的成果，不应是水银灯下闪烁一时的泡沫，而应是使之长久存在于学科领域，长久存在于读者心中的知识宝库。人生苦短，逝者如斯。留住时间的最佳方式，也许就是像克强先生那样，把时间变成真正具有价值的东西。

罗澍伟

2008年7月1日晚

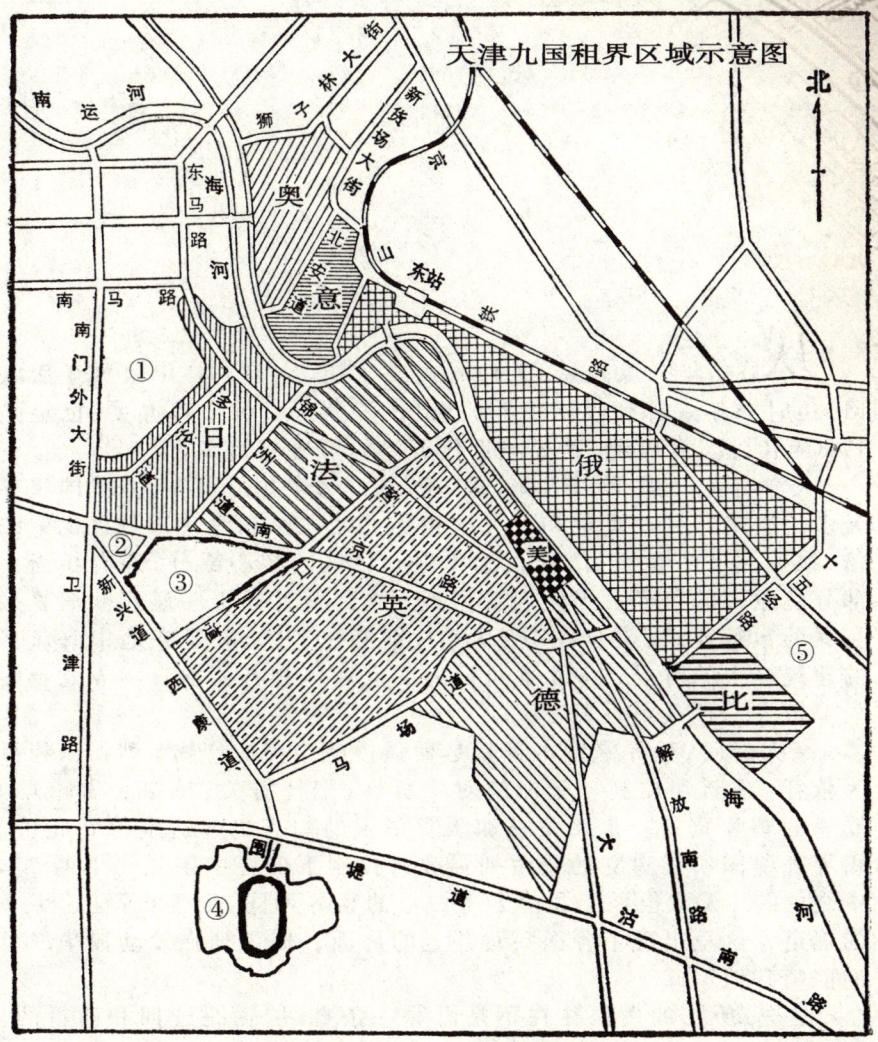

天津九国租界区域示意图
① 日本预留租界
② 日租界扩张区
③ 法租界侵占区（老西开）
④ 英租界侵占区（跑马场一带）
⑤ 比利时预留租界

# 前　言

从1860年开埠之始，天津就出现了租界，到1945年租界最后收回，历时85年。等到收回租界的地产、资产等具体事务办妥，已经是1948年10月。可以说，租界与近代天津的历史相始终。

天津有英、法、美、日、德、俄、奥、意、比等九国租界，是我国租界最多的城市。到20世纪初，九国租界的面积总和竟达旧城区的9.82倍，以致到一个世纪后，现在天津中心城区的核心部分，还有相当一部分是原来的租界。当人们看到矗立在解放北路上一座座欧洲复兴主义的银行建筑，漫步在"五大道"别墅住宅区，驻足在地中海风格的建筑群中的时候，一个无可回避的问题就摆在面前：租界究竟给天津带来了什么？

毫无疑问，租界制度本身就是列强侵略中国的产物。列强以租界为依托，垄断和控制着天津的对外贸易，把持海关，操纵金融市场。罪恶的鸦片贸易、走私贸易和贩卖华工的勾当也在这里得到庇护。租界开辟国所要建立的是由列强政府控制下的在中国领土上的"国中之国"。天津租界又和南方各城市的租界不同，由于《辛丑条约》的规定，这里出现了各国兵营并立的局面，成为列强发动侵华战争的前哨基地。

但是，历史的发展往往不是沿着一条直线，而是迂回和曲折的。在一定条件下，事物有可能走向它的反面。列强在开辟租界之初，是要建立独立于中国主权之外，也独立于天津旧城区之外的由洋人居住的西方城区。随着大量移民的到来，他们的官员和商人要居住，他们的传教士要布道，他们的洋行、银行要经营……。于是，先是有洋房、石碴路的出现，接着，自来水、电灯、有轨电车、开启铁桥、体育场和跑马场等等陆续出现了。租界最初的建设者无形中把西方近代城市建设的理念和成果引进了天津。租界的存在，又为大批外国侨民进住天津提供有利条件。特别是20世纪最初30年间，数以万计的侨民来天津居住和经商。在以后的若干年中，天津的外国侨民曾达到7

万以上，而当时天津的人口不过150万左右。这些侨民主要来自英、美、德、法、意、日等租界开辟国，也有这九国以外其他数十个国家的侨民。侨民中还有一大批失去国籍的"无国籍"人士，即"白俄"和犹太人。这些普通侨民并不是侵略者，大多是正当商人、职员、手工业者及其家属。他们与华人毗邻而居，友好相处。一个庞大的多国侨民社会的存在，无疑给天津城市带来多方面的影响。他们在居住、饮食、服饰、出行、子女教育、体育活动和音乐生活等诸方面对华人社会生活的影响更是十分明显。特别应当提到的是侨民中的大批知识分子，如建筑师、律师、医师、教师、技术专家、博物学家，还有"白俄"和犹太人中的众多音乐家、画家等等，成为外来文化的直接传播者。

　　列强最初是不准华人入住租界的，但是随着天津城市的发展和对税收的考虑，这些限制不久就废止了。租界当局无法阻止华人，特别是大批富有华人的入住，以至于到了20世纪20年代以后，各个租界都形成了实力日益强大的华人社会。在最富庶的英租界，华人占居民总数的百分之九十以上；在最繁华的法租界，华洋比例更达到30∶1至50∶1。华人拥有巨大的财富，成为租界中最主要的纳税人。到20世纪20~30年代，一大批新型银行家、实业家和知识分子更成为华人社会的主要代表人物。如果说19世纪末、20世纪初，天津的"小洋楼"多是洋人的公共建筑和私人住宅，那么到这时，华人则成为一大批"小洋楼"的主人。在著名的"五大道"，洋人的住宅屈指可数，这2000栋左右洋房的主人，绝大多数是华人。在后起的天津城区建设中，华人是最重要的投资者和建设者。

　　租界在开辟之初，列强是要按照其通商殖民的愿望，在这里建成一块完全独立于天津城区之外的"飞地"。他们的愿望没有达到。租界不同于一般的殖民地或租借地，它是嵌入中国通商口岸的一块城区。尽管洋人在这里拥有很大特权，但是它不可能完全独立于天津城市之外，不可能脱离天津城市的母体。在近代天津城市经济发展的大趋势的推动下，它逐步发展为天津城市的有机组成部分。到20世纪20年代，各个租界区已经明显地按照天津城市发展的需要而形成不同规模和功能的城区或街区，比如以现解放北路为代表的金融外贸区，以"小白楼"为代表的国际化自由商业区，以"劝业场"为代表的新型商业中心区，以意租界和"五大道"为代表的高级住宅区。而这些街区的发展正是近代天津城市的突出特色。

　　本书可以视为《天津租界社会研究》一书的续篇。在写作中，我力图引用近十几年来新出刊的史料，对于天津众多"准租界"的问题、租界的司法问题、租界人口结构问题以及华人对租界的建设和文化发展所做贡献的问题做了一些探讨，特别是从城市史的角度，对多国色彩的不同功能城区、街区的形成做了一些描述。这些问题的看法，肯定有许多不成熟之处，我恳切地希望得到读者的批评和指正。

最近三四年来，我市学者在海外发掘到大批有关天津租界的档案史料，我相信，随着这些史料的整理和出刊，天津租界的研究一定会出现一个新的局面。

尚克强
2008年7月

# 目 录

序 / 罗澍伟

前言 / 尚克强

## 第一章　九国租界的划定　001
　　一、第二次鸦片战争和英、法、美租界的划定　001
　　二、中日甲午战争以后，日、德租界的划定和英租界的扩张　003
　　三、八国联军攻占天津和多国租界林立局面的形成　004
　　四、附属于租界的准租界地区　009

## 第二章　租界的行政体制和各种制度　014
　　一、天津租界的行政体制　014
　　二、天津租界的法律制度　020
　　三、天津租界的司法问题　022
　　四、中国当局课税权的丧失　023
　　五、世界罕见的驻军制度　024

## 第三章　多国侨民汇集天津租界　029
　　一、多国侨民大量涌进天津租界　029
　　二、以商人为主体的英、美等国侨民　032
　　三、日本侨民的急剧增加　036
　　四、白俄和白俄社会　038
　　五、建构完整社区的犹太人　040

## 第四章　日益壮大的华人社会　042
　　一、华人是各租界居民的主体　042
　　二、买办的形成及其向近代工商业者的转化　045
　　三、北洋寓公的入住　048
　　四、新型银行家、实业家群体　057
　　五、容易被忽略的社会底层　066

## 第五章　天津租界是列强侵略我国的重要基地　069
　　一、垄断和控制天津的对外贸易　069
　　二、把持天津海关　071
　　三、操纵金融市场　072
　　四、投资房地产获取暴利　073
　　五、鸦片贸易、走私贸易和贩卖华工　076

六、列强历次发动侵华战争的前哨基地　078

第六章　近代城市建设和外来文化的传播　081
　　一、近代城市建设的开展　081
　　二、"万国建筑博览会"的形成　086
　　三、近代教育制度的输入　088
　　四、近代科学和文化艺术的传播　092
　　五、近代体育项目的引进　095

第七章　中西兼容、雅俗共赏的华人社会文化　099
　　一、摩登的天津　099
　　二、华人兴办新式学校成绩斐然　102
　　三、收藏大家的涌现和京剧艺术在天津的发展　105
　　四、以曲艺为代表的大众文化的繁荣　109

第八章　多国色彩的历史文化街区的形成　112
　　一、我国北方最大的金融、外资中心——现解放北路　112
　　二、洋味十足的自由商业区——"小白楼"　127
　　三、马可·波罗广场的建设与意式建筑群的形成　134
　　四、新型的城市商业、娱乐业中心——劝业场地区　140
　　五、天津"五大道"历史文化街区的形成　146

第九章　天津租界的收回　160
　　一、第一次世界大战后德、奥、俄租界的收回　160
　　二、经过谈判收回的比利时租界　162
　　三、世界反法西斯战争的胜利和天津日、意、英、法租界的收回　162

**引用书目**　165

**后记** / 尚克强　167

# 第一章 九国租界的划定

从1860到1903年的43年中,天津外国租界的形成经历了三个阶段。列强每一次掀起强占租界的狂潮,无不是借助于侵华战争的余威,逼迫清政府节节退让,以致使天津出现了九国租界,成为全国租界最多的城市。除了划定租界,列强还用各种方法划定"预备租界",并且越界抢占土地、占领界外"飞地"、越界筑路等,进而扩张租界。

## 一、第二次鸦片战争和英、法、美租界的划定

天津地处河海要冲,因驻兵而置卫,因漕运而兴商,到清代中叶商业已经相当发达,成为我国北方重要的商品集散中心。自西方列强自海上东进,天津更成为首都北京的门户。早在1840年英国发动鸦片战争之前,就拟定了先打到天津以要挟北京的战略。第二次鸦片战争当中,英、法更看准了天津的重要地位,1858、1859、1860年三次集重兵于大沽口,都是以占领天津,进而攻打北京为目的。

1860年10月,清政府被迫与英、法两国分别签订了《北京条约》,这个条约最重要的一条就是增开天津为通商口岸。同年11月,英国驻华公使卜鲁斯(F. W. Bruce)就急忙派遣参赞巴夏礼(H. S. Parkes)等人到天津择定英租界的界址。此时,英法联军尚有7000余人驻扎在海河两岸,现天津中心城区完全在英法联军控制之下。11月24日,巴夏礼"在津城东南相距五六里之紫竹林起至下园上,勘丈空地","预备明年来津盖造房屋之用"。① 对于此事,当时在天津办理交涉的崇厚竟没有看出其中的玄机,认为既然条约允许外国人在通商口岸租地建房,现在英国人的行动,当无大碍。他甚至认为,现在外国军队占据着许多城区的衙署、民房,倘若他们自己另外租地建房,"即可令其将民房让出,民无滋扰,庶得两

---

① 天津档案馆等:《天津租界档案选编》,天津人民出版社,1992年,第5页(以下引用此书,只注书名及页数)。

无妨碍"。① 12月4日,卜鲁斯向恭亲王递交了照会,其中提出:"本大臣意将津地一区代国永租,为造天津领事官署并各英商来津起盖住屋、栈房等所用。"②同时提出,对于界内民田、民居以每亩30两银为租地正价,外加银10两为赔补迁移费,对于原有房屋及基址另议明赔项。并请转咨直隶总督,饬地方官办理。总理衙门在奏报咸丰皇帝时还说明,据天津地方官调查,在这块地界内只有零星土房,并无坟墓窑碑之处,建议与英国人"妥为商办"以期地方相安。他们认为,英国人"系照条约办理,自未便拂其所请"。③ 事实上,在有关的条约中,根本没有"永租"的规定,更没有日后划定租界的条文。所以,天津英租界的开辟,只凭一纸照会,并没有任何条款协议和手续。

不久,英国首任驻天津领事孟甘(J. Mongon)又将所划定的土地重新丈量一遍,最后确定了英租界的四至是:自紫竹林起至大井庄长31.5丈;自紫竹林沿河起至海大道宽115丈;又自大井庄河沿起至海大道宽71丈,面积共计489.025亩。④ 对照现在的市区街道,即东至海河,西至大沽路,北至营口道与法租界交界,南至彰德道与美租界交界。他们在四至地边各钉一根石柱,上书"大英看定地基"六个汉字。⑤ 当时,这一带只有一些零星的工房,多是菜地和坑洼地。租界划定后,英方即由参与划分的皇家工兵上尉戈登(C. G. Cordon)做了初步规划。戈登初步规划了主要道路的走向,把不同街区、地段标号,以备"出租"。

当英国人为划分租界而奔走时,法国还没有派驻领事,不过,法国人也一直在关注着租界的划分。戈登在测量规划的时候,一名法国工兵军官也在参与。据天津知府石赞清禀报总理衙门,英国所划定的地界"自用地七成,分给法国地三成"。⑥ 随后,法国驻华公使哥士耆(M. A. KleczKowsKi)来到天津,亲自对法租界进行勘定,并取得了清政府的认可。1861年6月2日,哥士耆与三口通商大臣崇厚签订了《天津紫竹林法国租地条款》。当时划定的法租界四至是:南界为今营口道与英租界接壤,西至今大沽路以东,东、北面傍海河,占地面积439亩。

1860~1861年划定的英、法租界正处于天津城外的一座寺庙——紫竹林一带,因此这里被称为"紫竹林租界"。天津租界后来几经扩张,但是这里始终是天津租界的核心地带,大多数外国银行、洋行全集中在这一地区,不仅英、法的领事馆、工部局、公议局设在这一带,连美国、加拿大、比利时、日本(早期)领事馆也设在这里。

穿上中国服装的戈登

---

① 中国第一历史档案馆:《天津租界档案史料选》,《历史档案》1984年第1期,第29页(以下引用此文,只注标题及页数)。
② 《天津租界档案选编》,第5页。
③ 《天津租界档案选编》,第6页。
④⑤⑥ 〔台〕"中央研究院"近代史研究所编:《四国新档·英国档》,第567页(以下引用此书只注书名及页数)。

在天津的各国租界中,唯有美租界的划分不是战争的直接产物。不过,它也是在第二次鸦片战争之后英、法划分租界的大势下出现的。关于天津美租界划定的时间和划分过程,目前学术界说法不一,这主要是因为到目前为止,我们没有见到有关记载的权威史料,尤其是档案史料。比较可信的分析是,美国首任驻华公使蒲安臣是1861年10月26日被任命的,翌年7月20日才抵达北京。美国第一位驻天津领事佛弼师是1862年任命,同年3月30日照会崇厚宣布到任。按照一般情况,在这两位官员到任前,美国租界不可能正式划定。因此,美租界的划定起码是1862年4月或以后的事。① 美租界的四至范围是:东临海河;西至海大道(今大沽路);南到现开封道;北与英租界交界(今彰德道),面积为131亩。美租界在设立后名义上由美国驻津领事管辖。由于这时正值美国国内的南北战争,来津的美国商人极少,再加上美国政府倾向于设立公共租界,因此,天津美租界一直没有得到美国政府的批准,所以,这里长期处于无人管理的状态。

### 二、中日甲午战争以后,日、德租界的划定和英租界的扩张

日本在明治维新之后迅速壮大起来,侵占朝鲜和中国是日本执政党处心积虑的战略方针。1894年日本悍然发动中日甲午战争。腐败的清军在陆战、海战中屡战屡败,1895年与日本签订了丧权辱国的《马关条约》,日本取得了割让中国领土台湾和辽东半岛以及巨额赔款的利益。一个新起的东方小国获利如此之丰,这激起了西方各国吞噬中国的欲望,在19世纪最后的几年中掀起了瓜分中国的狂潮。列强在天津的租界在这个狂潮中急遽扩张。

先是德国向天津伸手。德国在中日甲午战争后出面联合俄、英干涉日本吞并辽东半岛,最后达到清政府以3000万两白银"赎回"辽东半岛的结果,这就是"三国干涉还辽"。从此,德国以有功于中国的身份大肆向清政府索取特权。它不仅强租胶州湾,而且效法英、法,要求在汉口、天津开辟租界。清政府为了表示对德国的感激之情,马上同意了这一要求。直隶总督王文韶饬派的天津道任之骓、海关道李岷琛与德国驻天津领事司艮德(B. E. Von SecKendorff)于1895年10月30日签订了《德国租界设立合同》,②允许德国"永远在天津设立租界"。合同规定了德国租界的四至范围:北界今开封道与美租界接壤,东临海河;西至今大沽路;南至今琼州道,占地面积1034亩。条约中对于界内土地问题的规定比英、法当年的更为强硬:界内的会馆、义地、道路、空地等"系中国国家之地,丈量多寡,中国允将此地让德国租界,无庸给银"。而界内私人土地由德国领事按每亩75两白银的价格支付地价,以后每年德国工部局付给中国政府每亩土地年租1000文。德国当局要求原地产主自付地价银之日起,三个月内交出土地,迁出租界。对于不肯售卖房地的居民,要由中国官员"劝令售卖"。

表面上看,德国租界当局支付的地价每亩75两白银比当年英租界的30两要

---

① 费成康:《中国租界史》,上海社会科学院出版社,1991年,第32页(以下引用此书只注书名及页数)。

② 《天津租界档案选编》,第161～165页。

高出不少。但是事隔35年,土地价格在迅速上涨,界内居民当然不肯出让土地,而德国方面又坚持原价。这时,时任直隶总督的裕禄为了平息事端,竟然决定由中国官方出面,按界内居民土地房屋的不同等级给予补贴。最后,这类补贴竟然达到了白银12万两,其数额已经超过了德国为开辟该界所支付的全部房地价。裕禄为此特向朝廷上奏:"万分支绌,请由部拨银十二万两,作为办理德国租界之用。"①

天津日本租界的划定经历了较复杂的外交谈判。这主要是日本以战胜国的身份相威胁,而清政府在刚刚签订《马关条约》之后,背着极大的骂名,不敢贸然答应日本的条件。所以,中日双方基于日本在华设立租界问题的谈判,持续了一年多。最后,清政府还是难以招架,中日于1896年10月19日签订了《公立文凭》,允许日本在上海、天津、厦门、汉口等处设立专管租界。1898年8月29日,天津海关道李岷琛、天津道任之骅与日本驻津领事郑永昌签订了《日本租界条款》和《另立文凭》,②规定了日租界的四至范围是:东北界沿海河;东南界不与法租界交界,相隔一段距离,从海河边向西划一直线,至土围墙(此界后修成蓬莱街,即今沈阳道);南界沿土围墙至海光寺;西北界因要让开现有道路和海光寺,故呈折线状,从海光寺南土围墙至海河边北横街上(此界后修成福岛街,即今多伦道),面积共计1667亩。另外,他们又要求清政府将日租界西北界外的一片土地划做"预备租界",同时,又在海河下游德租界以南的小刘庄一带,沿河划出一段空地,为日本轮船停泊码头,占地约100亩。日本租界整体上处于天津城东南,紫竹林租界西北地区。这里与英、法、美、德租界一样,拥有濒临海河的航运优势,而且是各个租界最靠近中国政府管界的区位。

1895年底划定界址的德租界(1034亩),其面积竟然是最早开辟的英租界(489亩)的两倍以上,这使得英国拓展租界的愿望更加迫切,于是以"洋行日多,侨民日众,租界不敷应用"为由,向清政府提出扩展租界的要求。实际上,英国早已悄悄地越过租界的西界(现大沽路),以各种名义租占了800余亩土地并建造了不少房屋,清政府只得答应他们的要求,即租界西界向西南方向扩展。1897年,中英双方签订了《新议英拓展租界章程》,扩展的具体范围是:从海大道(现大沽路)向西南扩展至土围墙(现南京路);西北界为与法租界交界的延长线(现营口道),全界成三角状,占地面积1630亩。至此,英租界的面积已经增至约2119亩。

## 三、八国联军攻占天津和多国租界林立局面的形成

1900年,由英、法、俄、日、美、德、意、奥等列强组成的八国联军发动了中国近代史上最大的一场侵华战争。列强的直接目标就是攻占京津。6月17日,大沽炮台陷落;7月14日,天津城陷落。紧接着,八国联军划出不同的地界,对天津城及其附近地区实行分区军事占领。从1900年夏天到1902年一年半的时间里,中

---

① 《天津租界档案选编》,第165页。
② 《天津租界档案选编》,第191~194页。

国政府完全失去了对天津的控制。1900年7月22日,联军在天津建立了"管理津郡城厢内外地方事务都统衙门"(Tientsin Provisional Government),对天津实行了完全的殖民统治,这正好为日后占领和扩展租界提供了绝好的条件。在这期间,不仅在天津没有设立租界的俄、意、奥大都把各自军队占领的城区强行划定为各自的租界,根本未出兵的比利时也趁火打劫,强占租界。而原来已经设立租界的英、法、德、日各国更是纷纷借机扩展。在20世纪最初的一两年中,被抢占和扩展的租界面积达到16600亩,占最后形成天津租界面积的三分之二。这也是中国近代史上时间最集中、规模最大、参与国别最多的一次租界大扩张。

首先提出设立租界的是俄国。俄军是进攻天津城的主力之一,尤其是在老龙头车站(即现天津站)一带多次与义和团发生激战。这时,俄国以胜利者、征服者的姿态提出,对它占领的海河东岸的大片土地"保留绝对的主权",①要求建立租界。于是,俄国公使格尔思(M. N. de Giers)在北京与清政府任命的议和大臣李鸿章专为此事谈判。李鸿章为了笼络俄国,以利议和,转请朝廷允准俄国在天津设立租界:"臣查各国在天津均有租界,俄商独无,论理本觉偏枯。今既来就范围,以礼乞请,自应允许,使彼心向我益坚。"②朝廷随即批准。1900年12月31日,中俄双方在北京草签了《天津租界条款》。1901年5月,天津河间道张莲芬、直隶候补道钱镠与俄国领事珀珮(N. M. Poppe)签订了《天津俄租界合同》,正式划定俄租界。由于俄国将车站也划入租界,这引起了英国的反对,英、俄军队还为此发生了冲突,最后由德、美两国出面调停,俄国做出让步,同意将车站及站前大街划出租界,仍归中国政府管辖,因此,形成了俄租界的东、西两区。其四至范围是:西区西界今五马路,东至车站,南临海河,北至铁道;东区从海河转弯处向南,北起车站向东沿铁道南侧,西临海河至十五经路。面积总计5474亩。俄租界不仅地处车站两侧,而且位于铁路和海河之间,从日后发展储运业来说,占有非常方便的条件。

意大利和奥匈帝国、俄国一样,也是先有军事占领,然后转为租界。意大利军队在攻打天津战役之后占领了俄租界以西、海河北岸的一片土地。1900年12月,该国驻华公使萨尔云葛(M. G. SalvagoRnagi)宣称:为了有效地保护意大利人商业和航运方面的利益,意大利政府准备在天津开设领事馆,并与其他国家一样在天津设立租界。由于意军占领地区

俄国领事馆(今大光明桥东)

的北部是人口较多的居民区,而河边更有明代以来的盐坨100余条,迁移起来难题很多,李鸿章坚持请意方另辟一处。由于意方坚持此地,双方谈判持续了七个月之久,直至李鸿章病故。在意方的威吓下,1902年6月1日天津海关道唐绍仪

---

① 《天津海关1892~1901年十年调查报告》,《天津历史资料》第4期,第88页。
② 《天津租界档案选编》,第325页。

与意大利新任驻华公使嘎里纳(C. G. Gallina)正式签订了《天津义国租界章程合同》,确定意租界的四至是:东与俄租界交界(后修路,即现五经路);西至奥国所占地界(后修路,即今北安道);南临海河;北沿铁路至兴隆街,占地面积 780 余亩。意租界面临海河,北靠铁路,距火车站近在咫尺,是老城区前往车站的必经之路。

奥租界的划定几乎完全按意租界开辟的蓝本办理。1900 年 11 月,几乎与意大利同时,奥匈帝国驻华公使齐干(M. F. von CziKann)通告各国公使团,要求在天津开辟租界,其内容几乎和三天后意大利公使的通告完全相同。这时,只有数十名士兵的奥国海军陆战队驻守着与旧城隔海河相望的河东地区。这一带地区是海河东岸的粮食集散地,又是有数万居民的人口稠密之区。他们占据了于厂街大佛寺为司令部,到处为非作歹。李鸿章提出要奥国"或另觅地段,或就暂管界内寥廓无碍地方划为租界"。① 奥方仍坚持这一地带并下令自行勘定四至界址。1902 年 12 月 27 日,天津海关道唐绍仪与奥国驻津副领事签订了《奥租界设立合同》,②合同规定奥租界的四至是:东至铁路;西临海河;南界沿胜利路与意租界接壤;北至金钟河(今狮子林大街)再向南折至铁路,占地面积 1030 亩。奥匈帝国的胃口很大,但是它根本无力开发和改建这一大片地区。直到 1917 年奥租界收回,除兴隆街以南有些建设,大马路(现建国道)商业有了发展,北部一大片老居民区毫无变化。

在这些抢占租界的国家中,比利时是唯一没有派兵参加八国联军的国家,但是也乘势要求在天津设立租界。比利时虽然未出兵,对天津却下手很早。就在俄国宣布开辟租界的第三天(1900 年 11 月 7 日),比利时驻津领事梅禄德(C. de Mellotte)向列强领事团宣布,奉比国驻华公使的训令,已于当天占领了海河东岸俄国占领区以下 1 千米长的地区。③ 而这一带正是历史悠久、人口密集的大直沽一带,经多次交涉,比方允将村庄让出,最后划定 747.5 亩为比国租界。1902 年 2 月 6 日,清政府代表张莲芬等与比国驻津领事嘎德斯(W. Henri Ketels)签订《比租界合同》。④ 比租界的界址范围:东至大直沽;西临海河;南至小孙庄;北至今十五经路与俄租界接壤。面积为 747.5 亩。比国租界地处偏远,很少进行市政建设,连比利时驻津领事馆都设在英租界。

从以上的史实我们可以看到:设在海河东岸的俄、意、奥、比各国租界全是八国联军侵华战争的直接产物。其中意大利、奥匈帝国和比利时的天津租界是各自在中国的唯一一块租界。俄国租界在中国有两处,其中汉口俄租界的面积是 414.6 亩,而天津俄租界竟达 5474 亩,是汉口俄租界的十几倍。

海河东岸的争抢正酣,地处西岸,已经设立租界的英、法、德、日岂能坐视。尤其是后起的俄租界,一下超过老牌大英帝国租界一倍还要多,这更激起了各国

---

① 《天津租界档案选编》,第 432 页。
② 《天津租界档案选编》,第 436～438 页。
③ 戴恩赛:《中国的条约口岸》,第 74 页,转引自费成康:《中国租界史》,第 46 页。上海社会科学院出版社,1991 年 (以下引用此书,只注书名及页码)。
④ 《天津租界档案选编》,第 473～475 页。

的野心。这时,海河东岸已经被占尽,只好向西、向南发展,而日本则挤进海河西岸紧靠旧城东角的一个狭长堤岸。此时,逃往西安的清政府更加无力抗争,或默许已经强占划定的地界,或派员与之签订扩界合同条款。

法国租界当局早就以越界筑路、购地建房等方式蚕食界外土地。八国联军入侵后,1900 年 10 月,法国驻津领事杜士兰(Comte du Chaylard)发布通告,擅自将该界以西海大道(现大沽路)至土围墙(现南京路)之间约 2000 亩的大片土地划为法国租界的"扩展界"。要求土地主持契到法国领事馆核实登记。① 对这种强行扩张行为,清政府竟不发表任何意见。到 1901 年 7 月,法国领事再次发表布告,蛮横地规定"所有海大道以西新租界内华人地亩概归其工部局管业,酌量给价"。② 把这个"扩展界"完全置于工部局管辖之下。对此,清政府不仅默许,而且在行文中也称之为"法国推广新租界"予以承认。③ 至此,法国租界总计占地面积达 2439 亩。

英国早在庚子年以前,就把租界扩展到现南京路。这时,英国当局当然不甘示弱。1901 年英国驻华公使照会李鸿章,要求清政府不得将英租界以南、土围墙(现南京路)以外共约 2400 亩土地"租与他国",以备日后扩充。随后得到李鸿章的认可。本来中、英双方要签一个"英墙外扩展界合同",但新任英国驻津领事金璋(L. C. Hopkins)又提出"出示晓谕即可,不必订立合同,界限也要再行查勘"。实际上,英方借机再次扩大划定范围。到 1903 年 1 月 13 日发布了《津海关道英领事为推广租界会衔告示》;④将新划定的地界明确为"英租界墙外推广界",其范围是:从围墙外向西南延至海光寺道(今西康路);西北继续延至今营口道与西康路相交;东南到马场道,面积共 3928 亩。

与此同时,英租界还向南扩展,将美租界也并入英租界。

美国历来主张在通商口岸设立公共租界,对于天津美租界,美国政府始终未予核准。1880 年 10 月 12 日,美国以日后有权恢复对当地的行政管理为条件,将这一地区"交还"中国。10 月 14 日,天津海关遵照美国驻津领事,表示同意接管,不过美方日后如何接管,要与中国协商。⑤ 由于中美双方都措词含糊,清政府对该界也一直没有认真管理。1895 年,德国在天津开辟租界时,拟就近将其北部的这块地区纳入德租界,由于美国公使向清政府提出抗议而作罢。1896 年 6 月,美国再次声明放弃对该地的管理权。不久,八国联军占领天津,此时正值美国呼吁实行"门户开放"政策,希望天津像上海一样,建立一个各国共管的国际公共租界,但是没有得到响应。1900 年 11 月,美国政府又声明放弃在天津的租界,但是这次却是和英国政府私下协商,将美租界并入英租界。不过,并入是有条件的,即:(1)美国可以在该界单独实行军事管制;(2)美国有权在该界河坝停泊军舰;(3)该界所属工部局董事会至少要有一名美籍董事;(4)该界内的土地转让须得

---

① 《天津租界档案选编》,第 102~103 页。
② 《天津租界档案选编》,第 104 页。
③ 《天津租界档案选编》,第 105 页。
④ 《天津租界档案选编》,第 18~20 页。
⑤ 《天津租界档案史料选》,第 34 页。

到美国领事馆登记;(5)如制定专门适用于该界的特殊规章,必须得到美国领事的同意;(6)美国政府有权中止此项协定,重新对该界实施管理,但必须在一年以前通知英方。1902年,美租界正式并入英租界,这一带被认为是英租界的"南扩展界"。

从1860年英国在天津划定租界,到1897年扩展界,再到1903年的"墙外推广界"以及并入的南扩展界,这4个部分的总面积达到6178亩。这是天津面积最大的外国租界,在全国,也是除上海租界外,面积最大的一个租界。

德国在这时也大规模地扩展了租界。

八国联军侵占天津期间,德国把德军驻屯范围越出德租界,在西南方向的三义庄、桃园村一带露营,这里的大片土地实际上处于德国当局的控制之下。1901年4月,德国驻华公使穆默(Mumm von Schwarzenstein)照会李鸿章,宣称因清廷同意德租界扩界,他已命令驻津德国领事"点收""德界南及西南毗连一带地方"。① 同年7月20日,清政府代表与德国驻津领事签订了《德国推广租界合同》,②占地面积3166亩。扩张后的德租界四至是:东临海河;南至今琼州道并从下瓦房向南延伸至围堤道附近,再向北折回琼州道;西界沿今广东路向西至马场道;北界今开封道与英租界接壤,总面积达4200亩。德国在中国设立的租界有两处,其中汉口德租界面积是630多亩,天津德租界是德国在中国设置的最大的一块租界。

日本租界这时趁机向北、向南两个方向扩张。

八国联军进攻天津时,日本军队是最凶狠野蛮的一支侵略军,并且是攻击南门的主力,日本军队在攻城时就占领了城南的大片土地,并且将海光寺据为兵营。在军事占领的前提下,日本驻天津领事郑永昌于1900年12月28日宣布,日本租界将向西北方向扩张,其北界从今北安桥附近沿海河向北推至繁华的闸口,再向西拐至东南城角,再从南门向南直至海光寺。这扩张范围即今南市地区,约有2500亩土地。这一地区不仅面积太大,而且直逼天津城下,清政府无法接受。日方还提出,要把它原停泊轮船的海河下游——小刘庄码头也归入日租界。经多次交涉,由天津海关道唐绍仪与日本驻津总领事伊集院彦吉,于1903年4月24日签订了《天津日本租界推广条约》,③承认从朝鲜公馆(今北安桥附近)至闸口、东南城角再拐至今多伦道约400亩的地域为日本租界扩充界。至于南市的大片地区及小刘庄码头,则暂行交还中国政府,作为"预备租界"。

在这一交涉过程中,日本不忘向东南方向扩张。在1898年日租界划界时,东南界与法租界并不接壤,其间是狭长的坑洼地(即今沈阳道至锦州道之间),这是日、法有争议的地段。此时日、法两国驻津领事进行秘密交涉,结果法国同意日租界的界限向东移动,使日租界又扩大了89亩土地。

经过两次扩张,日租界的四至是:东临海河;西至墙子河(今南京路);南界至

---

① 《天津租界档案选编》,第166页。
② 《天津租界档案选编》,第173~174页。
③ 《天津租界档案选编》,第199~201页。

锦州道与法租界接壤;北界自闸口起沿今和平路向南至多伦道再向西直抵南门外大街,总面积达2157亩。

以上九国租界为23000余亩,相当于城厢区(156.24公顷)的9.82倍。

### 各国租界面积统计　（单位:亩）

| 侵占年代＼国别 | 1860~1862 | 1895~1897 | 1900~1903 | 共计 | 备注 |
|---|---|---|---|---|---|
| 英国 | 489 | 1630 | 4059 | 6178 | 包括美租界,不包括佟楼以南赛马场一带 |
| 法国 | 439 | | 2000 | 2439 | 不包括非法侵占的老西开 |
| 美国 | 131 | | | | 后并入英租界 |
| 德国 | | 1034 | 3166 | 4200 | |
| 日本 | | 1667 | 490 | 2157 | 不包括非法侵占的六里台一带 |
| 俄国 | | | 5474 | 5474 | |
| 意大利 | | | 780 | 780 | |
| 奥匈 | | | 1030 | 1030 | |
| 比利时 | | | 747.5 | 747.5 | |
| 总计 23005.5 亩 | | | | | |

## 四、附属于租界的准租界地区

日本和比利时在天津都划定过面积很大的"预备租界"。

如前文所述,日本租界的划定是1898年,日方在划界之初曾提出将北界划到天津城东门外早已开发并繁荣起来的闸口地区,在遭到当地中国商民的激烈反对后,被迫将北界南移。日本虽未达到目的,又迫使中国官员划出位于日租界西北的一块土地作为"预备租界",《另立文凭》中规定"中国允将溜米厂(现多伦道与张自忠路拐角处)至朝鲜公馆(现北安桥附近)南墙外,沿一直线,西接日本现定之界,作为日本预备租界。"[①]不久,1898年11月4日,日本又提出签订《天津日本租界续立条款》和《续立文凭》,规定日本可以在预备租界内设内缉捕局,中国地方官应将预备租界内的居民户口造册送交日本领事馆核存,而界内的民间房屋买卖也要知会日本领事。时间不长,到1903年确定日本推广租界时,这

---

① 《天津租界档案选编》,第193页。

一带完全被囊括其中。

日本的另一块"预备租界"是天津著名的南市地区。这里本是天津城南的大片低洼地，地处旧城区与租界区之间。待民国初年，这里商业繁荣，一度成为全市的餐馆和娱乐业中心。日本看好这一地区的发展前景，1900年攻打南城之后就对这2000多亩的大片土地实行军事占领。而且要正式划入日租界。只是因为这时原日租界的开发还毫无起色，在确认把闸口以南、东南城角一带老商业区划入推广租界后，才答应把南市一带暂交还中国政府，但是附有条件，即"日本租界将来如必须将租界推广之时，日本政府会商中国政府"，"中国政府决不租与他国"。在这一地区，中国政府如"自集华款"在当地兴办开筑道路、安设水管等一切公用事业，也须知会日本领事查照，"别国洋人愿办此事，非由日本政府允诺后，中国政府不得允准"。① 这一带在日本人绘制的地图中，被称为"预备居留地"，是一种准租界状态。它在划定之初就规定了日本人直接干预当地行政事务的若干权力，中国政府的行政管理权已丧失大半。

天津的"预备租界"还包括比利时划定的一块地区。1902年《天津比租界合同》规定了比租界以西直至铁路300米宽的大片土地为预备租界。比国待商务发达时，可以在此修道路、买地建房，而当时的中国居民则不得将界内土地"卖与别国洋人执业，致比国用地时有窒碍"。② 受到国力的限制，比租界本身都没有什么发展，其"预备租界"更是无力开发。

列强除了强占租界，划定"预备租界"之外，还寻找机会以强权越出租界直接侵占界外土地，造成既成事实，再逼迫中国政府承认这些侵占。不过，进入20世纪，特别是民国以后，中国政府不会再贸然承认"租界"，这些侵占一直处于非法状态。

先是法国对"老西开"地区的侵占。

法租界经过1900年的扩界后，西界已经到达墙子河（现南京路）。其后，法租界当局又把目光投向墙子河西岸的大片地区，甚至希望把势力一直延伸至远处郊外的八里台。在法国领事的唆使下，天主教天津教区第一任主教杜保禄竟悍然决定越过墙子河，在墙子河外苇塘洼地兴建包括主教府、大主教堂、修道院、修女院、医院、法汉学校等庞大的教会建筑群。工程从1913年破土之后，法租界公然派出巡捕进驻这一地区。对于法国这一蛮横的侵略行为，天津人民纷纷提出抗议并要求政府出面干预。天津地方官员仅派出数名警察驻守在不远处的张庄大桥（现南京路与营口道交口）。这里形成了所谓"中法共管"的局面。1916年6月，各项建筑竣工，法国当局公然在老西开地区插上红、白、蓝三色的界桩，并派出军队巡逻。10月17日，法国领事向直隶省长提交立即从老西开撤出中国警察的通牒，限定48小时内答复。20日晚，法方出动武装军警，将驻守在张庄大桥的9名中国警察强行缴械、拘禁，公开以武力占领了老西开地区。法租界当局的这一行动，激起了天津人民一场声势浩大的爱国斗争，甚至引起法租界内法商

---

① 《天津租界档案选编》，第200页。
② 《天津租界档案选编》，第475页。

企业的工人、家庭佣工的全面罢工,法租界社会生活全面瘫痪。在全国人民的声援下,斗争持续了将近半年,这就是轰动全国的"老西开事件"。这时,正值第一次世界大战期间,法国政府已经无力挑起更大的事端,电令驻华公使尽快结束天津事件。法租界当局只好暂时收敛侵占行动,不过老西开问题仍是悬案。

1931年以后,华北局势日益吃紧,日本当局更加紧向法国侵占的老西开以西地区扩张,使这一带变得极不安全。当地的一些业主,为了躲避风波,就向法租界当局充纳捐税,以求得庇护。法租界当局更乘机在老西开设立工部局分局,公开对当地实行行政管理。据1946年天津地政局调查,这一带的土地"由原业主向领事馆缴验老契,由总领事签发法文契证,移转亦同"。① 这就是说,到20世纪30年代以后,法国当局对老西开实施了事实上的租界管理。这是中国租界史上被越界抢占并且形成事实租界制度的典型。

日本对界外土地的强占采取了蚕食的形式,即不通过任何途径的谈判,不办理任何手续,根本无视中国政府的存在,逐步吞并大片界外土地。

首先是日本强行吞并海光寺。八国联军攻占天津城时,日本占领了海光寺作为兵营。可是在划定日租界的条款中,海光寺划在日租界西南界外,不属于租界范围。《辛丑条约》签订后,日本与其他列强取得了在天津的驻兵权,海光寺便成了日本华北驻屯军司令部的所在地,这块紧邻日租界西南角的土地,无形中成了日租界的一部分。

日本的越界扩张,主要指向是处于日租界西南、墙子河以外的老西开地区。20世纪30年代以后,日本向天津租界的移民倾向愈加明显。特别是日本正在制造华北危机,加紧扩大对华侵略。日本大批的军、政、宪、特机关,各种名目和各种背景的洋行、小店越来越多,日租界早已人满为患。1934年,日本驻屯军司令官梅津召集驻津领事和日本民团、共益会的首脑人物至官邸,要求"各位同心努力"以"扩展租界"。② 日本当局认定,"最为紧迫的任务是实际上扩张租界"。什么叫"实际上扩张"?日本共益会主事中岛德次一语道破,即"租界的扩张并非依据条约或议定书,而意味着事实上的扩充","不要任何谈判","在现居留地外建立日本人居住地"。③ 为此,专门成立了"租界开发委员会"。从1936年7月至1937年7月,开会9次,专题研究扩张问题。④ 日本当局对墙子河以外的老西开地区窥视已久。由于法国人下手在先,他们只得在法国强占区以西,即今四平道以西的数百亩洼地上扩充。他们先是越界兴建房屋,作为日本军官宿舍,后来又逐步向六里台一带推开。他们制定的第一期目标,是占领现鞍山道至六里台卫津河边,转向海光寺,再转向墙子河沿线这一三角地区。到1942年,这一界外侵占区形成了西浪速街(今四平道西段)、西宫岛街(今鞍山道自南京路至六里台一段)、西伏见街(今万全道西段)3条道路,在这里设立了日本公立医院、官岛高等

---

① 《天津市地政局长为调查过去外侨在租界土地永租权及取得来源经过情形复市长杜副市长张呈》1946年12月27日。
② 《天津租界档案选编》,第213、272页。
③ 《天津租界档案选编》,第250页。
④ 《天津租界档案选编》,第214~231页。

女学校、淡路国民学校分校，这里还设立了区事务所，实行行政管理。总之，现鞍山道以西、四平西道、天津医科大学总医院一带，一直到六里台，甚至到七里台现天津广播事业局附近的大片地区，实际上沦为日本租界的"新界"。① 直到20世纪末，即半个多世纪后，这里还可以见到低矮的日式建筑。日本当局还规划过扩充的第二期、第三期，妄图扩展到数千米之外的南开赛马场，只是没有来得及下手。

这种"准租界"还有界外飞地。

天津跑马场是一块典型的界外飞地。天津海关税务司德璀琳(G. Detring)是英籍德国人，与李鸿章关系密切。1886年，他通过李鸿章，攫取了坐落在佟楼以南的"养心园"，同时又占据了周边约200亩土地，筹建大型赛马场。1901年，又以德璀琳花园为中心进行扩建。到1925年前后，这里不仅建成一个宽150多米，带顶篷的大看台，而且在看台北侧修建了马房、钟楼等设置（现天津自然博物馆、"泥人张"工作室一带），与之毗邻的则是豪华的英商乡谊俱乐部（现干部俱乐部）。实际上沿跑道外侧的大片土地都划入了马场范围（现天津迎宾馆、喜来登饭店、水晶宫饭店、燕园等，都在范围之内）。这一大片实际上被英国租界当局控制的土地要超过千亩。这里距1903年推广后的英租界西南界（现西康路与马场道交口处）只有数百米，但是它并不是在正式英租界的范围之内，是一块典型的界外"飞地"。

另一种飞地是外国兵营。

天津的外国兵营大多直接设在租界内，唯有法国例外。法国不仅在法租界设立了濒临海河的紫竹林兵营，而且在八国联军攻城时强占了原天津机器局厂（即东局子）为兵营。这是离天津城区五千米以外的大片土地，周边有界河、南北水闸，墙内地势开阔，是驻军的理想场所。这里长期驻守法国远征军海军陆战队第十六团。法军还在周边兴建了连、营驻地大院以及面积很大的靶场。在占据初期，法国军队就不断出动演习。1902年2月，法国军方通知"将于3月11、12日和15日在东局子附近进行射击演习"。② 在以后的年代这种出动是不计其数的。

除了东局子兵营，法国还在塘沽设有兵营。这座兵营坐落在海河岸边，也是八国联军侵华时所建。平时，法国驻兵不过数十名，却圈占居民300亩土地，原居民"均避居他乡，无家可归"，而法国兵"倚恃兵力，进移界碑，愈拓愈远，修筑市廛，开辟码头，经营商业"。③ 1928年以后，塘沽各界人士多次提请政府交涉收回，均无下文，直到1948年，这里才收回。④

---

① 参见1943年版天津市地图，天津档案馆藏。
② 《八国联军占领实录·天津临时政府会议纪要》下，天津社会科学院出版社，2004年，第87页（以下只注书名和页码）。
③ 《平津时派员公署为收回法兵营土地即将进行谈判抄奉有关资料以供参考事呈外交部代电》，1946年11月19日。
④ 《天津市政府奉行政院令由国防部所属机关暂时接管各地旧法兵营事令天津市土地局》，1948年10月2日。

除了界外"飞地",列强在津的各租界当局还越界筑路、强抢沿界路权和土地。

天津海大道(现大沽路)在历史上是一条由海河岸边一直向南,通向海口的大路。英、法租界最初划定时,均划在海大道以东。到1897年,天津海关道特别声明,该路不属于扩充界范围。英租界向西南扩充时,是跨过海大道,而且英方也承认"大沽路不包括本界内"。① 后来法、德租界扩展时,该路也没有划入租界。这样,由北向南,海大道依次贯穿着法、英、美、德四国租界的中心区,这里紧靠中街(现解放路)和码头,大批洋行都集中在这一带,各国当然不甘心中国享有主权。在八国联军占领期间,列强一再高唱"大沽路中立化"。在"天津临时政府"的第184次、259次、265次、266次会议上连续讨论大沽路的归属问题。② 最后达成的协议是"各国可自由通行"。到1906年,大沽路大规模修建,分别由日、法、英、德分段投资,"中国仍有主权,但通过车辆要上捐(除公用车外)"。③

著名的马场道则是越界筑路的典型。佟楼以南大型赛马场建成后,英租界当局为了沟通英租界与马场之间的交通,擅自修建了总长为3000多米的马场道。它东起英租界的中心地区(现浙江路东头),西南越出英租界直达马场。这条大路的主权修建之初就没有说清,英方光承认路基为中国主权所有。等到1903年英租界第二次扩张之后,这条路实际上为英国人所强占。马场道在与现西康路交口处以外,就已经越出英租界第二次扩张界的范围,而马场道的东南(外侧)更不在英租界管辖之内。可是由佟楼到马场的一段土地和马场道两侧的大片土地,事实上已经由英国工部局所占有。辛亥革命以后,北洋政府曾为此事与英驻津领事交涉,但毫无结果。在1925年李景林督直期间,英籍华人熊少豪做了天津交涉员,他与英国领事狼狈为奸,以承认既成事实为由,将马场及沿马场道两侧的土地、房屋以及警察权划归英租界管辖,草草了结此案。④ 不过无论是马场道两侧还是佟楼以南的土地管理权的归属,均未经任何认真的勘定和正式交涉,更没有任何协议条款。

---

① 《天津英租界扩充章程(1899年)》,《近代史资料》第93号。
② 《八国联军侵华实录·天津临时政府会议纪要》下,第381、581、595、598页。
③ 《天津海关》档,全宗号1,案卷号1457。
④ 天津市政协文史资料委员会:《天津租界》,天津人民出版社,1986年,第6页。

# 第二章 租界的行政体制和各种制度

最初,英租界实行的是一种类似城市自治的政治体制,租界的权力掌握在纳税人会议选出的董事会手中,而工部局则是行政机构。法租界则实行的是领事专制制度。各国租界的行政体制略有差异,但是都是在开辟国的政府代表——领事控制下,由侨民中的富商掌权。各国租界执行的是各开辟国的法律,租界当局享有行政立法权,中国政府的司法权和课税权在这里已经丧失殆尽。天津租界还与其他城市的租界不同,有着庞大的外国驻军。在租界这块中国领土上,中国政府已经完全丧失了行政管理权,是列强对华殖民主义侵略的集中表现。

## 一、天津租界的行政体制

无论对于主权国家中国政府来说,还是对于西方列强(租界开辟国)来说,租界都是一个非常特殊的城区。对于中国政府来说,租界在开辟之初,只是允许外国人经商、居住,至于它与中国政府的关系和地位,则完全没有规定;对于西方列强来说,这里毕竟是在中国的领土上,它不同于在世界各地的殖民地、附属国,可以设置总督和殖民政府。租界开辟国在这里如何实行管理,有一个形成的过程。各开辟国本国的政治体制无疑会在很大程度上笼罩和制约着该国租界的行政制度。不过,西方各国"三权分立"的原则和早期的城市自治制度在这里有着普遍的影响。大体上,租界里实行的是一种在开辟国政府严密控制下的市民自治制度。虽然由于各个租界的情况不同,但是本质上它是独立于中国行政管理和司法体系以外的城区。从租界当局与中国政府实行刑事犯"引渡"制度上看,租界当局俨然是一个中国领土上的国家政权实体。把租界称为"国中之国",不仅非常形象,而且道出了它的本质。

1966年11月26日,英国驻华公使阿礼国签署公布了《天津土地章程和通行章程》,确定了英租界最初的市政制度。后来英租界逐步形成的立法、司法、行政三权分立的市政管理体系,主要是由纳税人会议、领事和工部局董事会三方构成。关于领事和司法问题,本章下一节将有专门的讨论,这里要研究的是纳税人会议、工部局董事会。

纳税人会议最早称为租地人会议,相当于地方议会。

英租界设立之初,英国商民不仅人数少,而且其他财产有限,衡量他们财产最直观的效果就是租用了租界里多少土地。据 1865 年统计,英租界已出租土地 35 块,租地人 27 名,这些就是最早有资格出席租地人会议的代表。1885 年的修正案中要求租用土地要在 4 亩以上。以后,随着从事贸易经商的人员增多,1887 年又改为每年缴税总额 100 两以上,便有资格参加租地人会议。到 1918 人,在重新修订的《驻津英国工部局章程》中,将租地人会议改为"选举人常年大会",按原有章程,有资格参加大会的每人只有 1 票表决权,现修改为可以获得多票表决权,即土地主每年的年亩捐达 20 两者,可拥有 1 票表决权;80 两者拥有 2 票;240 两者,拥有 3 票;480 两者拥有 4 票,即为最高票数。占有房产者,每年估定租值达 480 两者可拥有 1 票表决权;3000 两者拥有 2 票;10000 两者拥有 3 票,即为最高票数。1918 年的规定与 19 世纪的规定相比较,可以明显地看出英国商民在这几十年中在租界的财富(土地、房产)急剧增长,而表决权的票数与财富直接挂钩,这又是十分露骨地把权力向最富有的英商手中集中。

由于早期的《天津土地章程和通行章程》(1866 年)中明文规定禁止华人在租界内占有土地,因此华人当然也不可参与租地人会议。到 1897 年英租界划定了扩展界,这里曾有长达 20 年的市政相对独立阶段。英租界当局一下占有比紫竹林老界大得多的土地,无力经营,而这里并非全是荒地,"向为中国人所居",再加上华人富商向新界不断投资,这使租界当局不得不承认这一现实,只得规定划界"三年以后,中国业主有家资"者,可以和外侨一样"须捐资以供修治道路","遇有公议事件,亦可一体随众会议"。① 不过,对于有多少财产才可以参加会议,规定得很含糊。后来参加到扩展界董事会的只有海关道蔡绍基和招商局的代表。

第一次世界大战期间,天津的经济有了很大的发展,富有的华人移居英租界的也愈来愈多。在 1918 年英租界各界(老租界、扩展界和"墙外推广界")的管理方面合并时,新制定的《驻津工部局章程》中对华人选举人资格做了差别性的规定,即华人土地主每年地亩捐至少要有 240 两、房产的每年租值至少要达到 3000 两才有表决资格。这两个标准都比对英国人的要求高出许多倍。按地亩捐计,高出 12 倍;按房年租值计,要高出 6 倍。

1918 年的差别性规定显然是对入住租界华人的极大歧视。到 1920 年前后,大批坐拥重金的北洋军的人物入住租界,大批从海外归来或者南方各省来天津谋发展的银行家、实业家入住租界。英租界内不仅华人的数量急剧增长,而且远远超过英国居民 10 倍左右(详见本书第三章的分析)。华人的财富更加可观,这一时期正是英租界的推广界尤其是后来被称为"五大道"的地区兴建的高潮,而入住"五大道"高级别墅的绝大多数是富有的华人,英国侨民则屈指可数,华人纳税额早已超过英国侨民。华人在英租界内已经有举足轻重的作用。1918 年的差

---

① 《新议英拓租界章程》,《天津租界档案选编》,第 10 页。

别性规定愈来愈难以维系。而就全国来看，南方各地又兴起了华人参政运动和汉口、九江收回英租界的斗争。这时，在天津，"收回英租界"的呼声也在增长。面对着这种形势，英租界当局不得不对华人参政问题做出调整。

1928年4月，英租界工部局董事长杨嘉立（O. C. Young）提出了关于租界华人市政权利的土地章程修正案，并获得通过。这个修正案取消了国籍选举人的差别规定，业主选举资格中的地亩税和房产租值指标准也一并合计，任何国籍人士，凡每年缴纳上述二项税捐合计满200两者，应得1票选举权。凡占用房产全年租值估定满600两者，得1票选举权。同时，取消了最高票数的限制。关于董事会的组织，董事成员至多可为10人，至少要5人，其中半数席必须是英国人，其余半数席位不规定国籍，可以全部选为中国人。英国当局当然明白，如果完全票选，英国董事不会达到半数，所以设立了英国人在董事会上必须占半数，而董事会主席必须是英国人的规定。在立法机构的最后决定权上，英国人决不肯撤。

从早期的租地人会议到1897年以后的纳税人会议，再到1918年的选举人大会，名称在变化，其权力和职权也在不断扩大。到20世纪30年代，选举人大会的主要任务是审核通过财政收入决算和预算，选举工部局董事会成员、稽核员和估价委员，同时对上述人员实行监督，有权实行弹劾或不信任。大会有权制定租界的各项管理法规，规定各种税率，决定水、电、交通、邮电等公用事业的设置和经营、管理手段。大会有权决定对工部局的产业收入用于公共事业（如医院、市场、公园、图书馆、体育场）的投入等。选举人大会显然如同一个西方城市的地方议会。

不过，这个选举人大会的召集人和会议主持人都是英国驻津领事。英国驻津领事代表英国政府对英租界的市政事务拥有立法和行政监督权，他可以否决董事会做出的任何决议或行动，他也可以在口头上或书面上否决选举人大会通过的决议。当然，这主要是指在"可能损及女王陛下政府或英国臣民"等重大问题上，要维护英国的利益。1906年《天津英租界工部局董事会报告》中对此专门做了规定。在驻津领事之上，最后控制英国租界事务的是英国驻华公使，"公使随时可以撤销或改变领事的决定，也可以采取他认为合适的行动"。①

工部局是英租界的行政机构。最初，英租界的市政管理机构是由租地人会议选出的3~5人的行政委员会，到19世纪70年代形成了董事会。1888年，有了领取薪金的专职人员。这样，工部局的构成是两部分，一是其决策组织，即董事会，董事会董事任期一年，推选董事长1人。董事会下设若干常设委员会具体负责日常行政事务，多数董事要兼任不同的委员。这些委员会有：财政委员会、公共工程委员会、土地委员会、消防委员会、警务委员会、学校委员会、卫生委员会等。各个委员会一般由1~4名董事兼任委员，董事长则是各委员会的当然委员。董事会还先后设立了6个保管团，以保管和经营租界的资产。组成工部局的第二部分是负责实施管理的专职官员和他所领导的行政部门。这些专职官员是由董事会委任，多是外侨，许多是各方面的专家。这些官员有：秘书长、市政工

---

① 《天津英租界工部局董事会报告》，1906年，第56页。

程师、电务工程师、水道工程师、警务督察长和卫生官。这些官员实行个人负责制,每年要向纳税人大会提交报告。

董事会董事的选举是在租地人或纳税人中选出,没有专门的财产资格规定。选举董事是英租界政治生活中的大事,有着严格的程序:首先由选举人2人(1人为推举人,1人为赞成人)提出候选人,并征得候选人书面同意,在纳税人常务大会召开前7日交工部局秘书长;工部局在会前将名单(连同推举人、赞成人名单)以《通告》的形式在报纸上公布;如果候选人人数符合章程规定(1919年后为5~9人,1928年以后为10人),则经纳税人大会表决认可,如果人数超过规定,则要票选。1931年4月公布的候选人就有12人,这就需要经纳税人大会投票选出10人。

在推选董事时,一般作为推举人和赞成人的都是有相当社会地位和声望的人士,如1931年候选人巴尔雷的推举人就是前任董事长杨嘉立和大名鼎鼎的大律师甘博士,陈聘丞的推举人是银行家卞白眉和外交家颜惠庆。① 而董事候选人当然也是英租界最具社会影响的代表人物。最早的董事(行政委员)就是最早到达天津的洋行经理。19世纪70~90年代先后有4位津海关税务司被选入董事会。这时,早期来到天津而且实力强大的怡和洋行经理克森斯(E. Cousins)在董事会任职达17年。仁记洋行的历任经理、代权人也都曾参加董事会。到20世纪,董事会几乎完全被英国大洋行的经理及其代表所垄断。1903年老界董事会共有7名成员,其中仁记洋行占2人,高林洋行占2人,平和洋行和太古洋行各占1人,大洋行的经理或代权人占了七分之六。而出任董事长的更是其中的头面人物,如咪哆士洋行经理咪哆士(J. A. Meadows)连任董事长8年,怡和洋行经理克森斯(E. Cousins)连任董事长5年,仁记洋行经理狄更生(J. M. Dickinson)先后任董事长7年,高林洋行经理毛令(W. A. Murling)连任董事长8年,开滦矿务局总经理杨嘉立(O. C. Young)连任董事长9年,前天津海关税务司德璀琳(Custav Von Detring)更是先后担任董事长13年。董事会是英租界市政权力的核心,工部局的秘书长和主要负责官员,都要由董事会任命。董事会任期一年。在任期中,它掌握着英租界的市政管理权,凡是关于英租界的各项事务,都在董事会权限之内。另外,董事会不仅拥有行政管理权,还有部分立法权,对租界社会的各个方面可以制定法规。这些法规一经纳税人会议或者英国领事确认或批准,便与租界章程具有同样的效力。本章下一节将进一步讨论这一问题。

法租界的行政体系也是分为两级,其董事会也是由选举人大会产生。不过,由于背景不同,法租界虽然与英租界同时划分,但是发展得较晚。1908年,经法国驻华公使签署,驻津领事副署的《天津法租界市政章程》是早期的市政法规。1931年,又制定了《天津法租界章程》,取代了1908年的法规。这些规定中,虽然也体现了一定程度的自治,但是法租界一直以法国驻津领事为最高行政长官,以至于被称为"领事独裁体制"。

法租界对选举人的资格也有占有资产的规定,即在法租界置有地产或私有

---

① 《大公报》,1913年4月9日。

房产,月缴租金在40~50元以上或月收入不少于125元的法国人或外国人,才能成为选举人。中国人则没有参加选举的权利。不过,法租界的选举人大会并不是最高立法机构,而只是在每年年初由领事召集公议局(相当于英租界工部局)董事会成员议事,法国领事是董事会的当然主席。在法国公使的同意下,领事还有权额外任命董事若干名,领事有权停止董事会的工作甚至解散董事会。董事会所通过的一切决议,须经领事的签署方可公布施行。公议局雇员的任免,也是由领事监督公布,隶属于公议局的巡警局,其警员的任免则完全由领事决定。总之,法国驻津领事早已不再是一个外交官,而是凌驾于法租界一切行政管理权之上的独裁者,而公议局不过是一个咨询、议政的处所。法租界的日常行政事务则由公议局下设的总务处、工程处、捐务处、卫生处、教育处分管,但是各部门官员不是对董事会负责,而是对领事负责。法租界的警务机构独立建制,称为工部局。巡捕的任用、指挥也完全由领事控制。

除英、法租界以外,天津还有意、德、俄、奥、比5个欧洲国家的租界,它们大都是1900年以后划分的。这些租界建立较晚,收回又早(除意租界),土地开发和市政建设都未完全开展。虽然这些国家政府都授予租界的"自治"权,但是各国领事对租界政务都有较多的参与权。一个客观原因是这些租界开辟国本国居民一直人数不多,有的只有几百人甚至不及百人,形不成什么"自治"力量,该国政府当然就让领事抓住权力不放。不过,由于各国的背景不同,租界行政体制上也各有不同。

这其中,意、比两国租界的行政体制更类似于法国,即领事掌大权。由于意租界开辟时,意国居民极少,意大利政府只好派出青年军官费洛梯(Filete)担任行政委员,负责全盘事务。直到1923年,意国政府才把意租界作为自治区域,让当地的外国侨民选出5名董事组成董事会(意籍董事占3名)。1929年,意大利政府根据本国的市政制度,颁行了《天津意大利租界章程》,由意大利外交部任命意租界的最高行政长官(通常由驻津领事兼任),工部局董事会下降为咨议会。实际上,意租界的领事专权,比法租界有过之无不及。比租界向来未加开发,侨民稀少,一片荒凉,连比驻津领事馆都设在英租界。当地只有一个临时工部局董事会,由领事自任董事长,而董事又是领事自己选派的比国富商。董事会设有定期会议制度,只是遇事临时召集,实权由比国领事一人独揽。①

德、俄租界的情况则接近于英租界的"自治"体制,由德国侨民纳税人选举产生的董事会由5~6人组成,行使包括警察权在内的各种行政权,德国领事只是监督,并不直接过问一般行政事务。俄租界的"自治"色彩也较浓。这个租界虽然划分很晚,但是它占据了海河东岸与火车站、铁路之间的大片土地,很快就发展为码头、货栈、仓储和新兴工业区,各国商人纷纷投资。这就形成在俄租界,俄国侨民不是很多(富有者多住英租界),而英国等国侨民却占有大量土地的局面。因此,俄租界里英语竟成为正式语言。俄租界的日常行政权,全归选举产生的工部局董事会,而董事的选举不受国籍限制,英国富商一直在这里拥有较多的发言

---

① 《中国租界史》,第175页。

权。不过,俄国政府又规定了由俄国领事出任董事长,选举人会议的决议必须在 10 日内经领事批准方可颁行。

日租界的行政体制与欧洲国家不同,但是结构上也受到英法模式的不小影响。日租界划于 1896 年,但是庚子年之前毫无建树。1905 年日本政府颁布了《居留民团法》,从 1907 年开始实行。根据这项法则和施行细则的规定,居留于天津日租界及界外 2 里(1938 年改为 3 里)的日本侨民组成居留民大会,这类似于欧洲国家的选举人大会,而它的行政委员会又类似于董事会,不过,具体情况很不相同。凡日本人每月交纳一定数量的课金,并连续交纳 6 个月以上的,即有选举与被选举资格。日租界内的中国人和其他国籍者也可以获得这个资格。不过在居留民议员(初为 60 名,后改为 32 名)名额中,日本人必须超过半数,议长、副议长也必须是日本人。同时,只有日籍议员占与会议员半数时才能开会。居留民团拥有广泛的权力,它对涉及居留民团的财产、税收、财政收支、教育、医疗、消防、交通、各种公共设施等项事务均有决定权和管理权,事关日租界社会的方方面面,无所不包。它的市政管理权比英租界纳税人大会要宽泛许多。负责居留民团行政事务的机构是行政委员会,委员由议员中选举产生,由 10 人组成,其中日本人必须过半数,这个委员会类似英租界工部局董事会。日租界具体的日常事务则由民团事务所经办,事务所以民团理事为首,由行政委员会任免,经领事认可。事务所的组织比英国工部局下设的机构庞大得多,而且分工细密,共有总务部、工务部、卫生部、业务部、财务部等,又下设 17 课(科)38 个系。表面上看,日租界的行政体系很有自治色彩,但是实际上情况与英租界的"自治"很不相

日本驻津总领事馆位于现八一礼堂西侧

同。它的居留民团在涉及立法时,就要秉承以领事馆"馆令"形式颁布的日本政府命令行事;它的行政委员会虽然类似英租界的董事会,但是它没有立法权。无论是居留民会还是行政委员会,其所做出的重要决定都要经过日本驻津总领事的认可方可施行。日本驻华公使、日本外务大臣都对居留民团的各项事务有很大的监督权。

以上我们讨论了以英、法为典型的各个租界的市政制度。从控制市政权力的角度看,英租界权力的主体是以纳税人为主的租界市民,尤其是英国侨民。财产成为表决投票权的规定使社会权力更集中于以大银行、大洋行为代表的英国富商之手,这反映了英国居民中商人实力的强大。相比之下,法国商人的实力要薄弱得多,法国政府为了控制租界,就授予驻津领事有更大的独断权。其他欧洲国家租界的市政制度也大体上反映了租界开辟国本国政体的特点和经济实力。日本侨民的数量庞大,从它在表面上的"自治"背后,可以看到日本政府的直接控制。无论哪种市政制度,它们都不可能是完整意义上的"三权分立"和"地方自治",无一例外,各种制度都是为了满足租界开辟国本国侨民的在华利益,都是为了保证列强对各自租界的控制。中国政府在这块领土上的行政管理权已经完全丧失。

### 二、天津租界的法律制度

列强在租界内享有立法权是从 1861 年汉口、九江英租界划分时开始的,随后各国依片面最惠国待遇也都取得了在租界的立法权。不过,租界虽然被称为"国中之国",但是这里的领土主权毕竟还属于中国政府。由于入住租界的外国商民和中国居民仍然必须遵守中国的民法、刑法、诉讼法等各项法律,所以租界当局无权也不必涉及这些基本的立法问题。那么,租界当局的立法,主要就是行政管理章程。

在这些行政管理章程中,有一些是属于基础性的法律、法规,更多的则是具体实施的行政法则。

基础的法律、法规,以英租界建立得最早也最为周密。早在 1863 年,由驻津英国领事批准颁布了《天津埠地方章程和领事章程》。1865 年,英国政府规定,在华英租界的市政章程必须由驻华公使颁布实施,于是 1866 年 11 月 26 日,经过修订的英租界市政章程由驻华公使阿礼国公布施行。此即《英国租界现行规则》。① 1897 年英租界扩充界划定后,由于界内原住华人众多,1899 年单独制定了《天津英租界扩充界章程》,于是,英租界出现了两套章程。到 1918 年,英租界老界、扩充界、南扩充界和墙外推广界四界合并,又产生了合并后的《驻津英国工部局所辖区域章程》(1918 年制定,1928 年修订)。② 法国租章 1903 年见报的有《天津紫竹林租界章程》。③ 意租界在 1908 年颁布了《天津意大利王国租界土地章程和总法规》。④ 天津俄租界也订有《租界章程》,日本租界则有《居留民团法》。

在这些租界的基础性立法中,以法规的形式规定了租界的行政体制和执行体系。如《驻津英国工部局所辖区域章程》,内容就相当完整,类似一部"小宪

---

① 《天津租界档案选编》,第 60 页。该书将此章程颁布时间误为 1887 年。
② 刘海岩译:《天津租界市政章程法规选》,《近代史资料》总第 23 号。
③ 《大公报》,1903 年 7 月 25 日、26 日、27 日。
④ 刘海岩译:《天津租界市政章程法规选》,《近代史资料》总第 93 号。

法"。它首先对英租界选举人大会的组成、议事程序、纳税人选举资格、选举人的权限、董事会的组成、工部局的产生及权限、警备命令的发布、巡捕制度等方面做了规定;其次是对捐照、税款的规定;再次是关于公共卫生、建筑等章程的规定以及章程的修正等项,总计53条、100多目。《天津意大利王国租界土地章程和总法规》内容则分为各个不同的章程,其中"土地章程"规定,除意大利公民及意籍公民有权购买和承租租界土地外,"任何他国公民,只有以其本人的名义书面保证并有其本国当局正式担保,服从本租界……所有章程和法规,才享有相同的权利"。此外还有"建筑章程""治安通行法则""纳税""河坝""车辆""房产税""土地税"等各个部分。在中法《租界章程》中,分为"买卖租地条规""工部局章程""查办犯案章程""巡捕章程"等部分。在日租界的《居留民团法》及《居留民会规则》中,也主要是有关行政制度及行政机构的法规。①

除了租界的总章程之外,各个租界的各项市政管理措施几乎都订有具体实施的法规或法则。这其中最重要的建筑法规。法租界在20世纪初期颁布了《天津法租界新定房屋界限工程条款》,对法租界老界的部分地区规定:"界内不准华人开设铺户及人家居住,此界专为西人居止之所。"它还规定法租界"界内房屋必须一律按照西式屋样建造,一切旧有中国式样房屋该业主一经领事允准,必须一律改建。"如有"擅自起建中国式样房屋者,一经查出,立即勒令拆去并不赔偿所失钱财""凡租赁房屋华人不遵以上所定章程,亦不准界内居住"。② 英租界在1918年提出在推广界建设花园洋房区之后,对现"五大道"地区的房屋建筑规格、样式、绿化等都做了详细的高规格的规定,意租界对建筑也提出了许多要求。

此外,各个租界对其他许多具体的市政管理问题也有许多法则。如,1903年见报的《天津紫竹林法租界章程》,就规定:"不准开设赌场、烟馆、娼窑""一切邪淫书籍、照片不准在街市摆列出售""零星小贩出卖各种货物必须先报明工部局方可""饭店、咖啡馆每日必须晚间11点关门""不准成群骤马溜行街市""大车及人力车不准在大道两旁砖上行走"等。另外《章程》还对住户清扫门前卫生、倒垃圾的时间、垃圾的倾倒处理、粪桶的出运时间这些细节做了具体规定。这些显然是现代城市管理所必须的条件。③ 而意租界的治安通行法规更有26条。在日租界,有关市政管理的规定多达百种以上。

租界的行政立法权掌握在哪些人手中,情况不完全相同。如前文所述,在英租界是选举人大会通过后,最后决定权在英国驻华公使;在法租界,选举人大会设有立法权,行政法规由以法国领事为主席的工部局董事来拟订,而这些法则又要由领事出示后才能生效。其他租界的行政立法制度,俄、德租界与英租界相似,意、比、奥租界则类似法租界的制度。不论以什么形式立法,在中国这块土地上,中国政府除了还拥有领土主权之外,立法权已经丧失殆尽。

---

① 参见《中国租界史》,第119页。
② 《大公报》,1903年7月30日。
③ 《大公报》,1903年7月30日。

### 三、天津租界的司法问题

天津租界内的司法问题也很值得人们注意。

从国籍看,租界有三种居民,即"有约国人""无约国人"和华人。所谓"有约国人"即享有领事裁判权的西方侨民;"无约国"是指不享有领事裁判权的别国商民,这里包括人数众多的"无国籍"人士(如犹太人、流亡的白俄)。

对于第一种居民,是享有领事裁判权的。领事裁判权是源于1844年中美《望厦条约》的规定,列强依据片面最惠国待遇,先后有19个国家的侨民在中国享有治外法权,即他们无论在中国任何一地成为民事或刑事案件的被告,都不受当地中国法庭的管辖。这个制度并没有租界内外的区别。对于第二种居民和租界内的华人,按照既有规定,如果成为被告既然在中国的领土上,就应该仍由中国法庭审理和按中国法律判决。但是这些制度在租界里执行起来,情况却很不相同。

以英租界为例,对于租界所属国(英国)的侨民和其他"有约国"侨民,他们虽然享有治外法权,但是在租界以外,如果他们成为被告,中国政府一般地都有逮捕权,然后再送外国领事审理。但是到了租界内,任何犯罪的外国人,都不会受到中国政府的逮捕。对于"有约国"商民的逮捕"只能持其本国领事的拘票",由领事本人或指定者送达。

对于"无约国"商民的逮捕,只能持相应的中国官员的拘票,但是拘票只有经英国领事签署批准后方可执行。

对于住在租界内的大批华人,也要部分地接受租界当局的司法管辖。本来以中国人为被告的案件,要由中国法庭审理。但是中国政府在逮捕租界内的华人时又受到限制,即要正式将拘票通知英国领事,其后才能按英国领事的命令由英国巡捕"协助执行逮捕"。

关于逮捕罪犯的种种程序,很明显地说明,英国当局视租界为英国国境之内,根本无视中国的主权。而关于对华人罪犯的"引渡"制度则更说明问题。

"引渡"本来是指一国政府应他国政府的请求,将被他国指控或已判刑的人移交该国的外交行为。在中国丧失主权的情况下,租界与华界对于华人罪犯的交接,竟然也采用了这个制度。在这个制度下,租界所属国的领事,对于是否"引渡"界内的"国事犯"即政治犯有决定权。不经领事批准,中国政府无权缉捕在租界内的国事犯。对于国事犯,租界当局在一定条件下给予保护,这并不是出自对政治犯的同情,而是他们视租界为自己的国土,拥有国家主权。按照国际法的惯例,一个主权国家对于来自别国的国事犯有庇护之权。租界当局俨然以一个主权国家自居,不许中国政府随意染指。当然,租界当局在一定条件下,权衡利弊,也会把政治犯"引渡"给中国当局。20世纪20年代中期,中共天津地委和国民党省市党部都隐蔽在英、法租界。奉系军阀褚玉璞疯狂镇压革命力量,他对英租界当局施加压力,派便衣进入租界,协同英界巡捕,逮捕了以国民党党部常委江震寰为首的共产党员和国民党左派人士15人。一开始,英租界当局曾两次拒绝向天津警察局"引渡"。褚玉璞命交涉署致电北京政府外交部,军阀当局几次派人向英国领事交涉,最后英国领事同意"引渡"。《大公报》发表评论:"此次为本埠租界外人允许中国引渡中国党人之第一次,实为从前所未有。"1927年4月18日,江震寰等15位革命党人被杀。1934年11月,著名的抗日将领吉鸿昌在法租界国民饭店被国民党特务行刺。法租界当局不去追捕刺客,却将受伤的吉鸿章将军"引渡"给国民党军事当局。这是民国时期最大的两起"引渡"事件。

这里有必要提到关于中外会审机构的问题。1868年,清政府曾要求在租界内设立中外会审公廨。但那时天津的外国租界刚刚开辟,侨民很少,没有建立的必要。到19世纪末,清政府已经不再主张中外共同涉及租界的案件。1904年,各国驻津领事团曾向清政府正式提出在天津建立会审公廨,遭到清政府的拒绝。① 为了应付不断增多的涉及租界华人以及"无约国"侨民的案件,民国初年,天津县政府设立了华洋承审处,专门处理此类案件。②

各租界当局除享有以上特权之外,还常常无视中国的司法管辖权,私自扩大领事的权限,往往把本应交中国当局审理的案件自行处理。意租界更悍然规定:该界居民因不动产发生争执,"无论业主系哪国人,均须由意领事法庭依据意国法律裁决"。③ 租界警方依仗强势,做出许多强悍的行动。如,警方对该界内的华人罪犯,往往直接逮捕。租界虽然不设监狱,但是有大小不同的拘留所,案犯要在这里预审,然后才送往中国警厅。有些租界,警方对华人罪犯更直接判罚,如,居住在奥租界的宋仲元,因设赌,被抓送工部局,被判"罚洋80元,因无力交纳,送经巡警总局判苦工"。④ 有的被判"枷号二日示众"。⑤ 直到1931年,意国领事还直接裁判华人被告,引起了全市舆论的关注。⑥ 有的租界当局竟"派直迳赴华界拘传人犯,带案讯办"。天津公安局在1927年、1929年两次声明,予以阻止。⑦

## 四、中国当局课税权的丧失

税收是租界当局主要的财政收入。一般来说,一个国家在哪个地区征税,是在该地区行使国家主权的具体表现,但是在各个租界,当局都"名正言顺"地享有独立征收各项税款的权力。在《驻津英国工部局所辖区域章程》(1918年制定,1928年修订)第十九条"捐税征收"一款中明文规定"董事会有权征收选举人大会所核定之各项捐税暨依据此章程、条例规定之应征捐照费等"。在租界里,最大宗的收入是纳税人的地亩税和房产租值捐。此外,尚有各种营业捐(包括各类商店、商场、银号、金店等);娱乐场所捐(包括展览馆、俱乐部、公寓、剧场、电影院、餐馆、旅馆、球房、跳舞场等一切公共娱乐场所);车辆、牲畜捐(包括各种车

---

① 《中国租界史》,第141页。
② 《天津海关十年报告(1922~1931年)》。
③ 《天津意租界章程》,第57款。
④ 《大公报》,1907年12月27日。
⑤ 《大公报》,1907年4月24日。
⑥ 《大公报》,1931年3月12日。
⑦ 参见《天津租界社会研究》,第269~270页。天津人民出版社,1996年。

辆、人力车、船只、马匹、骡驴、豢犬等）；对小贩、乞丐、说书人、行商、劳力等也得办照收税，否则就予以取缔、禁止。其他还有危险品税、码头税等等。这其中，营业税更是大宗收入。总之，各租界当局都是以一个地方政权的名义行使它的行政权力。它们都定期以布告、告示的方式向居民公布各项税收项目、数量和交纳日期。进入20世纪以后，在天津各大报刊上随时都可以看到"大英国工部局示""大日本租界局示"等各类强行征税的命令。日本租界规定："客店、饭馆、妓女、落子馆等课金限每月10日交纳。""凡不交者即送署"，"二次不交由总领事处断"。①

租界仍然是中国的领土，中国政府理应对租界内的外商和华商征税。但是经多次交涉，直到1937年"七七"事变前，天津市政府也没能向外商征税。对于向华商征收商业营业税，中国政府也一直无可奈何。1922年11月25日《大公报》报道："接财政部来文：查租界内华人贴用印花一宗，前由本院与外交团议决实行"，"惟以该地商会，尚多观望……未认真实行"，当局只好"转商天津领事团，正式委托外国警察实行检查罚办"。谁都明白，这样的决定已经毫无意义。到20世纪30年代初，国际形势发生了很大变化。经多次交涉，驻京公使团才承认中国政府可以像对华界那样对租界华商收税。经天津市长张学铭亲自出面力争，才在1931年7月21日在英租界开设了第一征收处。但是这个征收处却强调"已征得了英国领事的同意"。它把报表向各商户散发，要求填报，但是又声明"绝不苛求，绝不查账"。如此软弱的态度，使这个征收处形同虚设。即使如此，日、法、意租界也不同意设立征收处。1932年5月以后，第一征收分处改称为租界劝导处。这种"劝导"的结果可想而知。后来，英租界更以干涉他们"自治"的权利，迫令该分处退出英租界。② 到1933年"各租界商家不纳营业税"已成为尽知的事实，天津市政府只得要求"在毗连租界处设关卡，凡租界运出之货，须交营业税"。③ 这只能是最无奈的选择了。

**五、世界罕见的驻军制度**

天津人一提到租界，马上就和各个庞大的外国兵营联系在一起。在一个城市，有这么多的外国驻军，不仅在全国，在世界上也是罕见的。

本来租界制度中并无驻军的规定。由于1844年中美《望厦条约》中规定了美国军舰可至中国各通商口岸"巡查贸易"，造成了外国军舰可以在各个通商口岸长年驻泊"保护侨民"。不过只有在"紧急状态"下，外国水兵才能登陆。庚子年以前，天津租界早就出现了外国水兵和陆战队，但是外国军队长期驻守则没有条约规定。1900年八国联军发动侵华战争的时候，天津租界成了他们最主要的集结地和占领地。战后签订的《辛丑条约》中规定了从北京到山海关铁路沿线驻守外国军队，以控制京师的门户和咽喉。于此，除比利时以外，在天津八个租界

---

① 《大公报》，1908年7月18日。
② 孙慎言：《天津地方税收史话》，《天津文史资料》第五十五辑，第146页。
③ 《大公报》，1933年4月23日。

的所属国纷纷把最庞大的驻军都驻扎在天津。这些兵营大多直接设在该国的租界里。

外国驻军之始,1901年4月在瓦德西主持的一次会议上,确定天津的外国驻军是6000人。在《天津督署还津条款》中(1902年)又对八国联军留守天津租界及周边地带做了具体规定。以后,驻军的数量曾多次调整,大体上是随中国政局的变化而增减,总人数最多曾达到15000人以上,即使是"平常时期",如1907年,天津的外国驻军也有2735人。

直到20世纪30年代日本发动全面侵华战争前,英国在天津的驻军一直是人数最多的。1902年八国联军撤走时议定,英军可驻扎806人,以后又陆续增加。至20世纪30年代,达到3000多人。英国驻军为旅建制,司令部为陆军少将。英国兵营位于英租界大北道(今贵州路)。从1946年天津市政局勘查的地段上看,兵营不仅包括现在市一中校园,它的附属房屋已经跨过马路,包括现实验小学、原市幼儿师范学校的一大片地区,是市区内外国兵营占地最多的一个。

在1902年联军占领结束时,议定法国可以驻军1007人,以后曾达到过2000余人。法国除了在今赤峰道东头建有紫竹林兵营(现建筑保存尚完好)以外,又强占了已被八国联军毁掉的天津机器局原址,此即"东局子"兵营。法国人在这里修筑边墙、水渠,设立靶场,并将附近荒地圈入,成为一个庞大的军事禁区。法国是唯一一个在租界以外建造巨大兵营的国家。此外,法国还在塘沽海河边强占大量居民土地,在这里长期保持有300名驻军。这片土地的原居民被炮火暴力强行轰徙,四处求告无门。这个地段直到1946年法租界收回以后才由中国当局收回。法国驻军有骑兵、工兵、宪兵,编号为法国远征军海军陆战队第16兵团,司令官为中将或少将军衔。

美国兵营最早设在今大沽路与烟台道转角处,后又在现广东路马场道交口新建兵营,即现天津医科大学东院,驻军番号为第15联队,司令官为上校衔。美国航空兵后来也多次驻扎天津。20世纪30年代,美国驻军达1500余人。

德国在1902年驻有1200人,为旅的建制,驻地在马场道以南三义庄一带,建制为旅,拥有骑兵、炮兵和工兵,最早的司令官为陆军中将,以后改为校官。

俄国兵营位于现河东区六纬路与十一经路一带(原北洋武备学堂地址),驻军人数记载不多,只有1903年驻77人一个数字,其司令官一度为陆军少将,后改为上校军衔。①

意租界初期就驻有海军陆战队400人,后来有增减,大体上保持在200多人,多时达500人,拥有骑兵、炮兵,司令官为校官。

奥国水师兵营位于海河东岸,1903年驻有44人,司令官为海军少校,后改为上尉军衔。

在各国兵营中,日本兵营是最特殊的一个。本来在议定时,日本驻军只有450人,比起英、法、德、美等欧美国家,人数都少一些。但是到了1903年,它已拥有骑兵、工兵、宪兵总计达625人。1907年更增至705人。后来,日本在天津设

---

① 侯振彤译:《二十世纪初期天津概况》,第159页。天津地方史编委会,1986年。

意国兵营（现河北区光明道）

"华北驻屯军"的建制，兵力达 2600 多人，这时，日本在津驻军早已不是扼守海口、控制北平，而是准备发动全面对华侵略战争。这时，它的建制为师团，历任司令官大多为少将衔，而每当加紧侵略部署时，则升格为中将，此外，还设少将参谋长。司令部下设八部，作战部队分为驻屯旅团、守备队、宪兵队、骑兵大队、山炮队、坦克大队、航空队、汽车大队、机械战队、化学战队以及通讯部和面积巨大的后勤仓库，构成一套庞大而完整的军事建制。日本兵营驻在海光寺，这是日本在天津发动政治动乱、制造华北危机以及发动侵略战争的最重要的军事基地。

### 天津外国驻军概况

| 国别 | 驻军人数 | | | | 曾用编制、番号 | 司令官军衔 | 兵种 | 兵营地址 |
|---|---|---|---|---|---|---|---|---|
| | 1903 年 | 1907 年 | 1927 年 | 1928 年 | | | | |
| 英 | 806 | 814 | 1800 | 1500 | 旅 | 少将 | 陆军 | 现贵州路天津一中址 |
| 法 | 1007 | 757 | 3500 | 1500 | 法国远征军海军陆战队第16兵团 | 少将中将 | 海军陆战军、骑兵、工兵 | 东局子及赤峰道东头 |
| 美 | — | — | 4350 | 2300 | 第15联队 | 少校上校 | 步兵、海军陆战队飞机队 | 现广东路医科大学东院址 |
| 德 | 1204 | 404 | — | — | 旅 | 中将少将校官 | 骑兵、炮兵、工兵 | 现三义庄一带 |

（续表）

| 俄 | 27 | 11 | — | — | | | | 现河东区十一经路与六纬路交口一带 |
|---|---|---|---|---|---|---|---|---|
| 日 | 625 | 705 | 1300 | 1150 | 华北驻屯军 | 中将 少将 | 步兵、骑兵、飞机队、工兵、宪兵 | 海光寺 |
| 意 | 226 | 6 | 600 | 400 | 营 | 上校 中校 少校 | 骑兵、炮兵 | 河北区光明道 |
| 奥 | 44 | 38 | — | — | | 少校 上尉 | 海军 | 河北区民主道海河边 |
| 总计 | 3989 | 2735 | 11550 | 6925 | | | | |

资料来源：《二十世纪初的天津概况》；《益世报》，1927 年 12 月 15 日；《大公报》，1928 年 8 月 24 日天津市公安局的调查。

外国驻军并不是终日关在兵营中，他们的"操练"每每外出至全市各处，各种演习、示威的规模也愈来愈大。1908 年 1 月德、法驻军就多次"操演"，先是 96 名德军远远跨出德租界，到十几公里以外的陈家沟、锦衣卫桥一带"操演"，不过几天，又有德军数十人"并马八十余匹，在河北大经路一带行军"。① 这一年 11 月，法国军队发出告示，把南北长 10 法里，东西宽 3 法里的范围列为禁区，"预告野操""试放山炮""骑兵来往巡梭，禁止行旅"。② 外国驻军的增减活动总是与中国政局密切相关。中国政局一有风吹草动，这里必有反应，以示其对中国的干预与控制。1912 年初，正值辛亥革命初胜，南北斗争的关键时刻，法国驻军在 1 月 27 日出动步兵、骑兵 600 多人，炮车 60 余辆，在现河北区大经路一带（当时，这是天津的行政和文化中心区）进行武装大示威。③ 1917 年，正值"府院之争""张勋复辟"等动乱之时，先是日军 680 人在海光寺"操演"，后是英、法重兵在东局子"合演冬季大操"。这两次"操演"还遍请天津军政官员"参观"。④ 1922 年直奉战前，列强加紧向天津增兵。先是美国由山海关调兵 100 人；法国由大沽口调军舰停法租界码头，备机关炮一架，小钢炮两架；日本 100 名全副武装的军人由山海

---

① 《大公报》，1908 年 1 月 4 日、9 月 9 日。
② 《大公报》，1908 年 11 月 26 日。
③ 《大公报》，1912 年 1 月 28 日。
④ 《大公报》，1917 年 4 月 12 日；11 月 12 日。

关来津。到秋天,"美核在千人基础上增兵,英兵计划增兵一倍,以少将为司令"。① "九·一八"事变后,日本在天津的驻军更成为日本帝国主义在华北一系列阴谋活动的依托,不仅驻军不断升格,而且更是频频出动,1932年1月就出动2000人示威。② 1935年11月4日开始平津日军"大演习","铁甲车队亦全体参加"。③ 从11月6日到7日,日军还在东部军粮城一带举行更大的演习。

① 《大公报》,1922年9月21日。
② 《大公报》,1932年1月8日,1月9日。
③ 《大公报》,1935年11月4日。

# 第三章 多国侨民汇集天津租界

天津租界开辟之后,许多国家(包括非租界开辟国)的侨民大量涌进天津居住。其中英、美等国的侨民以商人为主体,实力最强。日本侨民带有明显的移民倾向。"白俄"的大量到来给天津社会带来了诸多的影响,精明的犹太人则建立了相当完整的社区。外国普通侨民不是侵略者,他们与中国居民友好相处。庞大的侨民社会成为近代西方文明的载体。侨民当中的知识分子更为文化传播做了大量有益的工作。

## 一、多国侨民大量涌进天津租界

1860年,在天津开辟为通商口岸的同时,英、法、美三国又在天津划定了租界,因此,欧美侨民逐渐到来。最早跟随英法联军到来的有13名英、美两国人,他们是官员、商人和传教士。1866年,居住在天津的外国侨民已经达到112人。其中英国58人、美国14人、德国13人、俄国13人、法国10人、意大利2人、瑞士和丹麦各1人。①

不过,这时天津城南的租界尚在开发之初,除了英租界有供外侨娱乐的弹子房、俱乐部和基督教堂,法、美租界则是一片荒凉。1867年,法租界还只有2名法国商人长住。20世纪60年代外国的洋行(其中英国9家、俄国4家)也大都设在天津旧城和宫南、宫北大街等老商业繁华区,因此早期的外侨也住在这一带。连美国、荷兰、俄国等领事馆也设在这里。

从19世纪70~90年代,是天津租界初步发展期,这时天津的对外贸易得到了很大的发展,租界的建设也初具规模。特别是1870年天津教案发生后,旧城区已经不宜外国人居住,原住旧城区的侨民几乎全部转入租界。

---

① 吴弘明编译:《津海关贸易年报(1865~1946)》,第24页。天津社会科学院出版社,2006年(以下引用此书,只注书名及页码)。

**1877～1900 年天津外国侨民统计**

| 年代 | 1877 | 1878 | 1879 | 1890 | 1896 | 1900 |
|---|---|---|---|---|---|---|
| 人数 | 175 | 201 | 262 | 621 | 700 | 2200 |

资料来源：吴弘明编译《天津海关贸易年报》，第 110 页。又据李竞能：《天津人口史》，南开大学出版社，1990 年 6 月（以下引用此书，只注书名和页码）。

20 世纪初期，天津租界内侨民的数量增长特别快。1900 年是 2200 人，到 1906 年就达到了 6341 人，六年之中增加了将近 2 倍。这一方面是由于世纪初各国在天津强占了大批租界，使外侨入住成为需要和可能，另一方面，庚子事变的前前后后，使天津成为世界瞩目的城市，西方也有更多的人注意到这个扼守北京咽喉的港口城市。八国联军撤退时，有一些军人看到天津的发展前景和商机，作为侨民留了下来。著名的仪品公司最初就是由两名留下的法国军官创立的。

外侨增长的另一个高潮是 20 世纪 20～30 年代。本来随着第一次世界大战的结束，西方人纷纷东来寻求发展。1929 年西方经济危机爆发，来到天津的外国人增长得就更快了。

**天津市区各年度外侨人数统计**

| 人数\国别\年代 | 英 | 美 | 法 | 德 | 俄 | 日 | 奥 | 意 | 比 | 总计（包括其他国家侨民） |
|---|---|---|---|---|---|---|---|---|---|---|
| 1906 | 1652 | 560 | 349 | 965 | 212 | 1769 | 163 | 25 | | 6341 |
| 1921 | 1290 | 1818 | 414 | 270 | 1200 | 5168 | 26 | 197 | 370 | 11144 |
| 1925 | | | | | | | | | | 13457 |
| 1926 | 2000 | 2012 | 605 | 898 | 1600 | 5696 | 70 | 145 | 566 | 13812 |
| 1930 | | | | | | | | | | 8811 |
| 1933 | 424 | 343 | 350 | 343 | 2608 | 6788 | | 76 | 24 | 11291 |
| 1936 | 1412 | 1571 | 1610 | 607 | 125 | 11159 | 174 | 354 | 373 | 19785 |
| 1937 | | | | | | | | | | 26437 |
| 1943 | 67 | 8 | 207 | 668 | 649 | 72971 | | 308 | 63 | 78547 |

资料来源：据《天津人口史》第 104 页、108 页表 4—14、表 4—16 整理。按国别统计时，只列出主要国家，总人数中尚包括其他国家的少量侨民。

以上表格所示的是整个天津市区外国侨民的数量。这个时期，距"天津教案"已经过去了半个多世纪，情况有了很大变化。天津城市这时正处于蓬勃发展的新时期，外侨在租界以外传教、经商、办学、居留者人数已经不少。不过，从比例上看大部分还是住在租界。

**天津市外侨居住情况**

| 人数 居住<br>年代 | 租界 | 华界 |
|---|---|---|
| 1930 | 6422 | 2389 |
| 1933 | 11291 | 1842 |
| 1936 | 19785 | 3069 |
| 1937 | 23331 | 3105 |

资料来源：根据《天津人口史》表4—14、4—15、4—16等数字整理。

在各个租界中，外侨的居住情况并不平衡。由于英租界不仅面积最大、区位最优，而且大银行、大洋行最集中，因此不仅英国人，而且大批美、法、德、意等商人，尤其是后来的白俄都选择住在这里。另外，一些没有租界的欧洲、拉丁美洲以及亚洲许多国家的侨民也住在这里。大体上，20世纪20年代末，英租界的外侨占全市租界外侨的一半左右，到30年代以至"七七"事变前，这个比例在缩小，实际上人数并不少。这主要是因为随着日本侵华步伐的加紧，入住日租界的日侨人数在急剧增长的结果。

**天津英租界外侨人口统计**

| 人数 年代<br>国籍<br>或民族 | 1929 | 1934 | 1938 |
|---|---|---|---|
| 英 | 755 | 1451 | 1372 |
| 美 | 273 | 252 | 185 |
| 法 | 30 | 55 | 60 |
| 德 | 90 | 85 | 111 |
| （旧）俄 | 1527 | 1448 | 2327 |
| 波兰 | 75 | 48 | 77 |
| 犹太 | 24 | 323 | |
| 意大利 | 13 | 29 | 32 |
| 比利时 | 8 | 24 | 26 |
| 印度 | 25 | 52 | 20 |
| 日本 | 160 | 89 | 302 |
| 总计（包括其他国家侨民） | 3117 | 4045 | 4728 |

资料来源：据英国工部局董事会报告（1938年）整理，见《天津人口史》。

## 二、以商人为主体的英、美等国侨民

英、美、法、德、意等在天津划定租界的各国侨民为数很多。这些国家都有相当一批长期居住在天津的人员,他们主要是官员与公务人员、商人、职员、传教士和自由职业者,而商人则是欧美侨民的主体。

住在租界的外国官员和公职人员,数量不是小数。对于频繁调动的外交官、驻军官员,可以不视为长住的侨民,单是租界本身就有工部局的官员、工部局下属部门的负责人和技术官员。在津海关的要害部门任职的外国人不下数十名,位于英租界的海河工程局也有不少公务人员,英租界的赛马会、乡谊会、各种保管团也都有公务人员,再加上租界的警务官员,他们之中大多数都是作为侨民长住天津,人数当以百计。

在这些长住侨民中,德璀琳是最有代表性的人物。古斯塔·冯·德璀琳(Gustar Von Datring),1842年生于德国,后来入英籍,1867年来津,1877年任天津海关税务司,1913年在天津去世。他一生的主要时间都是在天津度过的。其间,他前后任津海关税务司22年,任英租界工部局董事长13年,一直处于英租界最顶端的位置。他除了参加李鸿章的外交活动以外,在租界市政建设、跑马场的开辟、近代邮政的试办、北洋西学堂的建立等方面都做了不少努力。德璀琳的家庭也颇有影响。他的五个女儿先后嫁给德商汉纳根、美国美丰银行经理、奥国驻津领事、(英)开滦矿务局总经理、英国驻华使馆武官。可见他与各个国家、各个方面的

长期担任天津英租界工部局董事长的英籍德国人德璀琳

广泛联系。他的住宅也一直是欧美侨民的社交中心。他逝世后,就埋在位于佟楼南的德璀琳大院,他的遗孀在侨民中仍有很高的地位,人称"德老太太"。原为德国军官的汉纳根(Constantin Von HanneKon),1855年生于德国,他早年参予北洋海军的建设和黄海海战,得到过清政府的头品顶戴——红顶花翎和穿黄马褂的赏赐,因此在官场上被称为"韩大人"。汉纳根利用他的地位,直接从慈禧那里得到位于直隶与山西交界的井陉煤矿的开采权,从此全力经商。不过,商人汉纳根在家一直挂着德皇威廉的肖像,每逢节日则着德军大礼服。"一战"结束后,他与其他德侨被遣返回国,1921年又回到天津想重新建起他的产业,但是时过境迁,根本没有任何希望,结果生活潦倒,1925年病死于天津。

商人是欧美侨民的主体,这不仅是指他们拥有相当的数量,而且租界的权力、财富也都集中在他们手中。在英、法、意、德租界里,商人及家属为数不少。1936年,天津的外商洋行达993家,如果把各种商社、航运业都计算在内,各类外商机构则达2686家。① 以英租界为例,单是洋行就有68家(1936年),而且又多是大洋行。我们把每家洋行的经理只计为2人,总数当为136人。如果每位经理

---

① 王怀远:《旧中国时期天津的对外贸易(续)》,《北国春秋》第2期,第29页。

的家属只计为 2 人,那么这些洋行经理及其家属就已有 400 人左右,占了英侨的四分之一以上。如果把开办各种商店及其他服务业的商人也计入内,英商及家属起码要占英侨的半数。前面第二章对英租界工部局董事会的情况做过分析,正是英国富商掌控着董事会的大权。

在天津租界里,还有一批来这里淘金的暴发户。天津开埠不久,高林(G. M. Colling)就随船队来到这里。他一开始只是一个领港员,两年后在中街开了"高林货栈",从事皮货生意和羊毛加工出口,建立了高林洋行,不到 10 年,发展为天津最大的洋行之一。① 庚子事变之后,来天津谋发展的洋人更多了,垄断了天津公证业务的英商保禄洋行的创始人保禄斯(W. S. Borrows)原来是八国联军侵华士兵,战后留在天津。英籍印度人泰莱悌(S. B. Talati)也是在这时流到天津,他巧取豪夺,用尽各种卑劣手段,建成泰莱饭店,成为一个大富翁。英国人戴维斯(R. S. Davis)是听了他父亲(八国联军侵华士兵)回国后的介绍,20 世纪初期来到天津。他先是住在现大沽路英国菜市对面,生活十分拮据。劝业场的创始人高星桥找到他时,见他正以芹菜蘸盐面下饭。但是他能交朋友、筹措资金,为高星桥拉到了麦加利银行的 50 万贷款,从此成为十分活跃的人物。在这些人中,名声最差的是李亚溥(M. Leopold)。他是俄国贵族后裔,第一次世界大战中从军中潜逃买到瑞士护照。1925 年他来津后,以种种手段诈骗蒙混,先是办起利华洋行和利华储蓄人寿保险公司,1939 年建成当时天津的最高建筑——利华大楼。

德璀琳、汉纳根以及大洋行的经理们都拥有巨大的财富,他们的住所也多是天津有名的豪宅。德璀琳的住宅在英租界以外的近郊,背靠英商跑马场和乡谊会,著名的马场道一直通过他的门前。这座院落有三幢灰色洋房和大片绿地、树林。从楼上阳台可以眺望跑马场。汉纳根则在德租界海滨路(今台儿庄路)买下豪宅,每天盛装骑马出行。② 我们从档案中可以看到英商太古洋行经理住宅的图纸。它位于德璀琳住宅的对面,隐蔽在上百米的专用林荫道里面。这座别墅正式住房面积达 370 平方米,另有下房 12 间,佣人住房 14 间。院内不仅有大片草坪、灌木丛、花亭,还有专用马房和车库。图纸上还特别标出一个专用网球场。英国本土的贵族庄园也不过如此。诚如英国学者吴芳思(Frances Wood)指出的:"对于许多在这些通商口岸的外国居民来说,那真是一段享有极大特权的时期。他们有佣人服侍,吃的是进口的食物,或许这里优越的生活条件甚至在他们本国也达不到。"③

在这里,一般公务人员和商人也保持着相当高的生活水平。《租界生活——一个英国人在天津的童年》一书生动地记叙了作者在天津生活的方方面面。我们可以看到,作者的外祖母——达克饭店经理的夫人,有专用的人力车,而作者的父亲是海关的一般关员,他家住在现泰安道,是一座有前后院的楼房。他的全

---

① 周利成、王勇刚编著:《外国人在旧天津》,第 83~84 页。天津人民出版社,2007 年(以下引用只注书名及页码)。
② 《外国人在旧天津》,第 90 页。
③ 〔英〕布莱恩·鲍尔著,刘国强译:《租界生活——一个英国人在天津的童年》,第 8 页。天津人民出版社,2007 年(以下引用只注书名及页码)。

家四口人也雇用了两位保姆和一个男性苦力。"除了那些雇不起佣人的贫穷的白俄和西伯利亚人以外,大多数外国人的家里都有个苦力,更富裕一点的家族还会雇有一个男管家。"①

在欧美侨民中,传教士有着重要的地位和影响。除了早期到天津的传教士之外,在天主教方面有1913年被任命为天津教区第一任主教的法国人杜保禄(P. Dumond)、创办《益世报》的比利时籍遣使会传教士雷鸣远。英美基督教派方面,如美国公理会的山嘉利(C. A. Stanley)夫妇、美以美会的英籍传教士宝复理(F. Brown)都长期住在天津。英国圣道堂传教士殷森德(John Innocert)是最早到天津的13位洋人之一,英国圣公会青年传教士史嘉乐(C. P. Scott)着力创办了著名的

1860年第一批到达天津的英国传教士殷森德

安立甘教堂。成为英国侨民的主要宗教活动场所。影响最大的当推基督教青年会。该会将天津作为来华传教的第一个城市。青年会在天津的创始人是来会理(W. Lyon)。

随着天津城市的发展,许多欧美各国的知识分子也来到这里谋发展。这些知识分子大都是自由职业者,如律师、记者、医生、独立办学的教师、艺术家等。有些人其身份是传教士,但是他主要是作为技术专家或文化传播者出现的。

《京津泰晤士报》编辑伍海德

在外侨中,最有名望的律师是英国人甘悌(P. H. Keht)。他早在20世纪初就来到天津,一直在天津工作了近半个世纪。他承办过无数件租界中的各种诉讼纠纷案件。抗战胜利后,他应邀出任"天津市前英法意租界官有资产与官有义务、债务清理委员会"的法律顾问。在天津开业的还有德国、法国的律师。

欧美侨民中有一批有影响的新闻工作者。如1894年创刊的《京津泰晤士报》主笔伍海德(H. G. Woodhead)、《华北明星报》主笔美国人傅克斯(C. J. Fox)、《天津——插图本史纲》的作者亦是《远东泰晤士报》驻天津记者雷穆森(O. D. Rasmussen)和《京津泰晤士报》后任主笔潘纳禄(P. W. Victor)。其中,伍海德在天津工作了很长一段时间,一直到1930年才离任。"不同国籍的人们,以及中国商界领袖们一致认为他的声音在天津最有权威性",他言辞激烈,曾发表文章谴责从中国港口向外国输出苦力,对一些工厂雇用童工予以揭示和抨击,"整个天津都可以感受到伍海德的影响"。②

《华北明星报》编辑傅克斯博士

---

① 《租界生活——一个英国人在天津的童年》,第45页。
② 《租界生活——一个英国人在天津的童年》,第139页。

有不少侨民在天津从事教育事业。他们有的自己独立办学,有的在外国学校或教会学校任职,其中最著名的是英国血统的美国人丁家立(Charles Daniel Tenney)。他先是在欧柏林大学研究院获神学硕士学位,1882 年作为美国公理会的神职人员来华,1886 年到天津从事教育工作。1895 年被聘为北洋西学堂第一任总教习。在他的主持下,该校一开始就按照美国大学的模式办学。庚子事变后,学堂被毁,丁家立又亲赴柏林,交涉该校址并入德租界的赔偿事宜,索取到海关银 5 万两,使学校得以在西沽建成新校舍。在天津从事教育工作的外侨中,还有一位对天津怀有很深感情的第八届奥运会 400 米冠军、苏格兰短跑名将利迪尔(E. H. Liddell),中文名叫李爱锐。李爱锐 1902 年出生在天津马大夫医院,在天津度过童年、少年时期,1920 年后到爱丁堡大学读书,1924 年在巴黎第八届奥运会上打破男子 400 米世界纪录,取得冠军。获胜后回到了他的出生地——天津,在新学

佩戴双龙宝星勋章的丁家立博士

书院从教达 20 年,为天津的教育和体育做了许多工作。太平战争爆发后,李爱锐被日本军国主义分子囚禁在山东潍县集中营,受尽折磨,1945 年病逝于集中营。李爱锐对中国和天津的深情,一直被传为佳话。

出生在天津的奥运冠军李爱锐

来天津开业或开办医院的外国医生为数不少,最著名的是英国医生马根济(Tohn Kenneth Machenzie),他先是在爱丁堡医学院读书,1879 年来津接办和主持基督教伦敦教会医院的院务,因治好李鸿章夫人的疾病而得到李鸿章的赏识和资助。1880 年该院新院在海大道(现大沽口天津市口腔医院址)落成。医院设病床 150 张,设有各种专门用房和手术室、药房,是中国第一所有一定规模的私立西医医院。① 1888 年,年仅 37 岁的马根济大夫因劳累过度而病逝在岗位上。1924 年,该院又经扩建,更名为"马大夫纪念医院",俗称"马大夫医院"。马根济的医德和医术在天津民众中享有盛誉,一直到 20 世纪 40 年代,即半个世纪以后,一提起"马大夫",在天津仍然无人不晓。

丹麦人璞尔生是很早就到天津工作的技术专家。约在 1880 年,他被李鸿章邀请任天津电报学堂教习。学生所学的《电报学》等教材多为璞尔生编写。1900 年八国联军入侵,使刚刚兴办的天津电话业受到重创,璞尔生抓住时机,设立了德律风公司,又称电铃公司,从事电话经营。他指导架设了连通天津市与塘沽、

---

① 《外国人在旧天津》,第 147 页。

北塘间的磁石式单线电话线,成为中国第一条自设的长线电话线路。后来,他又开辟了天津至北京的长途线路。1905 年,清政府以 5 万两白银接管了电铃公司,改为中国经营。

在天津长期工作的还有一批英、法、意大利等国的建筑师,本书第八章将具体介绍他们的情况。

值得天津人民怀念的还有法国传教士、博物学家桑志华(Emile Ljcent)博士。他在天津生活了 25 年,付出了极大的努力创办了著名的北疆博物院。与桑志华同时(1914 年)来天津工作的还有享誉世界的著名古生物学家、地质学家德国人德日进(Marie Josepn Pierre Teilhard de Chardin)。在以后的十年中,他的大部分时间都在天津度过。他 1924 年回国,1926 年又重返中国。他后来参与了"北京人"头盖骨的发掘与研究工作。在没有外出考古任务时,德日进就回到北疆博物院工作。①

北疆博物院的创始人桑志华博士

### 三、日本侨民的急剧增加

日本虽然在 1896 年就在天津划定了租界,但没有投入力量经营。到 1899 年,日本到天津的侨民只有 77 人。② 庚子年以后,日本侨民大量涌来,1901 年到天津的日本人达 1210 人,到 1906 年,在天津的日本侨民数已经超过在津人数最多的英国侨民,达到 1769 人。在这以后的 30 年中,日本侨民数量增长得更快,"七七"事变前,已过万人。天津沦陷之后,新到的侨民每年都上万人。

在津日侨人数统计

| 年代 | 1906 | 1916 | 1926 | 1935 | 1938 | 1940 |
|---|---|---|---|---|---|---|
| 人数 | 1769 | 3545 | 5311 | 9641 | 26899 | 50072 |

资料来源:《二十世纪初期的天津概况》;《天津居留民团二十周年纪念志》。

很明显,日本在津侨民数量异乎寻常的增长与 20 世纪 30 年代日本帝国主义制造的"九·一八"事变、华北事变、"七七"事变等侵略步调是一致的。而天津沦陷后日侨每年入住的数以万计,早已不是通商外贸的需要,而是扩张性移民。实际上,这时候日租界人满为患。到 1940 年,5 万日侨中有 26107 人住在日租界以外,占总数的 52.1%,③ 超过了住在日租界的侨民。这些日本人除了涌向墙子河(今南京路)外至六里台之间日本人强占的老西开地区以外,还涌向天津的老居民区,如现河东区大王庄一带。这些后来的日本侨民不少人生活窘迫,只得和中

---

① 《租界生活——一个英国人在天津的童年》,第 163 ~ 165 页。
② 《津海关贸易年报》(1865 ~ 1946)》,1901 年报告,第 209 页。
③ 《天津人口史》,第 274 页。

国平民住在一起,至多是相对集中于一个小街区。日本人的子弟学校也早就建到租界以外。如,原市立师范学校(下瓦房)的校舍,就是日本"吉野国民小学"校址;现天津音乐学院本部是日本"大和学校"校址;现天津二中的校园也是日本的"国民学校"。这些学校离开日本租界都在5~10千米以外,可见日本当局在天津扩张之程度。

日本侨民与来津的欧美侨民大不相同的是后者以商人及其家属为主体,大多处于社会上层,而日本侨民中,除了与进出口有关的商业机构和以日侨为服务对象的零售商之外,多是一般职员、普通居民和社会下层人员。

在津日本人职业构成表(1924年)

| 男 | | 女 | |
|---|---|---|---|
| 会社员等 | 380 | 艺妓、陪酒女等 | 165 |
| 贸易商 | 160 | 其他自由业 | 105 |
| 官员、公职人员 | 108 | 家事受雇人 | 66 |
| 鞋商 | 70 | 按摩、护士 | 45 |
| 陆海军人 | 53 | 料理饮食店 | 30 |
| 无职业 | 45 | 无职业 | 30 |
| 家事受雇人 | 43 | 裁缝业 | 15 |
| 其他职业者 | 39 | 产婆 | 12 |
| 药品贩卖 | 36 | 理发梳发 | 9 |
| 其他商业 | 36 | 会社员 | 5 |
| 合计 | 31533 | 合计 | 484 |

资料来源:《天津概观》、《天津商业会议所周报》第381号附录。转引自〔日〕桂川光正:《天津租界日本侨民社会及其意识》,《城市史研究》第21辑。其中"会社员"系指"会社、银行、商店、事务等职员","鞋商"指"鞋、雨具、杂货贩卖商"。

日本租界的侨民构成与其他租界很不相同,在这里几乎可以找到各种职业的日本人。他们不仅包括各种官员、公职人员、各类职员,还有大大小小的工商业者、零售商、医生、教师、演艺人员、律师、记者、僧侣、艺伎乃至妓女,他们都来自日本国内而且自成体系,相当一部分是为日本人服务的。20世纪30年代中期,如果走在日租界宫岛街(现鞍山道)上,你可以看到威严肃穆的日本神社和武德殿、日本小学和幼稚园,可以看到出卖日货的各种商店,迎面还可以看到招摇过市的日本浪人和浓妆艳抹的日本艺伎。他们显然要在这里建造一个日本城区。

## 四、白俄和白俄社会

俄国商人在天津开埠不久就来到这里,不过为数很少。俄租界开辟之初,少数俄国商人住在现河东区六纬路和十一经路一带,数量也仍然有限。1917年十月革命后,亡命的白俄开始到来。1920年以后,先期到津的110余人投奔了天津经营多年的巨商巴图也夫和库拉也夫。由于天津城市经济的快速发展和生存空间的扩大,20世纪20年代后期,经东北、北京各地来津的白俄愈来愈多,以致"省署规定五项办法,防制俄人活动",白俄超出规定活动范围(通商口岸),"各地严行监视,或予以制裁"。由于俄租界地处偏远、开发有限,而且隔海河交通不便,再加上他们都不选择苏联国籍,更不愿意靠拢地处海河东岸的苏联领事馆,于是大多聚集在英租界的南扩充界,即"小白楼"地区。到1929年,英租界的俄国侨民已达1527人,1938年更达2327人。

由于"小白楼"地区面积很小、住房有限,一部分俄国侨民也住在与之相邻的特别一区(旧德租界)南部。

特一区外侨调查　　　　　　　1930年2月

| 国籍 | 户数 | 男 | 女 | 国籍 | 户数 | 男 | 女 |
|---|---|---|---|---|---|---|---|
| 英 | 131 | 187 | 161 | 丹麦 | 3 | 6 | 3 |
| 美 | 116 | 155 | 144 | 罗马尼亚 | 3 | 3 | 4 |
| 法 | 8 | 9 | 11 | 荷兰 | 3 | 3 | 4 |
| (旧)俄 | 315 | 365 | 382 | 挪威 | 1 | 1 | |
| 日本 | 17 | 39 | 45 | 瑞士 | 1 | 1 | |
| 意大利 | 5 | 4 | 4 | 波兰 | 16 | 21 | 20 |
| 奥地利 | 5 | 7 | 3 | 拉丁 | 6 | 21 | 10 |
| 比利时 | 4 | 4 | 2 | | | | |

资料来源:《大公报》,1930年2月12日。

从以上表格可以看出,这一地区俄国侨民占了各国侨民的将近半数。这个数字,并不十分准确,因为许多侨民不愿登记,"故意观望"。① 到1941年太平洋战争爆发前,在天津的俄国侨民,总数当在6000人以上。②

来到天津的俄国侨民,处境很不相同。这里有一批亡国的俄国贵族,如:长期服役于沙皇、皇后身边的斯得林格夫,狼狈出逃后,卜居天津,年已70多岁。克伦斯基时代的大将、哥萨克军长斯得林身亡后,其遗孀于1922年来津,"唯以

① 《大公报》,1926年10月26日。
② 杜立昆:《白俄在天津》,《天津租界》,第222页,天津人民出版社,1986年。

教书为生,然所入甚微,生活困难,不胜愁烦,遂罹病而卒"。① 少部分白俄本来就是富商,他们挟裹来不少资金,又有经商经验,在皮毛贸易方面大显身手。有的白俄商人,财产超过百万。较为年轻的白俄,有不少曾在旧俄时代接受过良好的教育,会法语、德语或英语,这些人可以在各国洋行中找到收入不错的职位。一些知识分子,如医生、律师成为自己开业的自由职业者。在津白俄中有为数不少的音乐、舞蹈、美术等方面的艺术家或从业人员,他们大都从事商业性演出和办各种艺术学校、家庭学校,以授业为生。但是大多数白俄亡命时身无分文又身无长技,只好学点手艺,开小作坊或小商店。那些既无长技又不肯卖力气的"与华人杂居,生活异常困难,因生计所迫,时有不法行径"。② 有的流落在华界,以至于直隶省长公署1927年下令"无职业俄人及形同乞丐者,则一律驱逐"。③ 走投无路而自杀者,屡见不鲜。这一年住今徐州道50号一俄侨"自缢身死"。④ 俄侨中还有少量旧俄伤残军人,1927年统计就有25人。

**天津市特一区俄侨职业统计**

| 职业 | 人数 | 职业 | 人数 |
| --- | --- | --- | --- |
| 经商 | 138 | 跑合 | 39 |
| 律师 | 2 | 西药房 | 3 |
| 医生 | 7 | 理发师 | 7 |
| 酒铺 | 54 | 舞女 | 69 |
| 机匠 | 52 | 娼妓 | 22 |
| 木作 | 22 | 音乐 | 62 |
| 旅店 | 22 | 帽铺 | 8 |
| 总计 | | | 507 |

资料来源:《大公报》,1930年3月26日。

由于俄侨的处境很不相同,特别是相当一部分人生活没有依靠,因此他们努力在天津建构一个相对完善的社会群落。⑤ 据1946年天津社会局经向苏联驻大连领事馆查询,俄侨在天津的组织如下:1.俄国理事会;2.妇女慈善救济会;3.俄侨商会;4.俄侨书铺;5.俄国印字馆;6.孤儿院(以无抚养子女为限);7.救济老人会;8.俄国公会(设有餐厅、俱乐部);9.俄国公用铺(专售日用品);10.俄国医院;

---

① 《益世报》,1927年3月21日。
② 《大公报》,1926年10月26日。
③ 《大公报》,1927年7月1日。
④ 《大公报》,1927年5月12日。
⑤ 杨大辛:《天津的九国租界》,第56页,天津古籍出版社,2004年。

11. 俄国学校。① 无国籍的俄侨显然是要建立一个自治、自救的小社会。

尽管苏联政府在天津早已建立了领事馆，但是旧俄侨大多对苏联政府持敌视态度，不入苏联国籍，因此成为"无国籍侨民"。他们当中一些人持顽固立场，经常搞反苏反共的政治活动。1927年1月6日，即十月革命10周年纪念日前夕，旧俄侨民百余名聚集在俄国教堂，图谋袭击苏联领事馆。7日上午，领事馆内纪念大会刚刚开过，"白党多名，到领事馆前门，意欲越墙闯入滋扰"。由于特三区出警，未造成冲突。晚上9:00，又有十余人"向领事馆猛闯"，其中一名叫巴特克的沙皇司令副官，向领事馆鸣枪射击，直闹到凌晨3:00才散去。② 在日本发动侵华战争期间，部分旧俄分子把颠覆苏联的希望寄托于日本军国主义的力量，又与日本勾结，成立"俄侨防共委员会"，为日军搜集情报，从事各种反苏活动。1939年，在他们庆祝该会成立一周年的庆典上，旧俄人员上街游行，由原帝俄一位中校率队，其余均着帝俄军装，全副武装，在帝俄国旗引导下耀武扬威，气焰十分嚣张。

1945年世界反法西斯战争胜利之后，世界政局发生了很大变化，在天津生活了20多年的俄侨陆续离开了中国。他们有的陆续回到苏联，有的去美洲、澳洲谋生。在1949年，旧俄侨民只剩了百余人。

**五、建构完整社区的犹太人**

犹太人是生活在天津租界里的重要侨民。犹太人在失去自己的祖国之后，漂泊在世界各地，大多取得了侨居国的国籍。其中，取得俄国国籍的数量很大。来到天津的犹太人，出现过三次迁入的高潮。一次是十月革命以后，随着大批"白俄"流亡（大批原俄籍犹太人也包括在内），他们途经西伯利亚，先是进入东北，部分定居下来后，其余的辗转来到北平、天津，最后几乎全都住在天津。20世纪20年代中期，这种流亡的人群一度成了天津的社会问题。第二次是1931年"九·一八"事变后，日本侵略军占领了我东北全境，犹太居民也受到种种迫害，大批进到天津避难。1932年10月《益世报》报道："本市犹太慈善会，因流落津门之犹太人日益增多，请求经济资助者甚伙，该会亦感于无款捐出，昨特具口市政府定于十一月十六日假西湖饭店开慈善跳舞大会，以资筹款。"③可见来津犹太人的处境。据20世纪30年代末美国出版的《犹太年鉴》记载，1935年天津的犹太人数达到3500人。第三次来津高潮是从1938年11月开始，德国法西斯势力对犹太人发动了极为野蛮的袭击和迫害，大批犹太人向东方逃亡。他们经过陆路和海路来到中国，其中很大一部分留在上海，来到天津的也不在少数。④

犹太民族极富文化修养和经商能力。他们刚到天津时为了谋生，从事零售商业、服务业、娱乐业，或者当手艺人。稳定之后，他们经商的能力就凸现出来。

---

① 天津社会局档。
② 《益世报》，1927年11月8日。
③ 《益世报》，1932年10月20日。
④ 我们可以看到许多犹太人在1940年前后来津的个案，可惜的是，到目前为止，没能发现这一时期犹太人来津总数。

特别是在他们看准天津这个以外贸为先导的港口城市的商机后，大量投资于外贸业，特别是在天津极有特色的皮毛加工和出口业。犹太人所开设的这类商家和洋行竟达百家。他们开设的中小型企业也不少，具有相当的实力。

犹太人在天津的居住相对集中。作家宋安娜对犹太人在天津的历史做了认真的研究，她对目前可以搜寻到的犹太人曾居住的140多处地址做了调查，其中50%以上集中在现开封道、徐州道、曲阜道和解放南路，即小白楼地区。其他多在郑州道、洛阳道东侧，浦口道、镇江道、蚌埠道东头。① 总的来说，是以小白楼维多利亚咖啡厅为中心，方圆不到1千米的范围之内。不少地方，犹太住户门挨门，这便于他们的相互来往和照顾。

漂泊在各地的犹太人依然保存着这个民族异常强大的凝聚力。在天津的数千名犹太人早在1905年就成立了天津犹太宗教公会，这是一个有章程、有周密组织和分工的犹太人社会的核心，用以维系其成员的社会关系。在它的组织下，1937年着手筹建犹太会堂，1940年建成，由著名犹太人拉比莱文主持（会堂在现南京路与郑州道交口处，保存完好）。这个会堂除了主持宗教活动以外，还负责侨民登记，记录侨民的出生、死亡、结婚、离婚等事宜，是犹太人活动的主要场所。在犹太宗教公会主持下，1925年，天津犹太学校成立了，学校用英语讲授犹太历史和希伯来语言文学，学习其他科学知识。1937年，犹太俱乐部落成（位于今曲阜道南侧，原群众艺术馆，今不存）。俱乐部有可容500人的剧院，经常举办各种文艺演出。这里还设有图书馆，藏有希伯来文、俄文、英文图书5000余册。俱乐部附有餐室、棋室和赌具。此外，犹太宗教公会之下还设有犹太医院、犹太养老院、犹太饭堂等慈善机构。犹太公墓则要跨过海河，在旧俄国租界东侧（现河东区十五经路以东名家装饰城一带）。

著名作家伊斯雷尔·爱泼斯坦（Lsrael Epstein）一家1920年就来到天津，他在天津度过了学生时代，后来出任《京津泰晤士报》记者。他后来回忆说，天津的俄国犹太人最常去的聚会场所是犹太俱乐部，在那里读几十种当地和国外报纸，每有大事，犹太人会聚在一起听短波收音机。

青年时代的爱泼斯坦，时在《京津泰晤士报》任职

在生活方面，除了时令蔬菜以外，其他日常生活用品可以到犹太人开的食品店、熟食店、面包房、乳品店里买到，"他们到犹太人开的饭店、旅馆、医院、药店、珠宝店消费，其他生活需要，他们也总是去找犹太人，比如犹太音乐教师、犹太钢琴调音师、犹太裁缝、犹太理发师，他们几乎完全生活在犹太人的圈子里"。②

---

① 宋安娜：《神圣的渡口——犹太人在天津》，第14~17页。天津人民出版社，2007年（以下只注书名及页码）。

② 《神圣的渡口——犹太人在天津》，第115~116页。

# 第四章 日益壮大的华人社会

租界最初是不准华人居住的。但是，随着时局的变迁和租界当局对租税的考虑，大批华人，主要是富有的华人入住租界，并且很快成为居民的主体。华人社会的上层由买办和寓公组成，他们分别是20世纪20~30年代最富有的阶层。华人社会的中坚力量是具有现代管理知识的银行家、实业家和新型知识分子。这个阶层的力量在迅速壮大并且成为重要的纳税人和主要的开发建设者，形成社会新兴力量的代表。在租界的角落和边缘地区，还存在着一个不被人注意的庞大的商业市民群体。

## 一、华人是各租界居民的主体

在英法租界开辟的早期是不准华人居住的。原来散居在紫竹林一带的农民、渔夫，也都被租界当局以各种土地转让形式强迁出去。后来，德、意、俄等国租界在开辟之初大多照此办理。列强最早的想法是划定由本国商人居住经营的一个特殊区域，建成一个完全独立于中国社会之外的"飞地"。但是事实与他们的愿望相反，待租界开辟建设稍具规模之后，他们不得不准许华人入住。随着时间的推移，特别是20世纪初期之后，华人不仅大规模入住，而且迅速成为租界居民的主体。

**1911年各租界人口统计**

| 人数<br>租界地 | 开辟国人 | 其他外国人 | 中国人 | 统计 |
| --- | --- | --- | --- | --- |
| 英 | 1664 | 325 | 3446 | 5435 |
| 法 | 453 | 285 | 4153 | 4891 |
| 日本 | 1987 | 36 | 7154 | 9177 |
| 德 | 535 | 51 | 4841 | 5427 |

(续表)

| 俄 | 324 | 51 | 2533 | 2908 |
|---|---|---|---|---|
| 奥 | 204 | 57 | 14946 | 17044 |
| 比利时 | 55 | 17 | 1321 | 1393 |
| 意大利 | 251 | 9 | 5348 | 5608 |
| 总计 | 5473 | 831 | 43742 | 47883 |

资料来源:《天津人口史》,第 574 页。

从以上统计可以看出:到清朝末年已经有相当数量的华人入住英、法、德、日、意各个租界,而且人数远远超过洋人。在法租界、德租界华洋比例都是10:1左右。奥国租界的华人大多是原有居民,并未迁出。到 20 世纪 20～30 年代,华人所占比例就更大了。

**天津各租界人口统计(1929 年)**

| 人数\租界地 | 外国人 | 中国人 |
|---|---|---|
| 英 | 4500 余人 | 49000 余人 |
| 法 | 900 余人 | 49000 余人 |
| 日本 | 4200 余人 | 36000 余人 |
| 比利时 | 80 余人 | 400 余人 |
| 意大利 | 700 余人 | 6000 余人 |
| 总计 | 10000 余人 | 130000 余人 |

资料来源:《大公报》,1929 年 8 月 29 日,天津市公安局调查。该统计中关于英租界的数字与英国工部局的统计有出入。

从其他资料对比来看,以上的统计显然只是一个概数,关于英租界的数字与英国工部局的统计就有较大出入,不过它仍然可以反映一个华洋人数对比的幅度,即在各租界居民总数中,华洋对比的指数是 13:1,华人在租界人口中占了绝对多数。即使是洋人最为集中的英租界,这个比例也一直是 10:1 左右。如 1934 年在英租界全盛时期,华人为 42764 人,英国人为 1451 人,其他国人为 2584 人(其中有大量白俄),华洋比例是 10.6:1,到 1938 年,华人为 72087 人,洋人为 6100 人,华洋比例为 10.2:1。①

在法租界,华人人口要比洋人高出数十倍。请看 1928 年法租界居民统计。

---

① 《天津人口史》,第 263 页。

| 国别<br>人数 | 中国人 | 法国人 | 美国人 | 英国人 | 日本人 | 俄国人 | 其他国人 | 洋人总计 |
|---|---|---|---|---|---|---|---|---|
| | 36500 | 229 | 92 | 164 | 166 | 330 | 138 | 1119 |

资料来源：《益世报》1928年1月1日。

从以上统计可以看出，1928年法租界居民的华洋比例为32.6∶1。到20世纪30年代，法租界特别是劝业场一带人口更是骤增，1930年就增长到52724人，1936年达到72131人，1943年更达到98183人，①华洋居民的比例还要拉大许多。

意租界到1936年，华人有8068人，洋人有354人，华洋比例是近23∶1。②

日租界的情况较为特殊。如前文所述，日本居民迁入日租界，带有严重的移民倾向。因此，虽然迁入日租界的华人数量增长很快，但是，仍然赶不上日本人数量的增长。到日本发动全面侵华战争之后，日本居民数远远超过了华人。

| 年份<br>人数<br>国别 | 1910 | 1928 | 1933 | 1937 | 1938 | 1943 |
|---|---|---|---|---|---|---|
| 日本人 | 7154 | 4957 | 5519 | 9692 | 19306 | 28539 |
| 中国人 | 7154 | 31466 | 27548 | 19518 | 17608 | 19502 |

资料来源：《天津人口史》，第276~277页。

租界由最初不准华人入住到大量华人进入而且成为居民构成的主体，这一现象的形成有着多方面的原因。

首先是列强在租界开辟之初，过高地估计了他们自己的实力。天津开埠之后，以各国商人为主体的外国侨民不断移居到这里，但总的数量仍然有限，到1900年，各国侨民的总数不过2000多人。拿最为发达的英租界来说，直到辛亥革命时期，英国侨民也不过300多人。到1938年，即英租界的全盛时期，英国侨民也不过1500人左右，加上居住在这里的其他国人4728人（其中有不少是流动性很大的白俄），总计外国侨民也不过6000人。这时，英租界的面积早已超过6000亩。偌大的英租界，所有的市政建设都要靠税收解决。单从税收的角度上考虑，英租界再也不会拒绝富有的华人入住。英租界开拓所谓"1897年扩展界"时，也改变了让原址华人一律迁出的办法。

大量华人入住租界，最主要的是和民初以来中国的政局动荡有直接关系。

---

① 《天津人口史》，第268页。
② 日文版《北京天津事情》。

从 20 世纪 20 年代初期开始,军阀混战连年,社会不得安定,而天津正处在兵家必争之地,不论哪派军阀进入天津,就意味着屠杀、纵火和抢劫,就意味着华界的商家、住户大难临头。以至于在这个动荡的年代里,华界居民成惊弓之鸟,一听到城郊枪炮大作就纷纷"逃难",即带上能带上的一切财物,扶老携幼逃往租界。租界成了避难的"安全岛"。1920 年,报载:"我国近数年以来,国内一发生事端,人民即以租界为安乐窝。此次近畿发生战事,一般阔人避居租界者颇多。昨日经调查,日界现达 678 人,其中天津人 274 名,自北京来者 315 人,天津附近者 36 名,其他 54 名云。"① 后来,这种情况愈加严重,1925 年 12 月,逃到日租界的人口竟达到 28000 余人。② 1928 年 6 月,"本埠河北河东等处居民之迁往租界者,又复连袂于途","战云迷漫于四野,其末批迁移者,亦联袂迁入租界"。"近日本,华界居民即多迁徙一空",而"各租界人满为患"。③ 这时的"逃难",有两个方向,一是从城里向东过金汤桥逃往意租界,更多的是沿东马路逃往日、法租界。由于法租界房租贵,临时躲在日租界的人最多。人们都知道,天津租界是一块不受中国政府行政管理的"外国地"。中国军阀的队伍在老百姓面前如狼似虎,但是对于外国租界却是不敢越雷池一步。1922～1928 年各派军阀先后占领过天津,不过这个"占领",只是指天津的新河北(现金钢桥至北站的大片地区)、老城厢及周边地区,对于租界则毫发未动。所以,华界炮火连天,租界里依然是歌舞升平。劝业街一带的街头上,饭店里完全可以听到 2～3 千米以外的枪炮声,却完全不必担心大兵们会闯过来。

当然,来自老城区的大部分富户依然恋旧宅,他们一开始只是在租界或租房,或投亲靠友,以躲乱。战乱平息就又回到华界。但是后来多次"逃难"使他们认识到,老城区的确不得安宁,而租界的楼房建设、上下水道的方便也吸引着相当的富户人家。再加上在百姓多次迁徙之后,估衣街、老城厢一带的金店、鞋帽店、绸缎庄等等也纷纷迁到租界。这就使大量富裕居民下决心在这里买房住下。这是租界华人住户的最主要组成部分。

租界华人来源的另一部分是来自北京的清朝遗老遗少和下台的北洋军政要人,再有就是来自南方各省的金融界、实业界和知识界人士。这些人的数量不是很大,但是对社会的影响深远,本章在以后的内容将有专题进行探讨。

**二、买办的形成及其向近代工商业者的转化**

1860 年天津开埠之后,外国洋行大量涌进,对于洋商来说,不论是言语障碍还是中国十分复杂的货币和度量衡制度以及繁杂的商务习惯,都是无法逾越的鸿沟。他们的中国商务代理人——买办,是在商务活动中一天也离不开的。从清末民初,直到 20 世纪 20 年代,买办无疑是租界里最显要的华人,一些大买办拥有巨额资产和很高的社会地位,处于华人社会的顶端。

---

① 《益世报》,1920 年 12 月 9 日。
② 《益世报》,1925 年 12 月 17 日。
③ 《益世报》,1928 年 6 月 10 日。

在天津的买办中，以广东帮、宁波帮势力最大。

早期到达天津的买办，几乎都是广东人，多数来自香山、南海、番禺等这些买办之乡。这其中有怡和洋行正副买办梁炎卿、陈祝龄，太古洋行买办郑翼之，仁记洋行陈子珍，德商礼和洋行冯商盘，老世昌洋行梁仲云，华俄道胜银行罗道生，德华银行严兆桢等。这些广东籍的买办多在大洋行，特别是在把持中国沿海航运业的怡和、太古两大洋行供职，收入颇丰，财力雄厚。梁炎卿、陈祝龄、罗道生、郑翼之都是广东帮的中心人物。他们吸收同乡，号召举办地方公益事业。广东同乡买办捐资修建的广东会馆（坐落在鼓楼南，现戏剧博物馆）是当时天津最大的建筑物，象征着广东帮买办的全盛时期。宁波帮的开创人是华俄道胜银行的王铭槐。他善于提携同乡，使宁波人中出现了不少大买办，如德商禅臣洋行严蕉铭、法商永丰洋行叶星海、英商仁记洋行李组才、永丰洋行王聘南、恒丰洋行徐企生、美商美丰洋行李正卿等。宁波帮比广东帮形成稍晚，但实力雄厚，人数众多，经营广泛。他们通过同乡辗转介绍，相互支援，形成了相当有力的系统。

来自南方的买办中，出现了实力强大的"四大买办"，即怡和洋行买办梁炎卿、太古洋行买办郑翼之、汇丰银行买办吴调卿和华俄道胜银行买办王铭槐。他们是买办阶层的代表人物。

**梁炎卿**（1852～1938年），广东南海人。18岁被送到香港皇仁学院读书，打下了良好的英文和商业知识基础。在各个买办中，受过系统教育的，为数甚少，梁炎卿就是其中一个。他先是来到上海进入怡和洋行，1874年调天津怡和洋行，一直干到80多岁，从未间断。由于怡和洋行做军火买卖、轮船航运和进出口货物的数量巨大，而且轮船部分的佣金回扣很高，梁炎卿又持家有方，所以他一直是天津最富有的买办。

**郑翼之**（1861～1921年），广东香山人。16岁到上海太古洋行学徒，1881年随太古洋行天津分行开设而到天津，五年后成为首席买办。郑翼之出身农民，做事谨慎，在实力足以和怡和抗衡的太古这个大洋行中，他积累了大量家产。

**吴调卿**（1850～1928年），安徽婺源（今属江西省）人。幼年家境贫困，当过学徒工，在外轮上跑舱。17岁入上海汇丰银行华账房做练习生。他自学英语，渐显才干。1880年来津筹建汇丰银行。他充分利用了与李鸿章的同乡关系。李鸿章遇有向汇丰借款等事宜，也多有倚重。李鸿章先是保荐他为"直隶候补道"，后又赏三品京堂并赏头品顶戴。在各个买办中，他在官场最能左右逢源，而且最早向近代工业投资。

**王铭槐**（1846～1915年），浙江鄞县人。1880年来天津任老顺记五金行津号经理，后任德商泰来洋行买办，以向李鸿章售卖鱼雷和军队装备而骤富。1896年，出任华俄道胜银行买办，而且从事各项商业投资。

除了广东、宁波帮以外，民国初年之后，还出现了天津本帮（俗称"北帮"）买办。天津本帮买办的代表人物是李辅臣、宁星普和高星桥。

李辅臣是天津人，幼年家境贫苦，当过小贩，摆过小钱摊，后来到仁记洋行当勤杂工。由于他对兑换杂银等事项较为熟悉而被华账房看中，先是被任为会计同事，后逐步提升为买办，以至接了华账房。另一位是英商新泰兴洋行买办宁星普，原是编草帽辫的工人，后来由把头而成为买办，宁星普很有组织才干和活动能力，他致力于联络各方人士，在天津商界有很高的声誉。德商井陉煤矿买办高星桥也是白手起家。他出身于一个铁匠家庭，虽然读了8年书，但仕途无望。待家道中落，他只得在铁路沿线靠贩煤、偷煤为生，混迹于社会底层。后来，他到井陉矿务局任月薪极低的司磅员。靠他的精明刻苦和文化基础而崭露头角，又靠他自学的德语而得到矿务局总办汉纳根的赏识。高星桥继而出任井陉煤矿天津售煤处经理，又以巨额投资兴建劝业场大厦而闻名津城。这些天津本帮买办大多出身贫苦，没有什么经济和社会背景，都是凭着个人的努力在社会大变动中跃为社会上层。

  买办在早期最主要的收入靠高佣金制度。作为洋行的商务代理人，买办薪金并不高，而且始终不是主要收入，他们从经销的商品价值中抽取一定比例的佣金，是他们巨额收入的主要来源。他们主持着洋行的华账房，控制着外柜和外庄，出入于海关口岸，活跃于进出口贸易的各个场所。他们的财富在迅速积累，豪华住宅在崛起，这都不得不使人刮目相看。买办的首富当推梁炎卿。他在全盛时期，财产有2000万元；郑翼之的家财有1000万元；吴调卿的年收入，最多时至40万两，死后遗产有400～500万两；王铭槐的财产也达250万两。① 在20世纪20年代北洋寓公来津之前，买办无疑是最富有的华人。

  买办坐拥重金，他们的积累投向很值得注意。

  买办由于与外部世界有着太多的接触，对于新式工商业和其经营并不陌生，他们实际上成为首批向近代工商业投资的人物。开埠之初，胡梅平（老沙逊洋行）就"以自己的名义做很大的生意，在蒙古设立行号，在北京、天津开店，在上海也有一家钱庄和几家当铺"。② 吴调卿更是自办近代企业的突出人物。在20世纪以前，天津够得上规模的民办近代企业，仅有1886年建立的自来火公司和1897年建立的北洋织绒厂。吴调卿既是前者的主要投资人，又是后者的独资创办人。1905年，他又在英租界独资开办了电灯厂和自来水厂。1912年，吴调卿与英国人合办了门头沟通兴煤矿公司并出任董事长。王铭槐除了开设货栈、绸庄和药房外，重点是自办银号。从北京、天津起沿铁路线直到沈阳、铁岭、牛庄等地，他开设了20余家胜字号银号，专做汇兑生意。法商永兴洋行买办严逸文曾开办手工和半机械化的加工厂数家，在外省还开办了四家打蛋厂，③王铭槐的银号带"胜"字，严逸文的工厂都带"兴"字，显然是借助于"道胜"和"永兴"的声威，但是实际上他们是在独立地经营着自己的事业。天津最著名的买办梁炎卿把大量资金投向英商大沽驳轮公司和著名的利顺德饭店。不过，梁炎卿后来把相当大的资金投向英商先农公司，出任这个天津最大的房地产公司的董事，并且占有该公司的49%的股份。庚子年以后，天津新开辟的地区，大多为四大买办所割

---

  ① 天津市政协文史资料研究委员会编：《天津的洋行与买办》，第41、68、70、208页。天津人民出版社，1987年。
  ② 《北华捷报》，1884年11月9日。
  ③ "打蛋厂"即"蛋品加工厂"，手工将蛋清与蛋黄分离，蛋黄烘干为蛋粉出口。

据，计有：郑翼之占有大胡同两侧所有市房；王铭槐拥有日租界今和平路最繁盛地区的全部房产；吴调卿在英租界有多处地产；梁炎卿除在先农公司的地产外，还是河北一带最大的房地产主，他的房地产业还延伸至上海和张家口。

到这时，买办在社会上作为独立经营的"商人"的地位已经得到广泛承认。实际上，他们中有许多人独立经营的金融、贸易、储运、房地产等项的收入，已经超过了他们的佣金。买办这一社会阶层正在分化和转向。买办社会地位的提高，还可以从另一件事情上得到证实，即不少人，尤其是本地的富商争当买办，一度任永兴洋行买办的王敬铭，原来是天津东部军粮城的大地主，因羡慕当买办的威风，拿出几万元的保证金当买办。其实，他对买办业务完全是外行，更不懂外语，一切全仗副手倪云卿办理。

后来，许多买办进入了天津商会董事会。民国元年，天津总商会在改选会董时，在当选的33位中有3位是买办。1916年改选时，又有4位买办当选。① 新泰兴洋行的宁星普被选为天津商务总会的4个总董之一。1924年，他83岁时还被选为天津总商会的特别会董。② 著名买办庄乐峰还进入英租界董事会。

20世纪30年代以后，天津的买办在进一步分化。由于英国人在华长期经营，已经摸透了中国市场。1931年太古洋行利用伦敦总行查账的机会，取消了买办制度。太古洋行各部改为英国人自己经营，只用一个中国高级职员为副手。这是各大洋行削弱乃至取消买办制的先声。后来，大多数洋行逐步取消了华账房，把买办任为副经理或高级职员。

第二次世界大战结束以后，这种趋势愈加明显。这时原来在各洋行任职的买办们利用他们对国内市场及报关、托运等业务的熟悉，纷纷成立了自己的进出口贸易行，成为洋行的有力竞争者。长期任孔士洋行买办的毕鸣岐就是在这时独资开办了华生贸易行，结束了买办生涯，成为天津工商界著名的代表人物。③ 天津一大批规模不等的贸易行大多出现在这一时期。买办积累进一步向民族工商业转化已经成为不可逆转的潮流。

### 三、北洋寓公的入住

如果你在现今的天津"五大道"、意式风情区或者赤峰道一带散步，就会发现这些洋楼集中地，会接二连三地见到大批的"名人故居"。除了一些著名的文化人物以外，这里还可以看见民国时期5位大总统的名字，至于总理、总长、督军等则更多。天津在历史上不是全国政治中心城市，为什么这些军政界人物的住宅却集中于此呢？这就和天津租界中一个特殊阶层——寓公有关了。

寓公的本意是指卸去职务的居家人士。从民国初年到20世纪30年代，天津租界的寓公有着特殊的含义：它先是指民初陆续来津落户的清朝遗老遗少，更主要是指众多陆续下了台的北洋政要和各派军阀的头面人物。人们后来把这些人

---

① 《天津商会档案汇编》(1912~1928年)，第85、86页。天津人民出版社，1992年。
② 《天津商会档案汇编》(1912~1928年)，第95页。
③ 毕鸣岐在1949年建国后曾出任天津市副市长。

总称之为北洋寓公。这类人物有的寓居青岛、上海,但是无论就人数和对社会的影响来看,都不能与天津相比。北洋寓公是继买办之后,天津租界华人社会中又一个富有的并且是颇有社会影响的社会阶层。

北洋要人与逊清贵胄所以纷纷在天津租界购屋建房,安家落户,有着明显的历史原因。民初以后,特别是20世纪20年代,是中国政治大动荡时期,北京这个政治大舞台一直不得安宁,各派军阀像拉锯一样在北京进进出出,社会秩序毫无保证,而近在咫尺的天津租界就成了他们避乱的世外桃源。由于租界的特殊地位,中国军队(包括警察)是不能随便进入和穿行的,耀武扬威的北洋各军宣布"占领天津",最多是把军队开到现多伦道以北,占领天津北部的华界。租界里的生活则一切照常,完全是另一个世界。这确是北洋要人和清室贵族的安全岛。另外,北洋的人物都知道,一旦他们战败下野,往往会成为被通缉的对象。而在租界里,中国当局是不可以随意逮人的。如前所述,租界当局出于维护租界特权的考虑,往往对国事犯予以保护。这样一来,下台的军政人物又有了一层政治上的保险。

天津租界能聚集那么多北洋人物,从客观来看,还有两个条件。一是到20世纪20年代,天津租界的市政建设有了长足进展。这里不仅有良好的道路、交通、住房、卫生条件,而且商业发达,娱乐设施齐全。这里无疑是我国北方最为近代化的城区。另一个原因,也是上海等南方租界不能比的是,这里离北京太近了。当时京津之间火车运行也就不到三个小时。如果办急事,完全可以当日往返。许多军政人物下台以后还要密切关注北京的局势,这里无疑是最佳的选择。当时就有人评论说:"天津租界,为我国安乐窝之一。举凡富翁阔老以及种种娱乐场合,胥萃于是。且以距京咫尺,故其形胜,尤较上海、汉口为合宜。"①北洋人物"无心问世者,视为世外桃源;热衷政局者,视为终南捷径"。②

20世纪50年代,有人估算进入天津租界的北洋寓公当有500人左右。北洋时期的5位大总统的住宅全在这里:袁世凯在英租界有两处住房;黎元洪在英、德租界各有一套住房;徐世昌先住德租界,后住英租界;冯国璋在奥租界有住房;曹锟分别在意租界、英租界有三处住房。此外,租界里还住着6位总理、19位总长、7位省长(或省主席)、17位督军、2位议长、2位巡阅使等等。③

现将民国初年至20世纪30年代初期天津较有影响的寓公情况列一简表如下。

---

① 《大公报》,1922年4月5日。
② 《大公报》,1922年8月9日。
③ 据《天津近代人物录》中《寓津旧军政人员》一栏估算。

## 民国初年天津的百名寓公

| | 姓名 | 居津时间 | 原任主要职务 | 居津活动 |
|---|---|---|---|---|
| 1 | 那 桐 | 1912～ | 内阁协理大臣 | 不详 |
| 2 | 刘嘉琛 | 1912～ | 四川提学使 | 文墨 |
| 3 | 荣 庆 | 1912～1916 | 军机大臣 | 闲居 |
| 4 | 李 准 | 1912～ | 广东水师提督 | 文墨 |
| 5 | 载 振 | 1912～ | 贝子 | 商业 |
| 6 | 铁 良 | 1912～ | 江宁将军 | 闲居 |
| 7 | 章 钰 | 1912～ | 外务部主事 | 治学 |
| 8 | 吴重熹 | 1912～ | 邮传部侍郎 | 收藏金石 |
| 9 | 张 翼 | 1912～ | 工部侍郎 | 收藏文物字画 |
| 10 | 卢木斋 | 1912～ | 奉天提学使 | 房地产,实业,教育 |
| 11 | 华世奎 | 1912～ | 内阁总理大臣 | 鬻字 |
| 12 | 张祥斋 | 1913～1957 | 总管太监 | 房地产 |
| 13 | 张锡銮 | 1915～ | 东三省军务督办 | 不详 |
| 14 | 卢 弼 | 1916～ | 国务院秘书长 | 著述 |
| 15 | 袁克定 | 1916～ | 农工商部右丞 | 闲居 |
| 16 | 蔡绍基 | 1916～ | 天津海关道 | 实业 |
| 17 | 熊希龄 | 1916～ | 国务总理 | 社会公益 |
| 18 | 张 勋 | 1917～ | 长江巡阅使 | 房地产、金融 |
| 19 | 梁敦彦 | 1917～ | 交通总长 | 不详 |
| 20 | 雷振春 | 1917～ | 督军团总参谋长 | 不详 |
| 21 | 潘子欣 | 1917～1935 | 寓津 | 实业 |
| 22 | 冯国璋 | 1918～ | 代理大总统 | 金融,实业,房地产 |
| 23 | 朱家宝 | 1918～ | 直隶省长 | 不详 |
| 24 | 孙多珏 | 1919～ | 交通部次长 | 实业 |
| 25 | 李 纯 | 1919～ | 江苏督军 | 房地产 |
| 26 | 陆宗舆 | 1919～ | 币制局总裁 | 金融,实业 |
| 27 | 孟思远 | 1919～ | 吉林将军 | 工商业 |
| 28 | 倪嗣冲 | 1920～ | 安徽督军 | 房地产,工业 |

（续表）

| | | | | |
|---|---|---|---|---|
| 29 | 曾毓隽 | 1920～1937 | 交通总长 | 闲居 |
| 30 | 段芝贵 | 1920～ | 京畿卫戍司令 | 工业 |
| 31 | 张广建 | 1920～ | 甘肃督军 | 不详 |
| 32 | 李长泰 | 1920～ | 步兵统领 | 工商业 |
| 33 | 齐协民 | 1920～ | 江西税务局长 | 商业 |
| 34 | 王占元 | 1921～ | 两湖巡阅使 | 房地产,工商业 |
| 35 | 田文烈 | 1921～ | 内务总长 | 不详 |
| 36 | 陈树藩 | 1921～ | 陕西督军 | 不详 |
| 37 | 张志潭 | 1921～ | 交通总长 | 从政(后任伪职) |
| 38 | 靳云鹏 | 1921～ | 国务总理 | 佛教 |
| 39 | 齐耀珊 | 1922～ | 农商总长 | 金融 |
| 40 | 刘冠雄 | 1922～ | 海军总长 | 不详 |
| 41 | 李厚基 | 1922～ | 福建省长 | 房地产 |
| 42 | 吴景濂 | 1922～ | 众议院议长 | 教育 |
| 43 | 范国璋 | 1922～ | 将军府将军 | 工商业 |
| 44 | 徐世昌 | 1922～ | 大总统 | 诗书自娱 |
| 45 | 徐世章 | 1922～ | 交通部次长 | 房地产,文物 |
| 46 | 田中玉 | 1923～ | 山东督军 | 金融,实业,房地产 |
| 47 | 刘符诚 | 1923～ | 邮电总局局长 | 不详 |
| 48 | 张弧 | 1923～ | 财政总长 | 政坛(后任伪职) |
| 49 | 张绍曾 | 1923～ | 陆军总长 | 闲居 |
| 50 | 黎元洪 | 1923 | 大总统 | 金融,实业 |
| 51 | 王永泉 | 1924～ | 福建军务督办 | 房地产 |
| 52 | 王乃斌 | 1924～ | 中东铁路督办 | 不详 |
| 53 | 王承斌 | 1924～ | 直隶督军 | 不详 |
| 54 | 王家襄 | 1924～ | 参议院议长 | 不详 |
| 55 | 王毓芝 | 1924～ | 总统府秘书长 | 不详 |
| 56 | 吴毓麟 | 1924～ | 交通总长 | 盐务 |
| 57 | 陆锦 | 1924～ | 陆军总长 | 金融 |

（续表）

| | | | | |
|---|---|---|---|---|
| 58 | 陈光远 | 1924～ | 江西督军 | 房地产,实业 |
| 59 | 张怀芝 | 1924～ | 参谋总长 | 工商业,金融 |
| 60 | 张锡元 | 1924～ | 察哈尔都统 | 不详 |
| 61 | 袁乃宽 | 1924～ | 农商总长 | 闲居 |
| 62 | 吴 焘 | 1924 | 津海关道尹 | 不详 |
| 63 | 高凌霨 | 1924～ | 代国务总理 | 闲居(后任伪职) |
| 64 | 程 克 | 1924～ | 内务总长 | 一度任天津市长 |
| 65 | 蔡成勋 | 1924～ | 江西督军 | 不详 |
| 66 | 卢永祥 | 1925～ | 江苏督办 | 不详 |
| 67 | 齐燮元 | 1925～ | 巡阅使 | 政坛(后任伪职) |
| 68 | 刘思源 | 1925～ | 盐务署督办 | 不详 |
| 69 | 孙振家 | 1925～ | 湖北省长 | 不详 |
| 70 | 郑士琦 | 1925～ | 山东督军 | 不详 |
| 71 | 赵玉珂 | 1925～ | 京畿卫戍司令 | 不详 |
| 72 | 鲍贵卿 | 1925～ | 陆军总长 | 房地产 |
| 73 | 溥 仪 | 1925～ | 清逊帝 | 复辟(伪满"皇帝") |
| 74 | 王廷桢 | 1926～ | 蒙古镇守使 | 留日士官同学会长 |
| 75 | 王怀庆 | 1926～ | 京畿卫戍司令 | 房地产,金融,实业 |
| 76 | 吴光新 | 1926～ | 陆军总长 | 工商业 |
| 77 | 段祺瑞 | 1926～1933 | 北洋政府执政 | 闲居 |
| 78 | 曹 锟 | 1926～ | 大总统 | 实业,房地产 |
| 79 | 龚心湛 | 1926～ | 交通总长 | 实业 |
| 80 | 颜惠庆 | 1926～1931 | 国务总理 | 社会公益后复出 |
| 81 | 王 普 | 1927～ | 安徽省长 | 面粉厂及粮业 |
| 82 | 卢金山 | 1927～ | 湖北督军 | 不详 |
| 83 | 朱启钤 | 1927～ | 内务总长 | 实业 |
| 84 | 杨文恺 | 1927～ | 农商总长 | 不详 |
| 85 | 陈嘉谟 | 1927～ | 湖北督军 | 不详 |
| 86 | 张国淦 | 1927～1937 | 内务总长 | 著述 |

(续表)

| | | | | |
|---|---|---|---|---|
| 87 | 张鸣岐 | 1927～ | 广东巡按使 | 政坛（后任伪职） |
| 88 | 钮传善 | 1927～ | 财政次长 | 闲居 |
| 89 | 殷鸿寿 | 1927～ | 京师警察总监 | 闲居 |
| 90 | 蒋雁行 | 1927～ | 陆军总长 | 不详 |
| 91 | 任凤苞 | 1928～ | 交通银行协理 | 收藏方志 |
| 92 | 任毓麟 | 1928～ | 张作霖秘书长 | 工商业 |
| 93 | 朱有济 | 1928～ | 财政部次长 | 京剧票友 |
| 94 | 许兰洲 | 1928～ | 侍从武官长 | 盐业 |
| 95 | 潘　复 | 1928～ | 国务总理 | 金融、盐务 |
| 96 | 言顿源 | 1928～ | 参议院参政 | 工业，金融 |
| 97 | 陈之骥 | 1928～1987 | 冯国璋幕僚 | 房地产 |
| 98 | 孙传芳 | 1931～ | 五省联军司令 | 佛教 |
| 99 | 张作相 | 1931～ | 吉林省主席 | 闲居 |
| 100 | 汤玉麟 | 1934～ | 热河省主席 | 房地产 |

资料来源：罗澍伟《民国初年天津的寓公》，《城市史研究》第21辑，本文引用时按居津时间做了整理。

从表中情况我们可以看出，寓公迁入租界有三个高潮，一是1912年，二是1917年及后一段时间，三是20世纪20年代中期，情况各不相同。

1912年辛亥革命胜利，清帝退位，清朝灭亡，这一年进入天津租界的几乎全部是逊清贵族及旧派文人。

1917年张勋复辟、段祺瑞兴军"讨逆"，军阀割据、混战开始。从此北京的政局一直在动荡。这也是各路军阀在天津大肆活动的年代，早在张勋复辟爆发之前，1917年5月已见"黎总统来津建房"①的报告。待政变发生，黎元洪先躲在法国医院，其眷属于7月18日下午到津，"法领事接站，乘美丰汽车赴英界电灯房对过新建之19号楼"。② 7月28日，黎元洪本人到天津"即赴英租界本宅"。

实际上，不仅是黎元洪，不少军阀、官僚早已查觉北京必有大乱，1917年5、6月份就聚集天津。先是段祺瑞租妥在意租界（今建国道）11号楼房一所"并二马路段芝贵宅迤右租妥楼房一所，均作宅第"，"其眷属昨已迁入"。③ 5月25日"段合肥到津"，上午拜会徐世昌，下午拜会吕调元，晚上又与吕调元、段芝贵、许世英

---

① 《大公报》，1917年5月24日。
② 《大公报》，1917年7月20日。
③ 《大公报》，1917年5月19日。

宴会，"所谈者为将来进行必要手续云"。① 5月29日，"曹锟、李纯、孟恩运三督军由京专车来津"。② 6月7日，张勋到天津，上午9:00拜见李经义，9:30赴徐世昌宅，11:00回本宅"旧德界铜人"。③ 张勋后来拜见在津的段祺瑞，随即进京发动复辟。看来，北京的府院之争、张勋复辟和后来段祺瑞兴兵讨逆，都是先在天津酝酿，后在北京演出。

待张勋政变发动后，7月7日代总统冯国璋的眷属"第一部已于昨日来津，并男女仆夫等共百余人，现寓河东奥界井陉矿务局后"。④

到1918年，这种情况仍在继续。

1918年3月30日晚，长江巡阅副使、陆军第十六师师长王廷桢眷属由津浦铁路到津"即寓日租界"。⑤

1918年12月6日，各报报导"各督军连袂来津，其中江西督军陈光远于4日晚"由京来津，现寓英界本宅"。5日10:30安徽督军倪嗣冲由京来津"寓本宅"。⑥

值得注意的是，从我们接触的记载来看，许多北洋人物尚未下野之时，就已经在天津租界租好房子，甚至建好住宅。陈光远、倪嗣冲就是典型。而朱家声、张镇芳也是早在1917年大动乱之前在英租界就有住宅，而且"均由英国领事保险，并已均插有英国旗"。⑦

到20世纪20年代，是各派北洋人物进入租界的又一次高潮，而且从1924年一直延续到1928年，是迁入最多的时期。早在1922年第一次直奉战争时，先是奉系进津，后又有直系占领天津。1924年第二次直奉战争后，天津又成了奉系的天下。在这些混战中，军阀们早早地就把家眷、财物转移到租界，待兵败之日自己再来避难。1924年1月10日，所谓"振威军"在法租界国民饭店举行宴会，赴宴的高级军官竟达200人。待1925年，奉军被国民军赶出天津，但是大批高级将领的住宅都留在租界。

不过大批北洋军政要人刚刚入住租界，虽然到处表示从此不问政事，大有闲云野鹤之态，实际上只是暂避风险。他们中的大多数人从一开始就不甘寂寞，窥测方向，寻求时机，以求复出。

不过，随着时间的推移和时局的变化，多数寓公的意志逐渐消沉。徐世昌"每日仍以吟诗为消遣，态度极为冷淡"。后来由严范孙、赵幼梅介绍，加入天津学界的城南诗社。⑧ 到1934年，在津度八十大寿，盛况空前，以"息影津门，不问

---

① 《大公报》，1917年5月26日。
② 《大公报》，1917年5月30日。
③ 《大公报》，1917年6月8日。
④ 《大公报》，1917年7月8日。
⑤ 《大公报》，1918年3月31日。
⑥ 《大公报》，1918年12月6日。
⑦ 《大公报》，1917年2月17日。
⑧ 《新华老人近况》，《大公报》，1922年6月7日。

时事,力崇俭约,丰度冲远"自居。① 黎元洪的情况与他们不同。他在 1917 年张勋复辟时被撵下台,是年 8 月 28 日到达天津,英租界当局加派印度兵数名为之巡逻保护。在随后的 11 个月中,除破例会见梁启超、袁克文外,一律不会客。1922 年徐世昌辞职后,直系控制北京政府,各方又敦促黎氏出山,"来津促驾者,纷至沓来"。② 于是又复任大总统。1923 年曹锟选总统,黎氏又被迫回津。到 1925 年,他已彻底放弃政治活动。他自己说"每日晨乘马二小时,余时观戏或看电影,聊以消磨岁月而已,至与外间之联络结合,则绝无其事也"。③ 曹锟到天津后已知无力回天,在直隶省议会和天津总商会的宴会上表示:"以往各事,颇觉灰心,从此息影念佛,誓不再问国事。"④段祺瑞早在 1917 年就买下住宅,不过主要是以天津为基地,与黎元洪对抗。1920 年直皖战争中战败,躲入日租界。1924 年又出任执政,1926 年被国民军赶下台,几经沉浮,"退隐津门,绝口不谈时事,惟参惮下棋为乐"。⑤

北洋寓公是当时天津社会上最富有的阶层。这些军阀政客们在任上聚敛钱财各有各的招数,除名目繁多的苛捐杂税以外,他们还有各种名目的收入,其实就是直接间接地贪污公款,哪一个下台时都是捞得锅满盆满。冯国璋 1917 年到天津时,单是"男女仆夫"就带来 100 人。⑥ 张勋复辟失败后逃入天津,有"私囊 50 箱",全是珠宝。他怕有闪失,先交美国兵营转英国工部局代管。⑦ 他的姨太太随后由徐州北上走铁路,"物件用闷车 12 轮",到天津后用大车运公馆。⑧ 陈光远在江西督军任内,以自行筹款办军装为名,每天叫财政厅交南昌中国银行 5000 元,作为申汇,拨往上海(实际上他的军队服装由陆军部供给)。这笔钱每年达 180 万,任职 5 年,这八九百万尽入私囊。

有人对北洋寓公的财产做过估算:

皖系倪嗣冲,1920 年时财产 2800 万元;

曹氏兄弟五人,1924 年贿选总统时财产 6000 万元;

王占元督鄂 6 年,敛财 3000 万元;

陈光远督赣 5 年,敛财 15000 万元;

李厚基督闽 9 年,敛财 1000 万元。⑨

另外,江西督军李纯去世时,有遗产 4000 万元。而王占元有遗产 700 万。⑩

---

① 《大公报》,1934 年 10 月 17 日。
② 《大公报》,1922 年 6 月 7 日。
③ 《大公报》,1925 年 5 月 3 日。
④ 《大公报》,1927 年 3 月 8 日。
⑤ 《大公报》,1926 年 9 月 5 日。
⑥ 《大公报》,1917 年 7 月 31 日。
⑦ 《大公报》1917 年 7 月 14 日。
⑧ 《大公报》1917 年 8 月 12 日。
⑨ 魏明:《论北洋军阀官僚的私人资本主义经济活动》,《近代史研究》1885 年第 2 期。
⑩ 《大公报》,1934 年 9 月 16 日。

陈光远 1939 年去世时,除不动产,尚有现款 700 万。① 李纯、王占元、陈光远 3 人关系密切,王、陈二人更是近邻,被人们称为"长江三督",个个是租界里的大富翁,生活极为奢华,李纯家的宠物竟是巨蟒和鳄鱼。李纯家管账人,亲眼见过 50 克拉的巨钻三颗。

至于稍晚进入租界的军阀更多的是不义之财。臭名昭著的东陵大盗孙殿英,把盗取的全部宝物分 36 箱运往租界。② 成为京津一带轰动一时的大新闻。1933 年,地处抗日前线的热河省主席汤玉麟竟动用部队包运烟土。他来津时,用汽车 200 辆运私产,被张学良于古北口扣留。他闻讯后,忙把在北平的家私"捆载细软数百箱",分两批运进天津租界。只法国工部局就从他妹妹家抄出烟土 12 万两。时人估计,他的财产不下数千万元。③

寓公在租界里生活极为奢侈。天津著名的五大道上最豪华的巨宅,往往都是这些人物的,如重庆道上的"庆王府"(载振宅)、孟恩远宅;大理道蔡成勋宅;睦南道上王占元宅、陈光远宅、孙殿英宅等等。载振家设有中西厨房,佣人有 100 多。曹锟妾刘凤伟之子 9 岁夭折,用上等棺木成殓,照成人发丧出殡。刘凤伟另一子分得楼房 5 所,当铺 3 处。一夜间"押牌九",将 5 所楼房全输光,3 个当铺也先后易主。像这样的纨绔子弟和败家子所在多有。

尽管寓公有的坐吃山空,如自诩"清廉"的段祺瑞,还是有不少人将资金投入工商业。北洋寓公迁入天津的高潮在 20 世纪 20 年代中叶,此时,正是天津城市经济蓬勃发展的鼎盛时期,近代工商业的丰厚利润吸引着这些大富翁。正像买办纷纷向工商业投资一样,大批北洋人物也汇入这个洪流,这也正是天津近代工商业资本的主要来源之一。

在这些投资中,黎元洪最有代表性。他早在 1917 年第一次退居天津时,就出任了中美实业公司董事长。1925 年再次退居后,完全转向实业经营。他向中兴煤矿投资 40 万(实交 20 万)。另外还向久大精盐公司、永利碱厂、中国银行、交通银行、金城银行、天津华新纺织公司都有投资。据天津历史博物馆所藏黎氏账目、函电等资料不完全统计,他先后投资的厂矿、银行、企事业达 50 多个,其中银行 20 余家、煤矿 8 家、纺织厂 6 家、面粉厂 7 家,总金额不少于 300 多万元。他还亲自出任汉口黄陂商业银行总董、中兴煤矿董事长。他在中兴煤矿占 6400 股,占全公司股份的十二分之一,约 64 万元。他又与他人合资创办中国轮船公司,将中兴煤运至上海,投资规模很大。在中兴煤矿,他年年获厚利。④

这时,下野军阀向近代工商业投资一度成为一种风气。天津两家大型纱厂——恒源纱厂和裕元纱厂在创办时,主要是北洋人物大规模投资。曹锟一家在恒源投资达 28 万元,此外在恒源投资的还有原陆军总长鲍贵卿(21 万元)、山东督军田中玉(10 万元)等,在整个恒源纱厂的投资中,军阀、官僚占了绝大部

---

① 齐协民:《我所知道的陈光远》,《天津文史资料选辑》第三十六辑。
② 《大公报》,1928 年 8 月 16、17 日连续报导。
③ 《大公报》,1933 年 3 月 6 日。
④ 张树勇:《善于经营实业的总统黎元洪》,《近代天津大寓公》,第 46~48 页,天津人民出版社,1999 年;另参见《北洋政府的总统和总理》,第 61~62 页。

分。裕元纱厂则是倪嗣冲(原安徽督军)的主要投资企业。据日本人1935年调查,在裕元纱厂的全部资本额中,有234万元属于金城、中南、盐业三家银行及倪嗣冲之子倪幼丹,其中72%属于倪家,即约168万元。①

这时,包括身居租界、脑袋却留在封建时代的辫帅张勋也把巨资投向近代工商业。他投资的各个银行、企业至少有30家,投资数额接近400万元。单是在中兴煤矿就投资80万元,大大超过了黎元洪。他的董事、监察人、总董、董事长的头衔一大堆。就连终日过着王爷生活的庆王载振,也有人找到头上。高星桥1928年在筹建劝业场时,资金短缺,找到载振,许以不参加经营而坐吃分红,载振向劝业场投资45万元。

### 四、新型银行家、实业家群体

1. 旧城区迁来的商人。

在考察了租界社会的上层——买办与寓公之后,我们要研究一下作为社会中坚力量的群体。这个社会阶层大体是由四部分人组成:一是由天津旧城区迁来的商人,其中不少人在分化;二是新型银行家;三是具有现代管理知识的新型企业家;四是受到近代西方教育的知识分子。这些人士愈来愈成为租界华人社会中最活跃、最有代表性的人物,是新型企业的主要投资者和城市建设的参加者。

由旧城区迁来的富商,情况各不相同。

20世纪20～30年代,法租界劝业场地区商业迅速兴起,原在估衣街、官银号、东马路一带的著名商号,包括金店、服装店、绸缎庄、鞋帽店等纷纷迁来,使大批商人也举家入住租界,一些老城的富商大户也陆续迁入租界,其中最有代表性的是"李善人"家、兴隆孙家和胜芳蔡家。

"李善人"是天津尽人皆知的"八大家"之一,以盐商起家。李家的第三代——李宝诚(颂臣)是李家最活跃的代表人物。1911年由他倡设殖业银行,李家的股份超过半数,随后又大规模地向近代商业、矿业和房地产业投资。不过由于管理仍用旧法,而生活上保持着聚族而居的大家庭,各房不知节俭,所以门户已无法维持。1924年全家迁入租界避难。两年后,"宝"字辈弟兄10人分家析产,分住于英法租界。原先经营的大批商店相继停业,有的房头只好卖地售房,甚至出售妆奁陪嫁度日。一个盐商起家的大家,向近代工商业者的转化没有成功。

另一个迁入租界的巨商是元隆孙家。元隆号是天津最著名的绸缎庄之一,1896年开业时初定资本为白银二万两,地处传统商业区针市街。孙家第二代仍经营着3个银号和许多棉布庄。到第三代则于1933年迁入法租界现新华路与承德道交口巨宅(原中共和平区委,现做他用)。该房客厅、厨房都是中西两套,全家40多口人,竟住房300余间。孙家到法租界后全家仍由大厨房统一开饭,各兄弟花钱由账房统一支付。结果是各房争着花钱,不知进取。到20世纪40年代末

---

① 参见罗澍伟主编:《近代天津城市史》,第512页,中国社会科学出版社,1993年。

孙家一天只蒸两顿玉米面枣窝头,1948年孙家只得宣布解体。①

转入租界的富商"胜芳蔡"是能继续发展的一户。蔡家原是河北名镇胜芳的大地主,极为富有。1920年前后,正值军阀混战,胜芳正处战场,蔡家看准形势,除留一支经营土地外,于1922年全家迁往天津,在日租界、法租界置楼房3所,兄弟分户居住。其中蔡慕韩一支转而经营工厂、商号,入股华北造纸厂,开设万德银号,接办利和毛巾厂。蔡慕韩头脑灵活,善于学习近代工商业的经营方法,又下工夫结交天津市工商界上层人物,与横滨正金银号买办结为姻亲,并且加入大买办与巨商组成的"行商公所",了解到金融、投资方面的动向。后来他成了著名的济安自来水公司最大的股份拥有者,又任该公司总经理。蔡慕韩初住日租界,后移居英租界11号路(现建设路),1930年被选为英租界工部局董事。②

像"胜芳蔡"这样的由大地主进入租界,进而成为工商界头面人物,这固然与其本人的钻营奋斗有关,但是他能顺应时代的潮流则是决定因素。前面提到李、孙两家则完全被旧家族制度所累。

不过,蔡慕韩的经营,总是有"多财善贾"的影响,真正代表华人社会主流的是20世纪20~30年代迅速兴起的新型银行家和实业家。

2. 新型银行家。

20世纪20年代前后,天津城市经济的发展逐步进入全盛时期。这时,天津不仅集中了大批外国银行,还集中了许多中国人自办的银行。据1932年出版的《中国经济年鉴》统计,天津的华资大小银行有56家。尤其是具有全国影响的北四行(金城银行、大陆银行、盐业银行、中南银行)都集中在天津,此外还有上海银行、国货银行、交通银行、新华信托储蓄银行等。经营这些银行的银行家大都住在租界,尤其是集中在"五大道"一带。现成都道永定里更是金城银行高级管理人员的集中居住地。

20世纪20~30年代天津(租界地)银行家代表人物简况

| 姓名 | 籍贯 | 生卒年 | 受教育状况 | 在津银行任职及其他简况 |
|---|---|---|---|---|
| 卞寿孙(白眉) | 江苏仪征 | 1884~1968年 | 留美硕士 | 1915年来津,后任中国银行天津分行经理,兼中孚、大生银行董事,天津银行业同业公会会长,英租界工部局华籍董事。 |
| 资耀华 | 湖南耒阳 | 1900~? | 留日 | 1935年任上海银行天津分行经理,建国后任中国人民银行总行参事室主任,全国政协委员。 |

---

① 孙敬之:《元隆绸布店与"庆修堂孙"的兴衰始末》,《天津文史资料选辑》第二辑。
② 蔡慕韩:《"胜芳蔡"发家史》,《天津文史资料选辑》第二辑。

（续表）

| | | | | |
|---|---|---|---|---|
| 卞喜孙 | 江苏仪征 | 1895~1965年 | 留美硕士 | 1932年任国货银行天津分行经理，后任天津中央银行经理，建国后任中国人民银行天津分行副经理。 |
| 钟锷 | 广东梅县 | 1890~？ | | 1932年任天津市交通银行经理，天津银行业同业公会主席。 |
| 吴鼎昌 | 浙江吴兴 | 1884~1950年 | 留日 | 1917年任盐业银行总经理，1923年创办四行储蓄会。 |
| 任凤苞 | 江苏宜兴 | 1876~1953年 | | 1928年迁居天津任盐业银行董事长，金城银行董事。 |
| 陈亦侯 | 浙江永嘉 | 1886~1970年 | 北京译学馆 | 1933年任天津盐业银行经理，天津银行业同业公会理事长。 |
| 周作民 | 江苏淮安 | 1884~1955年 | 留日 | 1917年在津创办金城银行任总经理，1923年合办四行储蓄会。 |
| 阮寿岩 | 天津 | 1875~1943年 | 银号学徒 | 1917年任金城银行经理，两次当选商务总会会董，金城迁沪后任天津分行经理。 |
| 王毅灵 | 四川内江 | 1881~1953年 | 留日 | 1934年来津，金城迁沪后任天津分行总理，天津银行同业公会理事长。 |
| 谈丹崖 | 江苏无锡 | 1879~1933年 | 留日 | 1918年创办天津大陆银行，任总经理、董事长达13年。 |
| 许福柄 | 江苏盐城 | 1883~1958年 | 前清举人 | 1920年到津任大陆银行分行经理，1933年任大陆银行总经理。 |
| 王孟钟 | 江苏常州 | 1892~？ | 上海南洋公学 | 20世纪20年代末到津，任中国银行天津分行经理。 |
| 胡仲文 | 江苏淮安 | 1901~1982年 | 南开大学 | 久居津城，任四行储蓄会经理，联合银行经理，盐业银行董事，与陈亦侯为保护国宝金钟而历尽艰险。 |
| 俞鸿 | 浙江上杭 | 1886~1962年 | 留英 | 1930年任上海新华信托储蓄银行天津分行经理。 |

资料来源：庞玉洁《开埠通商与近代天津商人》，第110页。天津古籍出版社，2004年。笔者对内容做了增加、调整。

从以上表格介绍的概况可以看出，这些银行家（这里介绍了各银行主要负责人，副职、董事均未列入）15人中，只有1人是天津市人，其他均来自南方，可见天津的发展，接纳了大批南方各地的精英人物，其次，这些银行家15人中8位有留学经历，其他也都受过国内良好的教育，文化水平相当高。这些银行家与天津旧式钱庄掌柜、银号经理也有很大不同，他们带来了全新的经营理念和经营方式。其中，著名银行家卞白眉、资耀华更是在我国金融史上有很大贡献的人物。

卞寿孙1906年入美国白朗大学，获哲学硕士学位，1912年回国，1915年移居天津，1918年出任中国银行天津分行副经理、经理，兼中孚银行、大生银行董事，被选为天津银行公会会长，并在英租界华人参政问题上持积极态度，数次出任华人董事，在天津英租界是十分活跃的上层人士，日本占领天津后赴重庆任中国银行副总经理，1949年总行迁香港解散后退休，赴美国定居。

资耀华毕业于日本京都帝国大学经济学院，后又曾在费城沃顿工商管理学院、哈佛大学等校研习。回国后曾在北京大学、中国大学任教，在上海商业储蓄银行任职，1935年调任上海银行天津分行经理，在天津工作了15年。来天津后在短时间内打开局面，使原本规模不大的天津分行在银行业异军突起，他大力支持永利、久大这些民族企业，与著名企业家范旭东、侯德榜、李烛尘等关系密切。1950年上海银行公私合营后，任总经理，1959年后，长期任中国人民银行总行参事室主任，当选为全国政协委员。资耀华还是一位金融理论家，早期著作有《货币学》（20世纪20年代末），后又有《国外汇兑之理论与实务》《信托与信托公司论》等。

3. 新型实业家。

在英租界的西北方向，即现在贵州路以西直至营口道再折向西康路这一带，是英租界规划中的工业区。不过，直到1930年以前这里还是大片的低洼荒地。1932年，最靠近贵州路的仁立毛纺公司建成了。人们很远就可以看到迎面漂亮的办公楼和铁艺门上的"天马"装饰，办公楼两侧，是整齐宽敞的大车间。这个工厂，一改人们心目中脏乱破旧的旧工厂的形象，这是一个崭新的现代化工厂——仁立毛纺公司。1936年，在离仁立不远处，一座包括厂房、办公楼、职工宿舍、食堂、俱乐部和运动场的又一座现代化厂房落成了。不久两只对抵犄角的山羊形象出现在厂门口，这就是生产闻名全国的"抵羊牌"毛线的东亚毛呢公司。没过几年，离这里不远的西康路上，一个旧中国少有的技术含量较高的电话交换机生产厂——中天电机厂建成生产了。这三个毗邻而建的新型工厂被称为英租界"工业三杰"。应该说，这三家工厂的建成标志着天津近代工业发展的一个新阶段。与此同时，一个拥有现代管理知识和专业技术的新型企业家群体正在形成。

由于资料的缺乏，我们目前还无法对这个群体从数量上做一个精确的统计，但是我们可以从他们中代表性人物的分析中，看出这个群体的一些特点。这些代表性人物是：范旭东、李烛尘、孙多钰、周叔弢、朱继圣、宋斐卿、李勉之、金邦平、董维基等。

**范旭东**（1883～1945年），湖南湘阴人，1910年毕业于日本京都帝国大学化学系。1912年赴欧洲考察盐务，回国时在塘沽登陆，发现这里具备可以兴办海洋化工的条件,1914年开始筹办久大精盐公司,开了中国化学工业的先河。10年后年产盐由3万担增至50万担(3万吨),到20世纪30年代年产盐400万担(平均全国每人达500克)。久大工厂设在塘沽,公司设在法租界渤海大楼对面。1919年起,又启用留美博士侯德榜、陈调甫等化工专家,兴建永利碱厂,创"红三角"名牌产品,在1926年费城万国博览会上获得金奖。这同时,他还创办了中国第一家私人投资的科研机构——黄海化学社。毛泽东评价他是"工业先导,功在国家"。

著名民族实业家,中国化学工业奠基人之一范旭东

李烛尘(1881~1968年),湖南永顺人。清末秀才,留学日本,辛亥革命后回国。范旭东创办久大精盐之初,应邀到津,出任久大厂长。后来又与范旭东、侯德榜等合作,克服了资金、技术上的种种困难,创办了永利碱厂,与侯德榜轮任厂长。抗日战争期间,又与范旭东在西南地区重建化工基地。1945年抗战胜利后返津,任久大盐业公司总经理。李烛尘是一位精通化工专业的杰出的管理专家,在天津工商界享有很高的威信。1947年天津工业协会成立,他被选为理事长。李烛尘与天津社会的上层人物有广泛的接触,是租界内新型企业家群体的核心人物。1951年,毛泽东曾到他家看望。他后来出任中华人民共和国轻工业部部长,全国工商联副主任委员。

孙多钰(1882~1951年),安徽寿州人。清末光绪帝师傅孙家鼐之侄孙,幼读家塾,1899年赴美留学,先后入华盛顿市立中学、康奈尔大学,1909年回国,先后任沪宁、沪杭甬铁路总办,宁湘铁路工程局总办,中东铁路督办等职。其兄孙多鑫、孙多森在北洋实业的创办上多有建树,孙多森更于1898年在上海办阜丰面粉厂。1907年孙多鑫病殁于天津,孙多森来津接任启新洋灰公司及滦州矿务公司协理,1913年出任中国银行总裁,又与周学熙组成通惠实业公司任总裁,1916年于天津办中孚银行。1919年,孙多森去世,孙多钰辞官移居天津,成为孙氏产业的代表人物。其后,孙多钰出任通惠工业公司总裁、中孚银行总经理、上海阜丰面粉厂董事长、

著名民族实业家,中国化学工业奠基人之一李烛尘①

① 照片选自《天津碱厂九十年发展历程掠影》。

江南水泥公司副董事长。"寿州孙家"不仅在天津,而且在全国都很有影响。孙多钰1928至1931年被选为英租界工部局董事。

周叔弢(1891~1984年),祖籍安徽建德,生于扬州。周叔弢的祖父是协助李鸿章办洋务的周馥,官至两江总督,后北上落户天津。其叔父周学熙致力于北洋新政,曾任财政总长,创办广新洋灰公司、滦州矿务公司、耀华玻璃公司、华新纺织公司四大新型企业。周叔弢是周氏产业的主要继办者和代表人物。他家学功底深厚,后自学英语,21岁北上追随叔父,在四大企业先后任职,得到全面锻炼,显示了他的才能和实干精神。1945年后,任启新副总经理、总经理,他是天津工商界最有名望的代表人物之一,1949年建国后,他应聘出任天津市副市长、全国工商联副主席,晚年任全国政协副主席。

著名民族实业家、古籍文物收藏家周叔弢①

天津仁立毛纺厂创始人、著名实业家朱继圣

朱继圣(1894~1972年),浙江鄞县人。他出生于一个清贫的秀才家,勉强读至中学毕业,考取清华学堂。1916年赴美,入威斯康辛大学读经济学与货币银行学,两年读完学士学位,后得硕士学位。在校期间,在纽约花旗银行实习,以英语流畅在美国中西部大学演说比赛中获奖。1921年回国后,在留美老同学、中孚银行总经理孙多钰安排下在上海分行任职,后在仁立公司任副经理,同时在北京大学、交通大学兼职讲授银行学、会计学等课程。1926年升任仁立公司经理。1931年在天津英租界购地创建仁立毛纺厂,1932年正式生产机制毛纱、地毯,并与国外销售商建立直接联系。他在中孚银行的大力支持下,不断扩大生产,1931年有资金30万元,1936年增资至150万元,1940年达500万元。朱继圣高度重视市场调研,大胆启用技术专家而且善于理财,建立了一套全新的会计制度,保证了企业的不断发展,朱继圣是华人社会最活跃的社会活动家之一,后出任英租界工部局董事,建国后任多届全国人大代表、全国政协委员、市政协副主席。

---

① 照片选自周慰曾:《周叔弢传》,北京师范大学出版社,1994年。

1932 年由宋斐卿创办的东亚毛呢纺织公司

宋斐卿(1898～1956 年),山东益都人。齐鲁大学肄业后转入燕京大学,1920 年留美,1925 年归国,次年再赴欧洲各国考察。1928 年在天津办德昌贸易公司。1932 年集资创办了东亚毛呢股份有限公司,任董事长兼经理。东亚不仅有现代化的厂房,而且有着完善的企业管理体制,其规定共分 28 项 503 条。宋斐卿在企业内部废除了传统的工头制,确立了以经理——工程师责任制为核心的新型生产管理体系;建立了严格、规范的招工方式和职工培养制度;建立了定额制度和质量管理制度。这表明,东亚已经从传统的经验式管理向现代化科学管理的方向转变。与之配套的,东亚还有完善的福利制度和企业文化建设。这一切都保证了东亚产品的上乘质量,它的"抵羊牌"毛线畅销全国。1946 年,宋斐卿又在香港建厂。建国后任全国政协委员、国务院财政经济委员会委员。1950 年他赴香港未归,后病故于海外。

李勉之(1898～1976 年),天津人。毕业于天津德华中学,曾在同济大学学习电机,1922 年赴德国进修实习。回国后协助其父李希明(启新洋灰公司董事长)经办唐山华新纱厂、滦州矿地公司。1932 年,举家迁来天津,与他人合资兴办中天电机厂,后任该厂董事长。中天电机厂是生产电话机、电话交换机的中型工厂,在旧中国是一个十分难得的、技术含量较高的近代企业。中天电机厂的发展,得益于李勉之在同济大学的校友王汰甄。他还聘请到另外两位同济毕业的工程师和其他留学归来的技术人员,特别是重用电信专家陈益寿为总技师。中天电机厂技术班底之强、劳动制度之严格、生产管理之先进,在天津工业界是首屈一指的。建国后,李勉之任天津市机电工业公司经理、全国政协委员。

为便于比照说明问题,特列下表。

## 20世纪20~30年代天津新兴企业家代表人物简况

| 姓名 | 生卒年 | 原籍 | 学历 | 住址 | 开发实业 | 备注 |
|---|---|---|---|---|---|---|
| 范旭东 | 1883~1945年 | 湖南湘阴 | 留日 | 日租界 | 创办久大精盐公司、永利碱厂。 | |
| 李烛尘 | 1881~1968年 | 湖南永顺 | 留日 | 英租界马场道 | 与范旭东、侯德榜合作创办永利碱厂，任久大盐业公司总经理。 | 建国后任轻工业部部长，全国工商联副主委。 |
| 孙多钰 | 1882~1951年 | 安徽寿州 | 留美 | 英租界现大理道 | 继承孙氏家业，任中孚银行总经理、北京通惠实业公司总裁、上海阜丰面粉厂董事长。 | |
| 周叔弢 | 1891~1984年 | 安徽建德 | 家学 | 英租界现云南路后迁睦南道 | 管理周氏产业分别在启新、滦州、华新、耀华四大企业任职后，任启新总经理。 | 建国后任首届天津市副市长、全国工商联副主委后，任全国政协副主席。 |
| 朱继圣 | 1894~1972年 | 浙江鄞县 | 留美 | 英租界现成都道 | 创办仁立毛纺公司。 | 建国后为全国人大代表、全国政协委员、市政协副主席。 |
| 宋斐卿 | 1898~1956年 | 山东益都 | 留美 | 英租界马场道睦南道 | 创办东亚毛呢公司。 | 1951年赴香港未归。 |
| 李勉之 | 1898~1976年 | 天津 | 同济在学，赴德进修 | 英租界现睦南道 | 中天电机厂主要合办人。 | 建国后为全国政协委员。 |

(续表)

| 姓名 | 生卒年 | 籍贯 | 学历 | 住址 | 职务 | 简历 |
|---|---|---|---|---|---|---|
| 金邦平 | 1882～1947年？ | 安徽黟县 | 留日 | 英租界现重庆道 | 启新洋灰公司经理。 | 早年从政，1927年后经营实业，1936年任耀华学校校长。 |
| 董维基 | 1897～1971年 | 河北丰润 | | 英租界现重庆道大兴邨 | 大兴工程公司总经理，我国第一代民族建筑企业家。 | 公司原在东北，"九·一八"后迁天津，承包公路、铁路、桥梁、隧道工程，在济南、杭州、重庆等地设分公司。 |

从以上表中列出的情况，我们可以做一个大致的分析：第一，这些企业家来自全国各地，特别是南方各省，天津本地人并不多。第二，大多受到过良好的近代教育，并有留学背景，属知识精英人物。这里，唯有周叔弢除外，他自幼家学功底极为深厚，不仅国学水准远过他人，还自学英语，研习西学，20世纪40年代就读过英文版《资本论》。这个企业家群体，实际上也是一个知识分子群体。第三，他们的经营范围和地点早就超出天津市区，包括唐山、北京、山东、河南、上海、香港。大兴工程公司的施工范围更到达川、滇、桂，资产达到5000万元，职工人数曾达17000人。[①] 第四，这个群体的代表人物在建国前夕多是著名的"三五俱乐部"的成员，建国后健在者（除宋棐卿外出）均为上层爱国人士，为国家建设做出了贡献。

4. 华人参政问题。

这些新型银行家、企业家也是20世纪20～30年代租界社会最为活跃的一支社会力量，他们在参加英租界华人董事的选举和参政问题上显示了自身越来越重要的影响。早在1878年，充任买办的罗道生就当选为工部局董事，成为中国租界史上第一个华董。后来天津海关道蔡绍基、招商局总办陈巨熙也先后出任过华董。不过，华人真正参政是20世纪20年代中期。这时，英租界内的华人总数早已压倒英人，而且大批新型银行家、企业家又都拥有实力，成为租界内的主要纳税人，而这时，中、英两国纳税人的选举权却保持着双重标准。这种趋势迫使英租界当局不得不做出让步：中、英纳税人的选举权实行同一标准。正如英租

---

① 大兴工程公司承包的大型工程都在南方各地，当时本地人了解不多。资料由天津师范大学历史文化学院董大业教授提供。

界董事长杨嘉立在1928年常年选举大会上所说:这是为了避免"滋生误会,致伤中国绅商好感"。英租界当局面对日益强大的华人力量,又鉴于南方收回英租界的高潮,不得不修改《土地章程》。其中规定:界内的华人与外侨有同等的选举权、被选举权;董事会的人数增至10名,除包括总董在内的董事须是英人外,其余无国籍规定。① 这个"无国籍规定",实际上是产生5名华董。从1928到1935年,这其中卞白眉出任过6届、庄乐峰出任过3届、赵天麟出任过5届、王荷舫出任过6届,而庄乐峰从1930年到1935年连任6届副董事长兼名誉司库。华人在选举英租界华董问题上表现出很大的积极性。1931年4月提名候选人时,卞白眉就一次作为推举人,两次作为赞成人。② 华人参加董事会,是对租界当局特权的一种抗争,为租界建设的诸多方面都做出了贡献。

较早进入租界的华商就有自己的组织——商会——天津紫竹林华商公会,这主要是为了防止"各商家各自为政,势同散沙","且处于外人权力之下'更要'团结机关而联络之,振兴之,维持辅助之"。③ 1919年该会召开成立大会,公布公会章程;对总纲、职员责任、选举、入会、出会、开会、会所、会费支出都有详细规定。稍晚,商会会所设在现河北路与长春道交口,成为租界里十分显眼的建筑。商会的活动也一直有相当的影响。

20世纪20~30年代一些新型银行家、企业家和知识分子也有了一些松散的社会组织,这主要是从属于基督教青年会之下的联青社、扶轮社等。这些原本是一些国际性的服务性社团。天津联青社成立于1927年9月,成立大会在英租界规距堂召开,由著名社会活动家颜惠庆到会演讲。此后,每周三在大华饭店聚餐开会,一直活动到1941年12月太平洋战争爆发,从未间断。一开始,联青社有社员30多人,后来达到100余人,都是各方面上层人士组成。联青社举办过一些社会公益事业,如在沈王庄、鼓楼建了两家诊所和四所儿童义务学校。不过它最主要的活动内容是主题演讲,如1930年12月的"现代女性的负担";1931年1月的"了解天津""公共卫生问题";1932年10月由《京津泰晤士报》主笔班乃尔演说。④ 1941年的一次活动影响不小。这次由燕京大学校医郭德隆讲肺结核的防治问题,使在场的朱继圣颇为感动,因为他的长女不久前因患肺结核而夭亡。于是,朱继圣大力支持郭德隆的防痨建议,通过青年会组成专门委员会,促使天津成立了结核病防治院,由郭德隆任院长,朱继圣一直任该院董事会董事长。

**五、容易被忽略的社会底层**

人们时常认为,居住在租界的华人全是富人。一般来说,租界的房价贵,普通民众是住不起的。不过,如果仔细分析,情况并不完全一样。

---

① 吴蔼辰:《华北五大国际问题》第2编《天津英租界问题》,第8页,京华印书局,1929年版。
② 《天津租界档案选编》,第81~82页。
③ 《天津法租界华商请立紫竹林华商公会呈津商会并启用图记函》,《天津商会档案汇编》(1),第338页。
④ 《大公报》,1930年12月17日;1931年12月11日;1932年10月15日。

在各国租界中,日本租界是一个中等发达的城区。我们试以1927年日租界华人的职业构成做一分析。

#### 日租界华人户口数及职业构成(1927年末)

普通住家　　　　　27088人
被雇于日人者　　　4067人
总计　　　　　　　31155人,3332户
职业日本人　　　　4200人

| 职业 | 户数 | 职业 | 户数 |
|---|---|---|---|
| 赋闲者 | 1046户 | 裁缝 | 83户 |
| 店伙职工 | 625户 | 木匠 | 75户 |
| 军府界住宅 | 313户 | 大饼果子包子铺 | 58户 |
| 妓馆 | 204户 | 钱馆 | 55户 |
| 杂货商 | 111户 | 煤炭业 | 41户 |
| 旅馆饭馆 | 34户 | 鞋铺 | 18户 |
| 牛羊猪肉馆 | 28户 | 理发 | 15户 |
| 纸烟业 | 27户 | 洋车马车 | 14户 |
| 米面商 | 26户 | 洗衣店 | 12户 |
| 医院卫生 | 25户 | 进出口业 | 11户 |
| 叫卖小贩 | 25户 | 报馆通信社 | 10户 |
| 绸缎庄 | 23户 | 律师 | 5户 |
| 当铺 | 20户 | 学校 | 3户 |
| 洋货店 | 19户 | 其他 | 344户 |
| 金店 | 18户 |  |  |

资料来源:《大公报》,1928年1月17日。

从上表的数字来看,1927年日租界华人中赋闲者(1046户)几乎占华人总户数(3332户)的三分之一。"赋闲"是指无职业,包括失业者。在租界里,这主要是指寓居的富人。另一个较多的是为社会生活服务的小手工业者、店员和小商人,估算也达1000户以上,这就又占了总户数的三分之一。而生活在最底层的"被雇于日人者"达4067人(占总人口的十分之一以上)。这里还没有统计受雇于华人家庭者,这也应该是一个不小的数字。

由于租界里没有户籍制度,我们无法对华人的情况做进一步的分析。但是1927年日租界的统计数字大体上可以看出:除了富户以外,租界里华人社会的下层,仍然存在着一个庞大的商业市民群体以及劳工群体。当然,法租界、意租界、

英租界的情况与日租界不尽相同,这里的富户更多,不过下层居民也不在少数。在法租界最繁华的劝业场附近,现哈尔滨道——山西路——河北路之间是一大片简陋的平房,而现长春道——河北路——锦州道之间又是一大片简陋的平房,这里正是法租界与日租界的交接部,居住着一大批理发师、厨师、舞女、女招待、小商贩、贫苦的小职员等。

在最富有的英租界,富人的比例要大得多,不过由于英租界在扩张和"推广"的时候,并不像初期强调原住华人必须迁出,因此在靠近墙子河(现南京路)南岸不少地方以及"墙外推广界"的一些偏远僻静之处,仍有简陋的房屋。在靠近英国兵营(现市一中)的柳州路一带,不仅有大量的简易平房,一些楼房也是草草施工,内部极为局促,楼道宽不足1米,每间住房不到8平方米,低矮阴暗,一些下层职员、教员等就住在这里。

# 第五章 天津租界是列强侵略我国的重要基地

列强利用在租界的种种强势，垄断和控制着天津的对外贸易，把持着天津海关，操纵我国北方的金融市场。各国商人还在租界开发中投机房地产业，获取暴利。天津租界还是列强对华进行鸦片贸易、走私贸易以及贩卖华工的重要场所。由于天津特殊的地理位置，又驻有多国军队，因此天津租界成为列强历次发动侵略战争的桥头堡和前哨阵地。日本军国主义更使之成为制造华北动乱，进而发动全面侵华战争的基地。

## 一、垄断和控制天津的对外贸易

天津是北方最早开埠的通商口岸之一。在历史上，天津本来就是我国北方的商品集散中心，所以开埠之后，不仅洋货进口大幅度增加，而且北方各地的土特产更是向天津市场大量集中、加工和出口。以羊毛为例，1885年加工出口19747担，1894年就上升为206547担。① 再如猪鬃加工，1886年2217担，1899年就上升为13900担，13年增长了35.2倍。各类皮张，1880年出口125328张，1889年则为2737464张，增加了20倍。驼绒毛，1861年1804担，1899年为25811担，增长了20倍。棉花则增长更快，1862年出口74担，1899年为3777担，增加了50倍。进入20世纪以后，天津的对外贸易更进入了一个较快的发展期，1906年，进出口总额突破百亿海关两，1921年又突破2亿海关两的大关，达到22477.9万海关两。1930年更突破3亿海关两。从20世纪20年代开始，天津进出口总额占北方各口的60%，其中棉花占全国的80%，畜产品则占全国大半，天津已经成为我国北方最大的进出口基地。

---

① 派伦：《天津海关1892～1901年十年调查报告》，《天津历史资料》第4辑，第52页。

天津1863～1931年进出口贸易总值净数统计表

单位：1870年前为千两，1880年后为千海关两

| 年份 | 净值 | 年份 | 净值 |
| --- | --- | --- | --- |
| 1863 | 7188 | 1900 | 31921 |
| 1865 | 13544 | 1905 | 96566 |
| 1870 | 16921 | 1915 | 125053 |
| 1880 | 21668 | 1920 | 173183 |
| 1885 | 26243 | 1925 | 287705 |
| 1890 | 34132 | 1930 | 315114 |
| 1895 | 50176 | 1931 | 350229 |

资料来源：吴弘明编译《津海关贸易年报(1861～1946)》，第9页，天津社会科学院出版社，2006年。

对外贸易的大发展，使天津演变为一个外贸型港口城市，这无疑是天津城市最深刻的变化。但是如此规模的对外贸易却没有掌握在中国人自己手中。早已进入到天津的西方各国，以租界为依托，通过他们建在这里的各种洋行，把持着对外贸易的经营权，通过海关和公证业务，把持着对外贸易的管理权。

外国洋行在天津的对外贸易中占有绝对优势。据统计，1902年，天津有外国洋行40余家；1905年，有160家；1906年达232家，计有英商60家、德商52家、法商21家、美商4家、意商2家、日商2家、俄商6家，其他国商人开办的有15家。到1936年，外商在天津开设的洋行共982家，计英商68家、美商96家、德商43家、法商22家、日商689家、旧俄商26家，其他78家。这是欧战之后日、美，特别是日商大举进入天津市场的结果。在这些洋行中，比较有影响的有：英商怡和、太古、仁记、新泰兴四家英国皇家特准的大洋行以及高林、平和和亚细亚火油公司；美商为慎昌、公懋、大来、美孚和德士古石油公司；法商为永兴公司；德商有世昌、礼和、禅臣、捷成、美最时洋行；日商有三井、三菱等洋行。

外国洋行从天津进口的货物，除鸦片外，最大数量的是各类棉织品，其他则有各类工业产品，如毛呢、煤油、五金、机器、钢材、食糖、玻璃、纸烟、火柴等。德国的洋行还经营着数量巨大的军火生意。从天津出口的则主要是廉价的农畜产品和工业原料，有：棉花、豆类、花生、烟叶、猪鬃、皮革、驼绒、羊毛、蛋制品、草帽辫、茶叶、肠衣、地毯等。外国洋行为了收购我国北方各省的土特产品，把触角伸向河北、山西、山东、东北、蒙古、宁夏各地，设立名为"外庄"的收购站，他们收购到各种产品后通过陆路、水路运到天津加工、打包装船外运。由于租界就是沿河而建的，这些洋行的码头、仓库及办公处当然也全在租界，特别是集中在英租界。外国洋行不仅数量庞大，而且资金极为雄厚，他们凭借着治外法权和租界的保护，把持着天津对外贸易的经营权，中国商人根本无力与之抗衡。在这些洋行中，英商怡和洋行和太古洋行就是最突出的代表。怡和洋行是最早进入天津的

洋行之一。天津是1860年开埠,外国商船在1863年首批到达天津,这其中就有怡和的轮船在内。四年后,即1867年,怡和洋行就在天津设立分行,专做航运业务,经营远洋及印度、中国沿海航运。怡和的船队以红烟囱为标记,由加尔格达起,经新加坡、香港、广州、厦门、福州、上海、烟台,直抵天津,包括了我国整个海岸线。它在天津设有专用的仓库、码头、打包厂。怡和洋行的进口部、出口部后来都有了很大的发展。它的出口部下设大量外庄。第一次世界大战期间,怡和洋行从华北各地大量采购战略物资羊毛、棉花、大豆、油脂运往英国,其出口部经理毕德斯(E. C. Peters)从中大肆活动,到20世纪20年代,每年营业额可达400万两。毕德斯后来升任为天津分行经理。1920年他被选为英租界董事会董事,1925年又当上董事长,成为英租界的风云人物。

与怡和洋行共同垄断中国航运业的还有太古洋行。1881年太古洋行天津分行成立,到1886年,五年间业务量急剧增长。太古洋行的营业集中于轮船运输和食糖进口两方面。1933年,太古一家的轮船有79艘,总吨位达150余万吨。它在中国的航运线有17条,从天津可以直达沿海各码头(包括安东、大连)和汉口、宜昌、湘潭、常德等内地码头,更有从天津到上海和广州的专线。它还在大沽自设船坞,组织自己的驳船队。在海河两岸,太古洋行都建立专用码头,自装自卸,形成了整体轮船运输网。太古洋行完全把持着我国北方洋糖的进口业务,在天津就有代理店8家,有内地有销售处64处。

## 二、把持天津海关

把持对外贸易管理大权的是在洋人控制下的天津海关。天津海关自建立之始,直到1945年中国抗战胜利,先后出任或署理税务司的全是外国人。① 除了天津沦陷后的一段时期由日本人把持外,其他的有英国26人,意国2人,美国2人,法国、丹麦、匈牙利等国4人。而英籍德国人德璀琳先后署理天津海关税务司达22年之久,其间并出任英租界董事会董事长达13年。

海关对口岸的贸易控制,一是通过办理货物通关手续,二是通过对货价的评估征税。

在办理通关手续时,洋商本来就享有关税的很大特权,海关更为之大开绿灯。1858年《天津条约》规定,凡英国货物进口缴纳5%的从价税后,如要运往内地销售,只须一次性缴2.5%的子口税,所有沿途经过关卡的一切税厘一概免征。反之,英国洋行从内地采购的土产物资运往口岸也照此办理,只补交一次子口税即不再缴纳任何税款。清政府在内地本来就是关卡林立,特别是厘金制度实行以后,商品货物过境税更成为商品流通的极大障碍。海关执行的这种"子口半税"的税制,把我国国内和对外贸易置于极为不利的地位。况且在实行中,各个常关负责检查洋货的人员,又都是海关的洋员,往往把洋行进口的高价商品报为低价(如威士忌、白兰地报为汽水)一律放行。而在土产出口时,洋商手持由海关签发的三联单,免税通过境内各关。在这种情况下,海关洋员勾结洋行,出卖三

---

① 《津海关贸易年报(1865~1946)》,第3页。

联单的劣迹多有发生。

而估价房和检关房,则更是海关把持外贸的要害部门。海关进出口货物,大多是征收从价税,即不是货主报价,而是由估价房估定价值,然后征收从价税。这样一来,估价房的权力极大。天津海关的估价房由20多名外籍关员组成,其中大部分是英国人。在估价中,他们往往把进口洋货的标准价尽可能地压低,对中国货的价值则尽可能地提高,使中国货与洋货在市场中无法竞争。如:英商从印度进口绸缎,海关曾按麻织品估价纳税,待出售时价格会低于中国绸缎,使印度绸缎一度在市场上盛行。天津海关的验关房也是由数十名外籍关员为主,他们与各个报关行、洋商多有勾结,在对进出口货物的品种、等级检查时作弊。如1926年前美丰洋行报关,出口山羊绒却按山羊毛报税,税率均按从价7.5%。但山羊毛估价每担19346两,山羊绒每担估价91917两,从中偷税之后,获利可想而知。至于对中国禁止出口的文物,验关房在各方的包庇下,大量按铜器、瓷器新货出口。数十年间,经天津口岸盗运的珍贵文物不计其数。

列强对天津对外贸易的把持,还表现在扼制进出口业务的咽喉——公证这个环节上。公证本来的主要业务是接受进出口商人的委托,代为检验进出口货物,提出鉴定书,作为合格凭证。天津是有官方的商品检验机构的。但是,它所签发的商品合格证,不为外商所承认。特别是货物受灾的理赔检残报告更不为保险公司所认可。从国外开来的信用证上,都注明,必须持有某某外国公证行出具的合格证,方能提取货款。于是,天津口岸的进出口商品检验和保险理赔大权就完全为外商公证行所垄断。外商开设的公证行有数家,尤以英商保禄洋行把持天津口岸的公证业务多年。他们与不少洋行相互串通,对中国的出口商品以种种借口压制刁难,而洋商出口的商品检验手续却极为简单,往往在酒吧间里即已办完。如果送礼行贿到位,他们甚至会把合格证送上门。①

### 三、操纵金融市场

天津开埠之初,我国尚无银行建置,洋商的资金提供,来源于大洋行附设的银行业务部来维持,资金融通受到很大限制。1881年,汇丰银行在天津设立分行。这是天津出现的第一家外资银行。随着天津对外贸易的迅速发展和整个城市经济活动的加强,外商来津设立的银行增加了很多。据统计,自1882年到1936年,租界内共开设了21家外资银行,另外还有5家中外合资银行,共计26家。

天津的外资银行在全国也占有很大比例,据统计,20世纪30年代初,在华外资银行有105家,其中上海25家,天津16家,香港12家,北平9家,厦门、济南各3家,福州、汕头各2家,其他各地共9家。②

这些银行的设立,首先是对外国洋行的经济活动提供保障。它通过国际汇

---

① 韩文彬:《垄断公证业务的保禄洋行》,《天津的洋行与买办》,天津人民出版社,1987年。

② 《中国经济年鉴》(1932年)。

兑、进出口押汇、打包放款、信用透支及外汇结算等各种方式，对这些洋行以资金周转方面的便利和支持。没有外资银行的活动，洋行把持对外贸易的局面就无法维持下去。

外资银行还通过对华借款的方式进而控制中国经济的咽喉。资金最为雄厚的汇丰银行多次经手列强对华的贷款，从而获得了对华关税、盐税的管理权。此外华俄道胜银行、东方汇理银行、华比银行、花旗银行等各大银行都参与清政府、北洋政府的政治贷款，在清政府于甲午战争后的数年中，共有8次铁路贷款，各个银行都大显身手。到20世纪初期这些外资银行在华大量投资开设厂矿，大量发行纸币，完全操纵了天津的金融市场。1913年，由东方汇理银行所代表的法、英、美、德、日组成的五国银行对袁世凯提供了2500万英镑的"善后大借款"，对袁世凯的独裁活动予以巨大的财政支持。

外资银行的另一项重要业务是汇兑，尤其是国际汇兑。这方面汇丰银行一直处于垄断地位，它用于国际汇兑的资金经常占其资金总额的三分之一到二分之一。它依仗强大的资金实力，一手操纵外汇牌价。从汇丰银行在天津设立分行开始，天津的外汇市场就以汇丰的牌价为准。

这些外资银行强大的实力还来源于它吸纳了天津市场上的大宗存款，特别是汇丰银行，它面向寓居津门的清室贵胄、北洋军政界的头面人物吸纳存款。汇丰银行的存款额1885年为6561万港元；1913年为29819万港元，1932年则为93163港元。其中1932年的存款额相当于当年全国146家中国人开办的公私银行全部存款总和的42%。

### 四、投资房地产获取暴利

各国租界在开辟之后，特别待租界有了一定发展之后，外国商民纷纷投资于这里的房地产，并且迅速获取了暴利，其根源在于租界在开辟之初极不合理的关于土地问题的规定。

英租界在划定之初，外国人从原中国土地主手中购得土地，按照民间习惯，签立契约，并到县衙注册盖章，然后再到英国领事馆注册，与英国政府签订为期99年的"皇家租契"。租地人首先要向英女王政府支付一笔租金，实际上是购买了土地使用权。在英租界两次扩张中，情况不大相同。租界当局又按永租的办法分别向中国土地主租买土地，再转租给各租户，同时颁发999年的永租契。这就是说，租界当局除了每年象征性把极低的年租（英租界为每亩1500文）交付中国政府之外，租界土地的所有权实际上已经归属于租界当局，而租地者获得土地使用权又是可以作为商品自由买卖的。除英租界以外，其他各租界大都是直接向民间购买，然后由领事馆或租界当局采取拍卖等形式放租。在这种"收购"中，租界当局利用种种借口压低地价。德租界最初划定时，德国政府以干涉还辽有功为由，强行以每亩75两的低价"收购"，而当时实际地价却在40~240两之间。

租界当局和外国地产主以低廉的价格取得租界内的地产权，为他们日后投资房地业创造了极为有利的条件。随着租界经济的发展，地价大幅度上涨。

在清咸丰、同治年间，地价为每亩30两左右。

到清光绪二十三年（1897年），中国人高竹波将海大道西三亩八分地"永租"给英国教师伊大辟，"价钱每亩100两"。①

民国初年，租界的土地上涨到每亩5000两左右。

1927年高星桥筹建劝业场时，在法租界购地，地价每亩已高达20000两。

据义品公司报告，到民国二十三年（1934年）的地价：

法租界中街每亩50000元；

英租界维多利亚路每亩30000~50000元；

意租界维克多·艾玛尼艾尔大街每亩10000元。②

在土地不断增值的情况下，外商银行、洋行、天主教会纷纷插手房地产。到20世纪40年代末，在天津租界从事房地产的外国洋行有20家，而专门从事房地产的公司约有15家。在这些公司中，最具实力，影响到房地产全局的是英美商人合营的先农房产公司和比商义品地产公司。此外，还有法商义隆公司、俄商阜昌洋行、英商高林公司、日商东京建物株式会社、德商德兴公司、意商多利公司以及天主教系统的首善堂、崇德堂、方济堂、普爱堂、西开教堂等。

先农公司建于1902年7月。这个公司的主要发起人和创办者是在天津很有影响的美国人丁家立（Charles D. Tenney）。他1886年以传教士的身份来到中国，任李鸿章的家庭英文教师，1895年他出任天津北洋西学堂（即后来的北洋大学）总教习。这位毕业于欧柏林神学院的神学硕士还挺有经济头脑，在涉足教育界的同时，关注着房地产。庚子年以前，他就在英、美、法租界大量买地。我们从英国国家档案馆存的原英驻津领事馆缮录留存的"永租契"中可以见到清光绪二十三年（1897年）九月二十五日，丁家立以1072两购得马家口南（现和平区海河岸边广场桥以南）"拾叁亩肆分地"，名义是"永租与嘉立堂丁名下，盖房地屋"。③丁家立此时前后购得大小20余块地皮，④这些土地后来都在急剧升值，成为他创办先农公司的主要原始资金。公司的另外5位发起人也是天津租界里的活跃人物，他们是狄更森（W. W. DicKinson）、胡佛（H. G. Hoover）、林德（A. de Linde）、田夏礼（Charles Dendy Jr.）和克休斯（R. R. Couseus）。其中胡佛、田夏礼是美国人，其他三位是英国人。胡佛时任开平矿务局工程师（后任美国总统）。这几位除了丁家立在总计4000股中占了3150股的绝对优势外，其他人的投入并不多，狄更森只有50股。不过，他们的迅速崛起不在于更大的投入，而是利用他们的特权身份。这些租界里的头面人物大多参与租界的市政管理，有的任董事会董事。他们掌握着租界的发展态势，比别人更早更快地捕捉到投资机会。公司成立之初，庚子事变刚刚过去，法租界受创最重。他们立即以发行债券的手段筹集资金，在这里盖起了第一批住房并马上出租。一般房地产的资金运转要几年一周

---

① 刘海岩主编：《清代以来天津土地契证档案选编》，第268页，天津古籍出版社，2006年。

② 《义品公司报告天津各租界土地估价》。

③ 《清代以来天津土地契证档案选编》，第270~271页。

④ 这些土地有的仍靠近马家口。从19世纪末的地图上显示，这里是先农坛所在地。后来先农公司的名称可能与此地点有关。

期,但是先农公司先下手为强,当年赢利并开始支付债券利息。到1916年,英租界董事会决定向新拓展的墙子河(现南京路)以外的新界开展大规模的吹泥填地计划。先农公司再次抓住机会,抢先以高价卖出英租界东部(老界)的部分土地,又以低价购入尚未被看好的墙子河以外的大片洼地,待该地填平,地价上涨(此即后来被称为"五大道"的地区),该公司则获巨额利润。

创办先农公司的洋人,大多是中国通。他们深知,要想扩展资金,一定要吸纳华人,特别是掌权的华人参加。在第一届股东名单中,不仅有天津海关道蔡绍基(50股),而且还有在筹办时尚在世的李鸿章(200股)。20世纪初年,天津社会上资金最多的是几位洋行的大买办,如梁炎卿、吴懋鼎。他们后来也都成了先农公司的大股东。梁炎卿先后任该公司董事达20年,持有股份达一百几十万两。1923年,该公司发债票200万,梁家买下大半。

先农公司得各方之利,其投资兴建的房屋在租界里到处可见,据1935年底统计,先农公司拥有的不动产价值已达780万元以上,拥有各类建筑价值达480余万元。① 目前从保留完整的建筑群,如河北路的先农里、解放路上的新泰兴大楼等,仍然可以看到它的发展气势。

比商仪品房产放款公司(现解放北路与营口道交口,原大清邮政津局)

另一个影响很大的房地产企业是比商义品地产公司。这是一个国际性财团支持的垄断性公司。该公司的发起人是两名参加过八国联军侵华战争的法国海军军官欧艾叶(Jean O'Neill)和吉孟(Charles Gimon),战后他们留在天津谋求发展。这时,法租界的新界,即大沽路以西至墙子河之间(现劝业场一带)还是荒地一片。这两个法国人则看好这里未来的发展。他们联合了在天津的两位法国建筑师沙利(H. Cliarvey)和孔沃西(M. Conversy),于1907年8月成立了"天津法比公司",专门经营房地产。后来,他们投靠了总部设在比利时首都布鲁塞尔的"仪品放款银行",在天津的公司中文被称为"仪品地产公司",一切要听命于欧洲的

---

① 《先农公司财产统计》,详见《天津租界社会研究》,第53页。

总公司。该公司从事建筑工程、房屋租赁等业务,还从事不动产的抵押放款业务,这个公司资金强大,业务发展很快。1910 年资本就由 500 万法郎发展到 1000 万法郎,1929 年则增至 7000 万法郎。在其旗下还成立了中法义隆房地产公司、义品机器砖窑等,成为法租界最大的洋商垄断性企业。

### 五、鸦片贸易、走私贸易和贩卖华工

1858 年,中英《通商章程善后条约海关规划》第五款规定:"洋药准其进口。"鸦片从此以"洋药"的名义合法进口。到 1885 年《烟台条约续增专条》中,更规定了"洋药"每百斤箱正税 30 两,厘金 80 两,一并完清,从 1861 年开始,英国就迫不及待地进口"白皮土"1482 担,随后又有"公班土""波斯土""土耳其土"等各种名目的鸦片进口,到 1865 年即增至 5624 担,到 1866 年更高达 9162 担,占洋货进口总值的 33.4%。到 19 世纪 80 年代,天津口岸的鸦片输入量开始减少,1893 年,海关报告"洋药生意江河日下"。甚至当年减至 10 担。① 这主要是由于国内的大量种植以及印度鸦片价格的大幅度上涨。同时,更为毒烈的吗啡开始输入,也是鸦片进口锐减的原因。到 1926、1927 年,海关报告中对鸦片贸易只写上"无可记叙"。

不过,鸦片贸易的数量还不能只看海关的统计数目,因为 20 世纪 20~30 年代,毒品走私愈加猖狂。走私贸易是从津海关一设立就开始的。海关本来有一个专设的机构——缉私处,其职责是专管来往船只进出口货物的押卸和装船,查缉私货。这个部门以英籍超等总巡为首,下设外班六七十人,包括大批洋员。这些缉私人员与洋商有种种瓜葛,他们对洋人特别是欧美人的检查流于形式,漏洞极大。他们更大的问题是包庇运毒,从中吃私。津沪两地的毒贩,全与缉私人员有密切联系。运毒的主角向外班头目打一个招呼,就可以毫无阻拦地把毒品运走。

在天津口岸的走私贸易中,日本充当了最不光彩的角色,而且最为猖獗。日本从 20 世纪初就以日租界为基地,收购白银、银元,偷运出境。1933 年《塘沽协定》签订以后,日本租界更成为日本浪人和朝鲜不法分子从事走私货物的指挥中心和货物集散地。他们公然在日租界福岛街(多伦道)成立"特殊贸易协会"。这时,日租界专管走私的各种名目的"贸易公司"多达 200 多家。日本人的走私活动,已经不完全依靠在天津口岸打通关节,而是自己组织海上走私船队,公开由汽车、火车运送,而且有武装保护。到"七七"事变前,走私之风已达顶点。津海关 1936 年底向总税务司无奈地表示:"本年本埠附近,走私情形,猖獗异常""所有糖品、人造丝、矴头、煤油以及其他高税物品,私运进口者,源源而来,充斥市廛,正当贸易,备受摧残"。仅从进口棉布来看,1936 年"仅及上年 16%",在市场上正式进口棉布已无力与走私品抗衡。这一年中走私的棉布约价值 1000 万元,"而正式进口者,尚不及什一也"。②

---

① 《津海关贸易年报(1865~1946)》,第 173 页。
② 《津海关贸易年报(1865~1946)》,第 505 页。

19世纪中期,在国际上黑奴贩卖已经被禁止。西方殖民主义者为了寻找价格极低的苦力,把目标锁定中国。1860年中英《北京条约》第五款规定"凡有华民情甘出口……俱准与英民立约为凭",各通商口岸"毫无禁阻"。这为西方殖民者大规模贩运华工提供了合法依据。天津英租界就是我国北方贩卖、转运华工的基地。著名的英商仁记洋行就参与了这项罪恶的活动。

　　史学家从开滦矿务局档案中发现了仁记洋行与英属南非特兰斯尼矿务委员会为了招募华工签订的两份合同。① 一份是1904年2月27日双方订立的招工合同,其中规定:"甲方(即仁记洋行)同意为乙方(即特兰斯尼矿务委员会)招募苦力,前往特兰斯尼金矿作工。"这次被称为"合格自愿苦力"的华工共计2000名。合同规定,乙方按运走苦力人数,"每名苦力付给甲方1镑17先令6便士"。这些华工一旦被押上船,便完全失去人身自由。一艘1904年6月30日从天津出发的船只载有2025名华工,待7月29日抵达德班时,船上实剩1970人,途中死亡、逃走等共55人,船靠码头时又死1人。总计航行途中折耗率达2.8%,这与早期贩卖黑奴的船只几乎无异。这些华工到南非后受尽折磨,形同卖身。在这次贩运华工的过程中,开平矿务局矿师胡佛参与其间,并且与南非金矿达成协议,即每代募一名苦力,开平可以得到10元手续费。开平煤矿总经理英国人W.S.那森亲自负责这一勾当。自1904年3月至1906年2月两年间,开平矿务局从代招华工所得为94771元,按前述手续费计算,诱编、贩运华工的人数当不少于9000人。开平矿务局的这种勾当,一直到1907年以后才逐渐结束。据不完全资料估算,贩运华工的总数当在1.5万人左右。

　　另外,据开滦煤矿档案记载,1912年比利时驻天津总领事狄西尔曾要求开滦煤矿为比属刚果卡坦加铜矿招募华工多人。而仁记洋行所招募的华工最后一批在1913年。被骗者多数是华北地区的破产农民,也有天津近郊的失业失学青年,共约四五百人。

　　更大规模贩运华工是日本侵略者。"九·一八"事变后,日本为了掠夺我东北的矿藏和森林资源,从天津大肆招募劳工运往关外。"七七"事变后,更把大批华工运往日本的北海道、九州等地的矿山做苦工。日本当局为此在日租界福岛街(今多伦道)设大东公司,专门从事招募华工。汉奸袁文会为了讨好日本人并从招募中获利,成立了一个名叫"会德号"的转运站。他把被骗来的贫苦农民集中在一个大院,以待登船运往日本。这个大院有流氓手持尖刀棍棒把守,华工只许进,不许出,形同集中营。袁文会还通过包办临时食宿等手段盘剥大东公司发下的"安家费"。② 据档案记载,从1940年到1945年的不完全统计,日本侵略者从天津抓走转运的华工有73374人,这些华工到日本后受尽压榨、折磨,能生还者,为数寥寥。

---

　　① 本题引用的史料均见杨大辛:《天津租界的华工输出》一文,载于《津沽絮话》,天津古籍出版社,1993年。

　　② 刘静山:《依附日本势力的汉奸恶霸袁文会》,《沦陷时期的天津》,天津市政协文史资料委员会,1995年。

专门诱骗劳苦群众去东北、日本充当华工的日本大东公司,地点在日租界福岛街(今多伦道)

## 六、列强历次发动侵华战争的前哨基地

  天津租界是列强在我国北方唯一一块"国中之国"。租界建立之初,看重的多是占据通商贸的最佳方位,但是天津的情况与南方各地情况不同。天津距北京咫尺之遥,更是北京的海上门户。1840 年、1858 年、1859 年、1860 年、1900 年,列强多次把兵舰开到大沽口。列强对北京的胁迫和进攻都首先把矛头指向天津。到 19 世纪末,天津租界的局势大体形成之后,它更成为列强发动侵华战争的桥头堡。

  在 1900 年的动乱中,欧美各国的传教士和侨民纷纷逃入紫竹林租界,当局干脆把租界作为保护侨民的堡垒区。6 月初,八国联军的大批船只经游弋在大沽口外,联军与北京使馆、天津租界的电报往来不断。6 月 10 日,由英国海军上将西摩尔所率领的八国联军先头部队 3000 人,就是先到天津,然后又向北京进发的。6月17日大沽口陷落之后,各国侵略军分头向天津进军,然后以租界为出发点进攻天津城。从天津陷落(7月14日)到北京失守(8月14日),中间隔了一个月,就是等待八国联军大部队陆续到天津登陆和集结。

等到庚子事变平息,《辛丑条约》签订,天津租界的外国驻军更找到了合法的根据。本来《辛丑条约》规定了从北京至山海关之间几个车站可以驻守外国军队。但是各国无不把庞大的兵营放在天津租界。如本书前文所述,这一军事力量的存在,首先是对北京的巨大震慑,对天津的影响就更直接了。

日本政府早就看好天津日租界的特殊地位。1931年"九·一八"事变后,日本政府的进攻矛头直指华北。从1931年到1937年"七七"事变前,所有出现在北平和华北的政治动乱都可以在天津租界找到它的源头。

首先,日本政府为了下一步扩大对华侵略战争,以天津日租界为基础,建立了一大批特务机关,以搜集情报,分化中国政坛力量,寻找和培植亲日派。日本的特务机关多以"公馆"命名,以掩人耳目。这些机关主要有:青木公馆——主要是监控住在天津各租界里东北籍军政人员的政治动向,同时进行分化瓦解,与下野的北洋政客如孙传芳、齐燮元、靳云鹏、曹汝霖、王揖唐、张弧、吴毓麟、高凌霨、陆宗舆等人保持联系,培植亲日势力;茂川公馆——除了类似青木公馆的任务外,侧重于收买土匪队伍和封建会道门的头目,控制帮会头目,炮制日军侵占天津后的傀儡政权;野崎公馆——收集英、法、意租界的情报;松井公馆——也是在下野军阀、政客中开展工作;和知公馆——通过各种途径与两广方面联系,策动李宗仁、白崇禧进行反蒋活动;斋藤公馆——收集东北籍军政人员的情报,并进行分化,拉拢。① 此外,女间谍金璧辉(川岛芳子)也在日租界大肆活动,东兴楼饭庄就是她的据点。"七七"事变后,日本陆军特务机关更公开亮出"大日本天津陆军特务机关"的牌子,所辖地区包括了北宁、津浦铁路各线沿线,形成特务活动网络。

日本驻津特务机关协同日本在天津的驻屯军以天津日租界为基地,为了促成"华北自治"和扩大日本侵华战争,在华北地区制造了一系列政治动乱。最著名的一个事件就是1931年11月在天津策动的便衣队暴动。这是日本奉天特务机关长土肥原贤二奉关东军司令部之命在天津导演的一场武装暴动。混乱之中,将溥仪挟往东北,充当伪"满洲国"的傀儡皇帝。

1933年《塘沽协定》签订,日本已经把冀东划为"非武装区",还不甘心。1935年,又在天津日租界制造事端。他们先是支使青帮分子暗杀两个亲日派报纸的社长,然后又倒打一耙,向中国政府抗议,同时又谎称中国官方援助东北义勇军侵入"非武装区",逼迫北平军分区委员长何应钦与日本驻天津驻屯军司令梅津签订了《何梅协定》。该协定要求中方撤销河北省境内所有国民党党部,撤走驻河北的东北军第五十一军,取缔全国一切反日团体等无理条件,连河北省政府也要从天津迁往保定。

《何梅协定》签订之后,日本在华北的势力急剧膨胀。1935年10月,日本又

---

① 王仕任:《天津的日本特务机关》,《天津租界谈往》,天津人民出版社,1997年。

发动了华北事变,策动汉奸袭击香河县城。11月,日本在天津组织汉奸、流氓、吸毒犯等上街游行,叫嚣"华北自治",与之呼应。

　　日本当局除了利用日租界进行各种特务活动,制造动乱之外,1936年还在这里出刊名为《救国》的杂志各处赠送,宣传"中日亲善",一直发行至北平、保定、太原、济南等地。日本特务机关还组织了"中日密宗研究会",以研究佛教密宗为名,培植亲日势力。

　　到1936年,日本大规模侵华战争的准备更加紧锣密鼓。5月,日本将天津驻屯军升格为华北驻屯军,司令部就设在天津日租界,这里就完全成为日本发动全面侵华战争的基地和桥头堡。

# 第六章 近代城市建设和外来文化的传播

**租**界当局要经营他们居住、经商和生活的城区,却把西方近代城市建设的模式引进天津,这里的街道、桥梁、公共建筑和各种公用事业的发展都走在国内各城市的前列,而各国风格建筑的并存更成为天津城市的一大特色。与此同时,近代教育制度也较早地引进天津,文化艺术上的交流也很活跃,许多近代体育项目也是从天津首先兴起的。天津在外来文化的传播方面,尽得风气之先。

## 一、近代城市建设的开展

租界的划定和发展,使天津的城区面积迅速扩展,特别是随着海河的治理和"吹泥填地"的进行,使意、英、法、日、德各租界的大面积低洼地形成了新市区。1840年,天津建成区面积为9.4平方千米,1911年达到16.2平方千米,这扩大的面积中,租界占了很大一部分。① 这期间,英、法、德、日、意、俄等国的租界当局对道路的走向、排列和命名进行了全面规划。最早形成的是贯穿英、法两国租界的中央大道——中街;20世纪初期,贯穿日、法租界又北连旧城区、南抵英租界的主干道(今和平路)也已形成。中街(现解放路)和现和平路是租界区最重要的骨干道路。英租界以中街为中心修建了海大道(现大沽路的一段)、伦敦路(现成都道)等74条道路;法租界以现和平路为中心,修建了65条道路;日租界修建了宫岛街(今鞍山道)等40条道路;意租界也以马可·波罗广场为中心,修建了20条道路,形成了各自的道路网。

1882年,英租界工部局董事长兼天津海关税务司德璀琳在他的住宅周围建成天津第一条碴石路,被命名为"德璀琳路"(今大同道附近)。随后,英租界的道路建筑渐次展开。1914年意租界将大马路(现建国路)修建为沥青泼油路,这是天津第一条泼油路。1918年,法租界引进人工炒油设备,把中街铺为第一条沥青混凝土路。1924年,英租界自英国引进两台沥青混凝土搅拌机,从此大量修建以红砖为下层基础,上铺以机械伴和的沥青混凝土的高级路面。英租界的马场道、

---

① 张树明主编:《天津土地开发历史图说》,第98页,天津人民出版社,1998年。

伦敦道(今成都道)还是以缸砖铺面、中间以松柏树做隔离带的优质街道。与此同时,各主要路面也大力实施了铺设大口径排水管道工程。

租界的街道规划与建设对华界起到了明显的示范作用。1903 年,时任直隶总督的袁世凯决定开辟河北新区,从新东站(现北站)到督署之间形成中央大道(现中山路),与之垂直相交的各条支路,呈鱼骨状排列,其街道布局明显地参照了租界的经验。1905 年,天津地方政府将围城的四条马路修成碴石路。到 1933 年,华界的水阁大街、大经路(现中山路)、大胡同、北马路中段也建成柏油路面。

天津市区的河道很多,各国租界又是沿海河两岸向南延伸,市区明显地分成海河东、西岸两部分,修建跨过海河的桥梁已势不可免。但是,开埠之后,海河两岸的码头绵延 10 几千米,轮船要来往通过;20 世纪初,有轨电车要通行过河。这都给在海河上建桥提出了很高的要求——建可以开启的钢桥,其中与租界关系密切的是现金汤桥和解放桥。

金汤桥位于海河上游市区的中心,是由旧城区、南市一带往来于河东、意奥租界、火车站的必经要道,这里原先只有一座浮桥——东浮桥。1906 年由津海关道及奥、意租界两个领事署、电车电灯公司合资(其中中方 164650 金法币,占 37%;意、奥方 120150 金法币,占 27%;电灯电车公司 160200 金法币,占 36%)建设永久性钢桥,总计工程费用 20 万两。三方合同规定,要按比利时市政工程部的规定设计施工,并能经受得住电车在高峰时的压力与磨损,建成期不得迟于 1907 年 5 月 31 日。① 该桥全长 76.4 米,分三孔,中间较大孔径为固定跨,两侧为平转式开启跨,由电力启动,可铺设单轨电车道。这是天津最早的开启钢桥,它的建成引起人们的关注。②

建成初期的法国桥(今解放桥)

---

① 《天津海关道、奥、意及电灯公司代表关于在海河修建铁制旋开桥的合同》(1905 年 12 月 30 日)。
② 此桥在 1935 年、1970 年、2005 年三次大修,现仍保持开启功能。

现解放桥处于英、法租界通往火车站及海河东岸的交通要冲,1902 年曾建有固定铁桥,1926 年改建新万国桥,其工程由法国工部局主持。当时前来投标者有 17 家,方案达 31 种,最后选定由达德与施奈尔公司(The Etablissemets Dayde and Messrs Scneiner & Co.)承包,工程款为 190 万两。桥为三孔,中孔跨长 47 米,为开启跨。其上部结构为钢桁架及纵横梁组成的桥面系,开启跨为双叶立轮式,功力强大而且造型优美,具有当时世界先进水平。

此外,租界发展跨过了墙子河。从 1914 年开始,英、法租界在墙子河上陆续建成了 10 多座混凝土桥。1933 年,英租界首次用预制混凝土构件装配建造成佟楼桥,工期仅用了半个月。

天津在开埠之初,对外贸易迅速发展,海河已经越来越难以满足航运业的发展,这主要是由于海河上游,特别是有"小黄河"之称的永定河带来大量泥沙沉积淤塞的结果,到 19 世纪末,海河航行已经十分困难。1897 年 3 月 4 日,"由法国、英国领事、林德先生和商会会长组成的代表团就白河治理事宜拜见了总督王文韶"。① 直隶总督兼北洋大臣王文韶决定聘请林德为顾问,发布了启动海河治理工程的告示,一个对治理海河和扩大天津市区的重要机构——海河工程局成立了。

从 1901 年至 1923 年,针对海河弯道太多的情况,海河工程局开展了 6 次裁弯取直的工程,使天津市内至大沽的航线缩短了 26.6 千米,海河全长原 98 千米,裁弯后成 72 千米。使航行时间减少了 2 个小时,既保障了航行安全,又加快了市区洪水的排泄。经过对航道的疏浚,使海河水深情况基本稳定,允许船舶吃水量一直维持在 4.88 米左右,3000 吨级海轮可以直驶租界码头泊岸。

中国第一艘自挖自吹链斗挖泥船"新河号",1910 年造②

从 1906 年开始,海河工程局开始利用泥驳将疏浚土抛入天津市内的低洼地。在这项工程开工之前的 1902 年,海河工程局就引进了"北河"号挖泥船。1909 年,海河工程局又自主建造了中国第一艘内燃机动力挖泥船——"金钟河"

---

① 《京津泰晤士报》,1897 年 3 月 6 日。
② 照片选自《世纪天航》。

号,1921年,建造了中国第一艘自航耙吸挖泥船——"快利"号。最后海河工程局形成了由11艘不同类型的挖泥船组成的船队,这是中国近代最早最大的疏浚船队。① 从此,海河的疏浚土全部通过管道吹填到市内的低洼地区,特别是填到现南京路至马场道、西康路之间,形成大片可居住的平地,为天津城市的发展做了很大贡献。

在公用事业方面,天津是我国近代邮政的发源地,通讯事业的发展也走在全国的最前列;天津是我国北方最早使用电力和自来水的城市;天津在全国首先建成以有轨电车为骨干的城市交通系统。这些设施大都是从租界首先引进和发展起来的。

天津开埠后,先是经历了一段海关兼办邮政的时期,但是邮件范围仅限于各国使馆及海关公私函件。1878年3月,由总理衙门出面,指定天津海关税务司德璀琳试办近代邮政。随即由北京、天津、牛庄(营口)、烟台及上海五处海关试办邮政,并在天津法租界首先建立海关书信馆。同年3月23日发布公告,天津海关书信馆对公众开放,收寄华洋信件,中国近代邮政由此诞生了。天津海关为此发行了中国第一套蟠龙图案的大龙邮票。1880年1月,天津海关书信馆改称天津海关拨驷达局("拨驷达"是英文Post的译音,即邮政)。1897年2月,又改为大清邮政津局。

天津是我国最早使用电报的城市。

1877年6月30日,直隶总督李鸿章在天津试架由直隶总督署衙至东局子的电报线获得成功,首开中国近代电信之先河。两年以后,1879年在鱼雷学堂教习贝德斯的帮助下,架设了大沽至天津之间的电报线,次年奏请架设天津至上海的电报线,并在天津设立电报总局,这条全长3075千米的电报线是我国第一条长途电报干线。以后,电报线又通至通州、山海关、保定。1905年,天津开始建立无线传输电报。天津电报局最先设在法租界紫竹林,后来在法租界丰领事路(现赤峰道)建成新的电报总局大楼。

电话在19世纪70年代已经出现在上海。1879年招商局架设了从天津大沽码头至紫竹林栈房的电话线,成为我国自设的第一条电话长线线路。1895年,在直督总督衙门与李鸿章官邸之间装设了电话。不过,1900年以前,天津的电话设备简陋,主要为各衙门与官邸之间通话服务。八国联军占领天津时,仅有的电话设施被破坏。由丹麦人璞尔生在英租界成立了电铃公司,成为天津第一家经营电话通讯的企业。

1888年,由法、美、英、德、丹六国共同组建的紫竹林油气灯公司(The Tientsin Oil-gas Co.)成立。② 并与英租界工部局签订了合同,1889年开始供应租界公共道路照明,从此油气灯逐步取代了煤油灯。几乎与此同时,租界开始使用电力。1888年,英租界比商世昌洋行在绒毛加工厂安装小型发电机,用于照明。1902年法租界先建成第一座发电厂,位于今解放桥附近。1910年迁往福煦将军路(今

---

① 《中国交通报》,2007年12月18日。
② 《时报》,1888年11月3日。

滨江道西头)兴建。到1936年总发电容量达5000千瓦。1906年,仁记洋行在英租界伦敦路(今成都道抗震纪念碑处)建立了一个小型直流电厂,1920年被英租

英租界工部局电灯房,1906年建立(现成都道抗震纪念碑处)

界工部局接管。到1936年发电总容量为7000千瓦。1904年,比商比国电车电灯股份公司成立(设意租界三马路,现天津市电力局址),经袁世凯批准,确定以旧鼓楼为中心,以6华里为半径为该公司经营范围,其后在金家窑建电厂,到1936年发电容量为12800千瓦。

　　1888年,在美国出现了城市有轨电车。1895年,电车在日本京都开通。10年后,电车传入中国,并且首先在天津建成城市轨道交通系统。1904年4月,中比签订《天津电车电灯公司合同》,1905年,电车轨道铺设工程开始,1906年,第一条沿围旧城四条马路行驶的电车通了。① 1907年,电车从老城区东南角通至日租界。1908年又修成从老城区过金汤桥经奥、意租界直抵火车站的红牌电

有轨电车一直通到法租界码头

---

① 香港电车通行在1905年,仅比天津早一年。

车。同年，从老城区经日租界、法租界（今和平路）到海关的黄牌电车开通。1918年，在法租界铺设了沿今滨江道往来于老西开的绿牌电车。1927年万国桥通行后，又铺设了由劝业场通往今解放路过万国桥到火车站的蓝牌电车（与红牌轨道对接）。至此，全市的电车可以在老城区、租界商业区循环运行。到20世纪30年代，天津电车运行的总长度达到24.26千米。

天津也是我国北方最早使用自来水的城市。1897年，英商仁记洋行设立了自来水厂。1898年11月自来水管铺设完成，转年1月开始供水。建厂初期日产30万加仑，主要供应包括英、法租界老租界的部分地区，即洋行与侨民集中区。到20世纪初，供水量也只是75万加仑。1923年，英租界工部局收购了这家企业，成立了工部局水道处，自来水的供应正式改为公用事业。后来，英租界不断开辟深井水源，共有8眼深井，4处自来水厂，日出水量达250万加仑，管道铺设总长度为50.57千米，是当时天津市自来水普及率最高的城区。除英租界和特一区部分地区外，法、奥、意、日、俄等租界的自来水供应是由1901年成立的济安自来水公司承担的。这个中外合资的公司从南运河与西河取水，其供应范围还包括天津整个老城内外、河北新区。到1936年，济安公司铺设的管道达144千米。在全国各大城市里，天津是自来水普及率较高的城市。

## 二、"万国建筑博览会"的形成

在天津各国租界划定之后，当局对于建筑规格、风格先后都有规定，于是各个租界就出现了各自风格的公共建筑。特别是进入20世纪以后，随着天津城市的迅速发展，一批外国建筑师纷纷到天津谋发展。他们给天津的建筑业带来了新理念。难得的是这些外国建筑师有着不同的文化背景，而天津多国租界的存在又给不同国别、不同风格的建筑提供了可能实施的客观条件。天津的"小洋楼"如此多姿多彩，以致被称为"万国建筑博览会"，是与天津独特的历史条件分不开的。尤其是到20世纪20~30年代天津"五大道"建设的高峰期，各国建筑师，包括中国新一代建筑师更得以大显身手。

在天津的外国建筑师建成了不同的建筑设计事务所，比较著名的有：由英国人阿金生（AtK'nson）和道拉斯（Dallas）合组的同和工程司，主要作品有开滦矿务局大楼、横滨正金银行和汇丰银行；由英国人赫明（Hemming）和帕尔克（Parkin）合组的景明工程司，设计了平安电影院、麦加利银行、乡谊俱乐部等；由瑞士人洛甫（Loup）和英国人扬（B. C. Young）合组的乐利工程司，设计了国民饭店、中国大戏院、仁记洋行等。由法国人赫琴（HunKe）与慕乐（Müller）合组的永和工程司，设计了劝业场、交通旅馆、渤海大楼、利华大楼等。慕乐设计的还有工商学院主楼、章瑞庭和庄乐峰住宅。

此外意大利建筑师鲍乃弟（Bonetti）设计了很多意大利风格的建筑，如安乐村、颜惠庆故居等。奥地利建筑师盖苓（R. Geyling）成立了盖苓美术建筑事务所。盖苓的代表作有：吴颂平宅、香港大楼、民园大楼和剑桥大楼。

天津的发展环境还为从海外学成归来的中国建筑师提供了空间与机会。由香港学成归来的著名建筑师阎子亨和留英归来的陈炎仲合组了中国工程司，他们设计的建筑有寿德大楼(现狗不理饭店总店)、南开中学范孙楼、女师学院大礼堂等。1931年左右,留学意大利归来的沈理源设计了他的代表作——盐业银行大楼等;由关颂声组建的基泰工程司规模较大,汇集了不少人才,他们的代表作品是中原公司大楼。

在天津,各种风格的建筑琳琅满目,而且绝大部分都完好地保留下来,成为天津城市的一大特色,不同风格的建筑代表性的有如下几种。

哥特式:主要是教堂建筑,如现存租界内最早的建筑——紫竹林教堂(1872年,现营口道东头);英国圣公会建立的安立甘教堂(1903年,现泰安道与浙江路口)。

罗马式:最著名的西开教堂(1913年),而德国俱乐部罗马风式建筑是由德国建筑师罗克洛(Curt RthKegel)设计(现解放路市政协俱乐部,建于1907年)。

西洋古典复兴式:开滦矿务局(现泰安道中共天津市委大楼);法国公议局(1931年,现承德道市文化局,全国重点文物保护单位);横滨正金银行(1926年)和汇丰银行(1925年),现中国银行天津市分行;盐业银行(1925年,全国重点文物保护单位)。

西洋古典折中主义:劝业场(1928年);国民饭店(1923年)。

英国都铎式:戈登堂(1889年落成)。

意大利文艺复兴式:汤玉麟住宅(1930年)。

浪漫主义式:利顺德饭店(1895年)。

第二帝国风格的意大利式:现民族路与自由道交口马可波罗广场周边带塔楼的住宅。

带曼塞尔式屋顶的法式建筑:工商学院(1923年)。

俄罗斯式:华俄道胜银行(1896年)。

现代式建筑:渤海大楼(1934年);利华大楼(1936年)。

尼德兰式:袁氏宅第(1918年)。

位于海河东岸的袁氏宅第,尼德兰式建筑(1918年)

西班牙式:孙震方住宅;静园;达文士宅。

英国半木料式:英国乡谊会门房(今不存)。

象征主义建筑:百福大楼(1926年,解放路北头);刘冠雄宅。①

在天津,数量最大的西式建筑当数花园别墅住宅,主要集中在英租界的"五大道"地区以及法、意租界的一些街区,总数当在千数以上。另外还有一些公寓式的大楼、高级里弄住宅、连排式集合住宅等。本书第八章将对一些代表性建筑再逐一介绍。

### 三、近代教育制度的输入

兴办新式教育,是传播近代文明方面影响最深远的举措。这在天津有着不同的途径。在天津最早直接引进的新式学校是洋务运动时期兴办的一系列军事学堂,最具代表性的就是北洋水师学堂、北洋西医学堂、北洋武备学堂等。后来随着外国侨民的增多,租界当局兴办了主要招收侨民子弟的外国学校,如英文学堂、圣路易学校等。而影响最大的是教会兴办的、招收中国学生的中小学。

英文学校,成立于1905年,校址在英租界戈登路(今二十中学)

早在19世纪60年代,即天津开埠之初,教会就在天津办了神职学校,后来办学逐步转为中小学。美国公理会在天津办学较早,他们在城里和杨柳青传教时,就办了招收华人子弟的普通学校。后来,英国伦敦会在海大道兴办了养正学堂。1888年,天主教圣母文学会在海河东岸办了法汉学校。到1902年,养正学堂改为新学书院;1914年,法汉学校迁往老西开,并且成为与法国公议局合办的学校。新学书院和法汉学校一度都是在天津知名度很高的学校。

新学书院,当时被称为"新学大书院",准确的名称是"英中学院"(Anglo-Chinese College)。该院的青灰色英国古堡式校舍使来访者马上想到剑桥大学的建筑。学校一开始为大学学制,设专门科(学制四年)并附中学班,后来改为中学。该校创始人和首任校长是英国人赫立德博士(S. L. Hart),是在天津很有威望的

---

① 周祖奭:《天津近代建筑漫谈》,《今晚报》2006年8月连载。

1902 年创办的新学书院(后改为第十七中学,原建筑已不存)

教育家和科学家。该校设有各种实验室、图书馆以及自己的博物馆——华北博物院,这在全市都是一流的。1904 年,该院建成天津第一座体育馆,1907 年 5 月,普通中学堂学生"执旗鸣号"来这里参观。① 1908 年,它的电学实验室落成,这在当时也是一大新闻。② 新学书院以英语教学水平高和体育运动的普遍著称。该校除国文、中国史地以外,均用英文教材,用英语讲课,高中英文又分解为文学、作文、翻译、会话、听写等课,学生毕业可以直接留学英、美。该校在天津最早开展了足球、篮球运动,它举办的运动会对市内其他学校都有示范作用,1909 年该校运动会"特请各学堂学生参加比赛",来者有北洋大学堂、各中学,甚至还有唐山路矿学堂的学生。③ 在 20 世纪最初的 20 多年里,新学书院在天津一直是知名度最高的学校之一,该校毕业生中有美籍著名物理学家袁家骝,著名翻译家、《红楼梦》的英译者杨宪益,著名电影戏剧导演大师黄佐临等。

法汉学校后来发展成中法合办,学校除中文、历史课以外,均用法文课本。学生毕业后可以升入上海复旦大学或免试入法国、比利时的各大学校。

到 20 世纪 20 年代前后,教会办学的规模愈来愈大。其中,英美教会先后在天津办了中、小学 12 所,天主教则开办了中、小学及大学共 20 所。1923 年,耶稣教会在马场道创办了工商技术学院,学校设工业系和商业系,成为天津培养工程技术和商业、外贸管理人才的重要基地。④

---

① 《大公报》,1907 年 5 月 26 日。
② 《大公报》,1908 年 7 月 15 日。
③ 《大公报》,1909 年 5 月 27 日。
④ 关于工商学院的情况,详见本书第八章。

1888 年创办的法汉学校，1916 年在老西开建成的新校舍（现二十一中学）

**天津租界内的教会学校**

| 名称 | 创建时间 | 教会背景 | 地址 | 变迁 |
|---|---|---|---|---|
| 圣鲁易中学 | 1887 | 天主教 | 法租界，现营口道与河北路交口 | 外侨子弟学校，后改为第三医院、滨江医院住院部，2006 年做他用。 |
| 法汉中学 | 1888 | 天主教 | 法租界西开 | 1953 年改为天津第二十一中学。 |
| 新学书院 | 1902 | 基督教 | 法租界，今大沽路 | 1953 年改为天津十七中，后迁西康路改为九十中。后又建十七中，现原址做他用。 |
| 西开小学 | 1914 | 天主教 | 法租界西开 | 前身为天主教小学，曾与法汉小学合并，后改西宁道小学，现为和平区中心小学。 |
| 圣功小学 | 1914 | 天主教 | 法租界，现滨江道 | 后与培才小学合并为劝业场小学，原址已做商用。 |
| 圣若瑟女校 | 1914 | 天主教 | 法租界，现山西路 | 外侨学校，后改为女四中，现为十一中。 |

（续表）

| 汇文第二小学 | 1914 | 基督教 | 德租界,现江苏路 | |
| --- | --- | --- | --- | --- |
| 圣若瑟小学 | 1915 | 天主教 | 现宝鸡道 | |
| 法汉小学 | 1916 | 天主教 | 西开,现西宁道 | 后与西开小学合并。 |
| 西开中学 | 1916 | 天主教 | 西开,现西宁道 | 1951年并入法汉中学,现二十一中。 |
| 俄侨中学 | 1922 | 东正教 | 英租界,现建设路 | 外侨子弟学校。 |
| 工商学院 | 1923 | 天主教 | 英租界,马场道 | 1948年改为津沽大学,原址现为天津外国语大学。 |
| 培才小学 | 1927 | 基督教 | 法租界,河北路 | 后改为劝业场小学,原址现为滨江商厦。 |
| 圣功女子中学 | 1929 | 天主教 | 英租界,马场道 | 后改为师院女附中,河北大学附中,现为新华中学。 |
| 济华高级护士职业学校 | 1929 | 基督教 | 法租界,现大沽路 | 附属于马大夫医院。 |
| 工商学院附属中学 | 1930 | 天主教 | 英租界,马场道 | 1948年改为津沽大学附属中学,后改为师院男附中、第六十中学,现为实验中学。 |
| 犹太学校 | 1935 | 犹太教 | 英租界,现解放路 | 外侨子弟学校。 |
| 仁爱高级护士职业学校 | 1943 | 天主教 | 英租界,现营口道 | 附属于天主教医院。 |

资料来源:《天津简志》、《天津的九国租界》、《津门校史百汇》,引用时有增添。

在这些学校里,教会把持办学大权,要求学生参加各种宗教活动,但是学生当中真正的教徒往往只是全家信教的子女,就连教会控制最严的法汉中学,学生中的教徒也只占三分之一左右。许多家长把孩子送来就读,是看中它比较规范,对学生不放纵。的确,既然要办学,就不得不遵守办学规律,把西方办学模式、制度、教材全面引进,学校必须请到不少中外学有专长的教师。而教师中,教徒有限,大部分人并不过问教会的种种活动,教会也无法对教学完全控制。在众多小学中,教会的控制力就更差,特别是一些美国教派的学校。租界里规模较大的培才小学尽管与美以美会、维斯理堂结为一体(同在一个院内,房屋设备共用),但是小学的日常教务还是在校长主持下独立运行,教师和学生中教徒的比例很小。

## 四、近代科学和文化艺术的传播

毫无疑问,各级各类学校是科学与文化知识传播的主要阵地。除此以外,各类报刊的印行、各国学者的来访和报告会的举行、中外书籍的出售,博物馆的开设都通过不同的途径传播着近代科学和文化知识。

在早期出刊的报纸中,中文版《时报》有一定的影响,该报由英国传教士李提摩太(J. Richard)任主管。他在来天津以前曾在山东、山西等地传教,还引进了科技书籍和仪器,1889年来天津办报时,除了写政论文章,还介绍西方的政治体制和社会生活,介绍日本社会改革的进程,给天津知识界带来不少新的信息。进入20世纪以后天津出版了许多外文报纸,不仅有英文,还有法文《中国回声》,俄文《霞报》,德文《德华日报》和各种日文报刊,其中影响较大的是英文《华北明星报》(1918~1941年),该报较多地报导世界各国的新闻,有较大的信息量。

早期在租界出版的中文报刊还有发表严复重要论述的《直报》和由严复、王修直、夏增佑创办的《国闻报》。这两份报刊发行时间虽然不长,但是在宣传维新思想、介绍世界知识和西学方面都起了不小作用。进入20世纪以后,天津更多的中文报馆大多集中于法、意租界,到30年代,各种报纸多达30多种,其中以《大公报》(1902年创刊)、《益世报》(1915年创刊)和《北洋画报》(1926年创刊)影响最大。《大公报》和《益世报》不仅大量地报道世界政治、经济、文化新闻,而且自组了大量文章介绍各种科学文化知识。《大公报》还组织出版了多种专栏,它的科学、文学、图书、艺术、体育等周刊(或副刊)大量地向读者介绍世界与中国的地理、历史、文化等知识,对近代体育项目也逐一介绍。难得的是这些专刊文章的作者大多是国内第一流的学者,如1935年5月的"文艺副刊"上,就有知堂(周作人)、洪深、梁宗岱、李健吾等人的文章。四天以后的"图书副刊"上,撰文的有顾颉刚、岑仲勉。① 在多媒体传播手段出现半个世纪以前,电台广播才刚出现,报刊是人们了解世界、了解科学文化知识非常重要的窗口。

图书的发行,特别是外文图书的发行在科学文化的传播中起着重要作用。我们从1907年日本富山房书局的《告白》中可以看到当时引进的日文书籍,如:新译《西洋通史》《万国史纲要》《最新万国形势指掌全图》,还有汉译《世界读史

---

① 《大公报》,1935年5月19日、23日。

地图》《最新物理学教科书》《汉译卫生一文谈》等。20世纪初期大批知识分子首先是通过日本了解西方文化的,从中可见一斑。后来,直接出售西文图书的西洋书店也兴办起来,到1936年前后,都集中在英法租界的中街(现解放北路)。其中最大的一家是秀鹤图书馆,成立于1930年前后,这是一家占五间门面的英文书店。它主要经销政治、金融、货币、文学、戏剧、人物传记方面的原版图书"售及本市及华北各大城市学校、图书馆、中外人士"。这家书店后来在北京开设了分店。另外,还有一家法国人创办、希腊人经营的东方图书馆,以年代久、藏书多著名。第三家就是英租界戈登堂附近的伊文思图书馆,出售科学书籍及教科书。①除了书店,一些报馆也出售外文图书,《京津泰晤士报》就出售《大英百科全书》(35巨册),后来又出售《日本法规大全》(共80册)、日本早稻田大学政法理财科讲义。②

在20世纪最初的二三十年里,外国学者不断地到天津来访问,天津的有关学校,特别是青年会多次邀请他们以及出国访问的中国学者举行报告会,向社会各界介绍世界动态和科学进展。1907年,由新学书院邀请,由热衷于科学宣传的李提摩太在该院袁官保堂以英文演讲;1908年10月,法租界青年会请"饶君"(新由海外归来)讲述"万国运动会的各种情形",并做了幻灯演示。11月,又请来自伦敦的"达尔君"演讲;1909年3月,张伯苓自海外归来,演讲"游历西洋事";1921年11月,由来访的艾迪博士介绍海外科学技术的发展,1922年以后更有"多国学者到津"。③ 一些重要的演讲,次日在《大公报》《益世报》都会有长篇详细的报道。这些演讲会在那个时代是天津与世界文化沟通的重要渠道。

在租界里,最早的博物院建于1902年,这就是新学书院内的华北博物院。这也是天津最早的博物院。该院尽管规模不大,但是陈列了一架大鲸鱼骨、周代石鼓、几十片甲骨和昆虫、矿物标本,这在上个世纪初曾轰动一时。引起人们更多关注的是1922年落成的北疆博物院。法国神甫桑志华(E. Licent)博士1914年来到天津,探索黄河、白河两大流域的地质构造、动植物环境,足迹遍及河北、山东、山西、河南、陕西和内蒙古等地,收集到各种自然历史标本,收藏于北疆博物院,计有动植物标本、矿物、人体学以及古生物学标本7万多件。博物馆设有图书馆、实验室,有自己的出版物,而且对公众开放、举办讲座。对于开展科学研究和普及自然科学知识起了重要作用。

在文化艺术的交流中,也许杂技和音乐是最不受国界和语言限制的。从文献报道来看,早在19世纪80~90年代就有不少杂技、魔术团体到天津演出,早期的音乐、戏剧演出则是在少数洋人圈子里。④

到20世纪20年代,租界里的音乐生活愈加丰富。1927年,在平安电影院举办了"斐多汶(贝多芬)"音乐会,结果两天内座票全部售完。1928年11月19日,

---

① 《大公报》,1934年10月8日;1936年1月9日、10日、11日。
② 《大公报》,1907年5月31日、6月1日。
③ 《大公报》,1907年12月6日;1908年10月24日;1908年11月28日;1909年3月28日;1922年3月21日;《益世报》,1921年11月18~19日。
④ 《天津租界社会研究》,第252~253页。

又举办了纪念"许培德（舒伯特）逝世百年音乐会"。这是由旅津奥侨和奥国领事发起，由50位音乐家组成交响乐队的大型演出，德国驻津总领事贝紫博士还唱了两曲。① 1931年1月，在德国总会还举办了纪念"摩撒脱（莫扎特）"的音乐会。②

20世纪30年代，一些世界知名的音乐大师纷纷进行环球演出。他们在日本东京演出后，往往取道天津（乘船）来中国，住进利顺德饭店。有的会在天津演出之后，顺访北平一天，再乘船赴上海、香港。1930年9月流亡海外有"世界盛誉"的俄国小提琴大师章伯力司脱（Eimbalisst）在天津演出两场。③ 1931年11月，世界著名的小提琴大师海飞兹（Heiletty）来津演出。海飞兹在以后的半个世纪中董声世界乐坛。④ 到20世纪30年代中期，这种演出更进入高潮，报纸上不断报道"将有大量音乐家来津"，天津已经完全成为世界性循回演出的一环。1934年2月，英国钢琴家哈罗德·司考特（Harold Scotz）在利顺德演出了门德尔松、贝多芬、舒曼、肖邦、李斯特等大师的作品；⑤ 4月，俄籍青年音乐家采蒲宁在津演出；10月，维也纳大提琴家福尔曼来津演出。这一年歌唱家罗底克夫在天津演唱了鲁宾斯坦和"却（柴）考夫斯基"的名曲。⑥ 1936年，世界著名的男低音歌唱家夏里亚平来天津访问演出。夏里亚平是高尔基的朋友，是先于美国黑人歌唱家罗伯逊的大师。难得的是，夏里亚平在耀华中学礼堂为学生专场演出，票价只收几角钱。⑦

这时，在天津的外国音乐家已经为数不少。俄国音乐家劳伦斯组成了管弦乐团，后来还成立了工商管弦团。早在第一次世界大战以前，天津就演出过交响乐，1927年是第二次演出，第三次是1930年2月，地点是马场道英国公学。这是一次贝多芬第五交响乐（《命运》）的演奏会。⑧ 1937年2月，在回力球场的大规模演出，曲目包括了柴可夫斯基、比才、浦契尼、格里格和马兹内的作品。⑨

应该指出，这些演出的观众主要是洋人，而且"多著大礼服"，不过愈到后期，中国观众，尤其是家境较好的青年、教会学校的学生也就多了起来，不少人接受了西方古典音乐的熏陶。这时，不少俄国艺术家在津开办了各种音乐舞蹈学校。1933年成立的"天津艺术学校"（现重庆道）由李捷克为校长，学校达到普通高中的规模，设实用艺术和师范两个系，培养音乐、舞蹈教师。音乐家波森、訾郎之后在法租界办了"天津音乐学院"，科目有钢琴、提琴、大提琴、乐理等。在津居住多

---

① 《大公报》，1928年11月15日、19日。
② 《大公报》，1931年1月18日。
③ 《大公报》，1930年9月5日。
④ 《大公报》，1931年11月14日。
⑤ 《大公报》，1934年2月15日。
⑥ 《大公报》，1934年10月30日、6月8日。
⑦ 《大公报》，1936年4月1日、2日。
⑧ 《大公报》，1930年2月7日。
⑨ 《大公报》，1937年2月6日。

年的钢琴家卡拉穆津教授钢琴多年,每年都举办演出会。① 1942 年秋天,基督教青年会在大沽路成立了天津音乐学校,外籍教师有谢雨(Sierch)、卡尔尼西亚(V. Toheruetzka)、劳伦斯等多人。社会上私人授课的更多,小白楼一带"教授钢琴、提琴""教授芭蕾舞"之类的广告随处可见。

由于天津有多国侨民存在的特殊条件,这就有召开多国音乐会的可能。早在 1923 年,青年会就举办过"世界音乐大会",请到俄、英、美、日、意各国音乐家与中国音乐家同台演出,这在国内恐怕是仅有的。② 1925 年,天津汇文学校在法租界维斯理堂召开"万国音乐大会",内容除警厅军乐外,又请到"美国重唱""法国与加拿大合奏"以及美、法、英、德、日多国演员,11 个节目中,由外国人演出 10 个。从 1931 年开始到 1937 年,青年会连年举办"国际音乐大会",要"集合各国和多种形式的音乐,在一个场合里演唱出来",《蓝色的多瑙河》《风流寡妇》与《病中吟》同台演出。这种演出对于近代音乐的传播和中外文化交流无疑会起到很好的作用。

1936 年夏,天津钢琴教育家夏志真及其弟子演出后合影,其弟子多为租界华人名流之后

当然,这种文化艺术的交流不仅限于音乐,其他如戏剧、舞蹈、美术等方面也有丰富的内容,至于电影的放映,更是重要的传播手段。③

## 五、近代体育项目的引进

天津是我国近代体育项目较早传入的城市。

体育活动是工业化国家居民生活方式的重要内容,几乎在洋人进入天津的同时,他们的体育活动就已经开始了,1863 年就有了赛马活动。不过,这时侨民人数不多,体育运动尚形不成规模。

近代体育项目引进的高潮出现在 19 世纪末和 20 世纪初期。

1895 年,美国传教士来会理(Wiltiard Lyon)来天津创办基督教青年会,在一次集会上进行了"筐球"表演,第二年又举办了较为正规的篮球比赛,这是篮球运

---

① 《大公报》,1937 年 6 月 6 日。
② 《大公报》,1923 年 5 月 15 日。
③ 《天津租界社会研究》,第 255~258 页。

动首次传入我国的标志。后来,篮球运动首先在教会学校有了较大的发展。到20世纪20年代中期,南开中学的篮球队更是取得了突出的成绩,"南开五虎"成了天津无人不晓的名人。

1898年,青年会派格林(R. R. Gailey)来天津主持会务工作,这是一位美国著名的足球明星,当然热心于足球运动的推广。而1900年之后,在天津的外国兵营,首先是英、法兵营里足球运动已经开展起来,不久,在靠近兵营的空地上,一些中国年轻人也踢起了足球。特别是河东大直沽一带,与法国兵营很近,又有许多空地,这里后来形成了天津的足球之乡。① 格林还举办了足球训练班,系统培养了一批足球运动员。1917年,各校组成"天津学校足球会",组织一年一度的足球联赛。

乒乓球运动也是青年会最早引进的。1914年,该会出现了全市第一张乒乓球台。1931年天津市举办了第一次乒乓球公开赛。

在英国侨民中,早在19世纪末就开展了草地网球活动。由于需要相当的物质条件,因此这项活动在华人中开展较晚,20世纪20年代后期中国年轻人在英租界组成"竹林网球会",会员有四五十人,著名买办梁炎卿的子女多是网球高手。②

这时,各项田径运动也通过侨民和驻军的活动逐渐被引进天津。1895年,英租界就在红墙道(现新华路)修建了天津市第一座公共体育场——英国球场(现新华路体育场)。1918年,在"五大道"全面建设之初,又在现重庆道修建了民园体育场。这些运动场都是对公众开放的。中国的年轻人,主要是学生也逐步参加到体育活动中来了。1912年5月,在英国球场举行了旅津西人运动会,不仅各国侨民,而且中国的社会各界也都来参观,一些中国运动员也报名参赛。南开中学学生朱家楣获得了跳高第一名。③

天津早在1896年就修建了第一座游泳池,地点在现新华路体育场附近(今保定道),1925年又在现西安道修建了第二座游泳池,这就结束了在湖泊、水坑游泳比赛的时代。和田径比赛一样,天津也出现了"万国游泳比赛",华人参加这项运动的人也愈来愈多,天津的游泳健将穆成宽在1939年的"万国游泳比赛"中拿了两个冠军,令洋人为之惊讶。1944年8月在有英、德、日、中等国选手参加的国际比赛中,穆成宽又夺得100米仰泳和自由泳的冠军。④

这种"万国比赛"最兴盛的是足球,每次比赛都成了全市的新闻,下面是1928年12月第一周的赛程:⑤

新学同门——苏格兰军机关枪连
新学书院——英国小学
法国小学——鲍德总部

---

① 袁家宾:《河东——足球之乡》,《天津文史资料选辑》第五十四辑。
② 《大公报》,1930年8月26日。
③ 《大公报》,1912年5月28日。
④ 杨伯泉:穆瑞龙:《泳坛泰斗穆成宽》,《天津文史资料选辑》,第五十四辑。
⑤ 《大公报》,1928年11月30日,另见1935年11月6日、23日。

意国兵——振德球队

法国兵——鲍德 C 队

苏格兰军 R 队——南开中学

俄国队——西商联队

……

每当读到这种比赛日程,心头总不是滋味。1928 年的天津仍然存在着多国驻军,真是民族的耻辱。不过我们自己的球队,如南开中学、新学书院队和河东的振德队也确实见识了多国风格的足球而成长起来。

赛马是英国人生活中非常重要的竞技运动,英国人早年在天津的赛马没有固定的地点,开始在老西开,后来在河坝道(现台儿庄路)、海大道(现大沽路)。1886 年李鸿章把位于佟楼以南的养牲园大片土地赠予德璀琳建造别墅。这时,英商赛马会正在物色地点,经与德璀琳商议,即以德璀琳花园为基地修建赛马场。这座椭圆形的赛马场规模宏大,跑道是三合土垫底,沙子炉渣铺地,跑一圈达 3500 米。跑道的内侧是河道,河道以内则是平坦的草地,视野极为开阔。这里还有大型看台和 200×60 米的附属院落,设有钟楼、马房等。英商赛马是社会中最为轰动的活动,洋人集中的海关、洋行、银行在赛马日会放假半日。① 赛马的规模也愈来愈大。1929 年春、秋,只门票收入就达 87470 元。1933 年赛马会出版的《天津马考》,售出千部之后又加印了 500 部,其中收入记录并逐一介绍的马就达 388 匹之多。

跑马场大看台

---

① 《大公报》,1927 年 5 月 13 日。

跑马场的马房和钟楼

在西商赛马的影响下,1918 年,由华商巨富发起,戴伦、李正卿、吴调卿等人组织了中国天津赛马会,并且在南门外采购地基,建造华商赛马场。20 世纪 20 年代中期,华商赛马也相当活跃。30 年代中期,天津又建了一个赛马场。一个城市有三个赛马场,这是十分罕见的。1928 年 6 月,天津还出现了"中西合赛",共计 16 次,参赛马匹达 126 匹,可见其规模。①

赛马虽是一种竞技体育活动,但是在商业利益的驱动下,有很浓的赌博性质。1929 年 6 月的香槟赛,头号码的彩金为 13330 元,使得赌客为之疯狂。

---

① 《大公报》,1928 年 6 月 27 日。

# 第七章　中西兼容、雅俗共赏的华人社会文化

　　正像租界的开辟者没有能够把天津租界变成他们的海外飞地一样,租界里日益强大的华人社会文化也没有纳入殖民文化体系,而是保持着自己的文化独立性。华人对外来文化是有选择地吸收。最先发生变化的是服饰和饮食方面。20世纪20～30年代,天津是我国北方最时尚的城市。华人还及时地掌握了办学上的主动权,在兴办近代教育事业上成绩斐然。在吸收外来文化的同时,我国源远流长的传统文化在华人社会中得到继续发展。在天津租界的特殊条件下,这里集中了一批文物和图书收藏大家,我国民族文化的瑰宝——京剧在这里有了很大的发展。与此同时适应广大市民的曲艺、评剧等也进入了市中心大剧场,达到了雅俗共赏的程度。

## 一、摩登的天津

　　人们在接受外来文化的影响时,最先能触摸、体验到的是生活文化,这表现在穿衣、吃饭和娱乐三个方面。天津作为我国北方最大的通商口岸,这里不仅能看到来自世界各地的各色商品,而且还存在着一个不小的侨民社会。外国侨民服饰、饮食和娱乐活动直接影响到租界里的年轻人,特别在银行、洋行供职的华人,与外来文化接触较多的医生、律师和青年学生等是接受外来影响的主要群体。

　　民国初年之后,这里的人们逐步"时髦"和"洋气"起来。先是女子旗袍的高领子,一位先生评论她们:"出玉臂,露纤足,气候寒冷不顾;丝绒披肩,□增于暖;白纱罩面,不补于寒,无它,求好看也。"认为这是"不中不西""不伦不类"的"妖装异服"。① 这种装束既保留民族特色,又吸取了洋装的式样,要说是"不中不西"也确是道出服饰变化的要领。到1928年,时髦的冬装上身是"狐狸帽子、围脖、大氅","脚下却只穿一双丝袜"。②

---

① 《大公报》,1923年3月5日。
② 《大公报》,1928年12月6日。

到20世纪20年代,男人一改肥大的袍子而着合体的西裤,上身则多是长衣。除了旧式商人、文人,男子穿马褂的人数大为减少,1928年9月23日下午4:00~4:15,从日租界四面钟经过的男人有296人,其中穿马褂者仅61人,"的确比以前少多了"。① 长袍、西裤、皮鞋,在20~30年代是男士典型的服装。一开始,华人着西装、打领带的多是在外商银行、洋行供职的人,后来一些与外来文化接触较多的医生、律师、工程师等知识分子穿西装者也较多。

这时,天津出现了专门设计和制作新式服装的商店和大批高档西服店。一个叫"美的治装社"的商店就专门公布不同季节的新装设计,1930年秋,它的"初秋新装设计"就是"旗袍外面加上一件深色不扣扣的坎肩"。② 这时,高跟鞋早已风行,"皮鞋的料子省得几乎快没有了"。③ 人们对衣饰的配色也朝着谐调、高雅方面变化。请看这个配色方案:④

| 衣 | 裙 | 帽鞋 | 图案花心 |
|---|---|---|---|
| 姜黄 | 暗橙 | 紫 | 浅黄或老黄 |
| 菜黄 | 墨绿 | 黑 | 象牙色 |
| 古桐 | 咖啡 | 紫 | 淡黄 |
| 紫 | 黑 | 黑 | 深紫 |
| 银红 | 黑 | 黑 | 深红 |

20世纪20~30年代,天津还出现了大规模的时装表演。

1927年圣诞节,法租界明星电影院(现和平影院)举办了天津第一次时装表演。这次表演由巴黎著名服装师布置"西洋妙龄美女模特登台表演,下台巡游"。⑤ 被报刊称为"天津破天荒的美的集会"。后来,这种服装表演主要由扶轮社主办。1929年1月17日,扶轮社在利顺德饭店举办了大型的国际服装表演,展示了日本、德国、英国、美国等多国服装。特别要指出,这次还有我国唐、宋、元、明、民国各个时期的服饰以及1929年最新潮时装。参加大会的除了不少外侨,更有中国社会名流,如颜惠庆、卞白眉等著名人士,他们的夫人、小姐则破例登台表演。这次表演,每人收门票2元,活动后净余2571元,可见参加者众多。⑥ 1930年,这样的展示会又在陶园游乐场(现新华中学)举行。⑦ 1931年的展示会上华人社会上层人物的名媛贵妇,如郑翼之(太古洋行买办)、梁炎卿(怡和洋行买办)、卞白眉(上海银行经理)等人的眷属均登台表演。⑧ 1936年4月、1937年

---

① 《大公报》,1928年9月24日。
② 《大公报》,1930年9月14日。
③ 《大公报》,1928年3月7日。
④ 《大公报》,1927年2月26日。
⑤ 《大公报》,1927年12月25日。
⑥ 《大公报》,1929年1月19日。
⑦ 《大公报》,1930年9月18日。
⑧ 《大公报》,1931年2月25日,26日。

4月也举行了这样的展示会。

　　与服装的变化比较起来,饮食上的变化要小得多,这大约是因为洋式服装,更为便捷、合体,适应快节奏的生活。而且中华饮食文化源远流长,海外传入的西餐对于中国人来说,大多是一种时尚。到目前为止,我们还没有见到19世纪有正式的西餐店的记载,只是见到1909年日租界旭街(现和平路)有一个"芙蓉馆"开业十周年,即1899年已经开始经营"西洋大菜"。一直到民国初年还没有出现"西餐"这个名词,而被称为"洋饭店""大菜"。20世纪初,起士林开业了,但是直到1912年,仍称"起士林点心铺",后来发展为津京一带最著名的西餐店。规模较大的西餐店是1923年开业的国民大饭店和1927年开设的大华高级饭店。① 大华规模宏大,设有屋顶花园,配以西乐,被称为"天津第一华贵餐社"。这里的西餐、西点不仅门市供应,还可以外送到剧院、舞厅和住宅,甚至在利顺德大饭店举办的招待会上,大华也会应客人之邀,把服务摊位摆在大客厅里。从1927年到1930年,天津的各级宴会已经完全由南市的大饭庄转移到劝业场一带,大华就是最令人瞩目的一家。据统计,只1928年,这里举行的团拜、春宴就不下数百场。② 这里不仅可以就餐,而且由于环境幽雅,天津知识分子的一些组织,如联青社、扶轮社的每周聚餐与集会也都一直在这里举行。1930年,梅兰芳访美归来,途经天津时,曾应邀在大华清唱,余叔岩、尚小云等都来助兴。这里还不定期地举办美术展览。1927年10月,国立艺专教师钱铸九的西洋画展在此举办。③ 此后,这里还多次举办展览。

　　几乎和大华饭店同时开业的是坐落在马场道原491号的西湖饭店。它在1928年已开始营业,到1929年新楼建成,规模更大了。这里一楼以红木装修,高悬红色宫灯,二楼为圆型大舞厅,铺有弹簧木地板,三楼另设高级客房,一时成为天津最高档的饭店,它的广告列出最时髦的"美国龙虾、天鹅、地鶋、斑鹿、大雁、野猪、火鸡"等。④ 西湖饭店处于天津"五大道"富人区的中心,从卞白眉日记中我们可以看出,天津租界上层人物的会客、聚餐大多在西湖饭店。到1930年,西湖饭店"营业甚旺",西餐厅"日见拥挤",跳舞厅中"每晚士女如云"。⑤ 每当举办大型活动,全店可容1500人,成为一时之盛。

　　到了20世纪40年代,小白楼的维格多利兴起,又成为天津最大的西餐厅,并且和相距不远的起士林成犄角之势。在劝业场地区,还有永安饭店(现新华路和平影院旁,即"福禄林")。它的一楼大厅可容数百人进餐和举行舞会。

　　受到西餐的影响,租界里的面包房、咖啡厅、冷饮店也大量出现。劝业场地区,"梅苑"的广告上,就有各色面包、咖啡和奶茶。在现在的滨江道上(河北路与河南路之间),一家叫"和兴"的大型奶油蛋糕店颇为有名。滨江道上另一家"吃吃看"的小餐厅则把各种面包、菜品陈列于橱窗招徕顾客。现和平影院对面的荣

---

① 《大公报》,1927年5月27日。
② 《大公报》,1928年12月17日。
③ 《大公报》,1927年10月6日。
④ 《大公报》,1928年12月31日。
⑤ 《大公报》,1930年2月8日。

兴德冷食店可容下40人。天祥后门左侧为"文利"店,设有单间,可容30人,不仅有冷食,更售一菜一汤的简易西餐,售价只有0.20元,主要供应游客和青年学生。其斜对面则是称为"冷香室"的冷食店。①

## 二、华人兴办新式学校成绩斐然

20世纪初期,租界里的华人在急剧增加,但是租界里的华人子弟读书上学却成了问题。这时,只是上教会学校一条路,特别是在英租界的富户,如果要想接受正规的中国人自办的学校教育,只好到离租界很远的南开学校,颇为不便。20~30年代,华人自主创办新式中小学成为热潮。不少热心于教育的投资者和有眼光的教育家,也不甘心让租界里大批华人子弟全都进入洋人的学校,这里也的确存在着一个广阔的私人办学的空间。据统计,租界中华人创办了12所中学、13所小学。在这些学校中广东中学(包含小学)、浙江中学(包括小学),最早都是创办于天津旧城区的广东会馆和浙江会馆,是广东和浙江商人为解决自家子弟入学而办的。20年代以后,天津城市重心南移至现和平路劝业场一带,大批广东籍、浙江籍(尤其是宁波人)买办、商人迁入租界。因此广东学校、浙江学校也迁入租界。这些学校初办多为小学。广东学校1926年添设初中,后又设高中,学生增至千人。学生中半数为粤籍,半数为外省学生。此外著名教育家卢木斋创办的木斋学校(包含中学、小学、幼稚园)也是华人办学中成绩突出者。

在华人办学中,成效最为显著的就是著名的耀华学校。

耀华中学,其前身为英租界第一所华人学校——天津公学,1935年扩建后改名为耀华中学

---

① 《大公报》,1927年4月1日;1932年7月26日。

20世纪20年代初,英租界里只有一所为外国纳税人子女而建的学校——英文学校,这时华人纳税人早已成为英租界税赋的主要承担者,而他们的子女却无处读书,这与华人纳税人的地位和贡献十分不相衬。这时,英租界工部局中国董事庄乐峰为此提出,应该专为中国纳税人子弟设立一座学校,以示平等。1927年6月,天津公学成立了。这座学校的经费是由英国工部局从华人纳税人的交纳部分提成(每万元提成18元)组成,并且由华人纳税人大会选举3位董事组成天津公学管理委员会,第一任负责人即是庄乐峰。最初,该校校址在红墙道(今新华路),后迁往现南京路,从1929到1935年校舍陆续建成,改名为耀华学校,意在"光耀华人"。学校设小学部和中学部,建有规范的教学楼和多个实验室以及全市一流的体育馆、图书馆和大礼堂。耀华的各项设施远远超过了市内其他各个学校,也超过了租界内外国人建立的学校。该校校长多聘天津名流。第三任校长赵天麟为哈佛大学毕业生,曾任北洋大学校长,在教育界享有盛名。该校师资一流、制度严格,而该校学生家庭条件优越,多有才华出众、成绩突出者。耀华很快成为天津除南开学校以外最著名的学校。耀华学校先进而庞大的建筑群以及它的声望,也从一个侧面说明在租界,尤其是在英租界华人纳税人的实力和影响。

不过,耀华学校是专为纳税人子弟办的学校,学费高昂,普通人家的子女是无法进入的。20世纪20年代以后,租界里普通的私立中小学纷纷建立,不过,除了几家著名的学校,其他的中学和小学大都因资金不足,规模不大。除了培才小学在校生达到500人以外,有的小学只有三间教室,六七个教师。此外,华人在租界里还兴办了一些商科职业学校、女子职业学校等。华人兴办的大批中小学校不仅解决了华人子女读书问题,也为建国后天津基础教育的发展打下了一定的基础。

**天津租界内华人兴办的中学**

| 学校名称 | 创办时间 | 主要创办人 | 地址 | 变迁 |
|---|---|---|---|---|
| 广东学校 | 1920 | 陈祝龄 | 法租界,现滨江道 | 1952年改为十九中。 |
| 慈惠中学 | 1926 | 余忠毅 | 英租界,现保定道 | 并入二十中学。 |
| 耀华中学 | 1927 | 庄乐峰 | 英租界,现南京路设小学部 | 1952年改为十六中,后又恢复原名。 |
| 树人中学 | 1930 | 刘崇堂 | 英租界,现保定道 | 后停办。 |
| 木斋中学 | 1932 | 卢木斋 | 意租界,现民权路 | 1952年改为二十四中。 |

(续表)

| 学校名称 | 创办时间 | 创办人 | 地址 | 变迁 |
|---|---|---|---|---|
| 志达中学 | 1933 | 张淑谕 | 英租界 | 1952年改为二十二中,后迁校改为四十一中。2007年恢复志达中学校名。 |
| 大同中学 | 1933 | 郝擢先 | 英租界,现上海道 | 后停办,今不存。 |
| 进修中学 | 1937 | 张序庭 | 英租界,现大沽路 | 后停办,今不存。 |
| 渤海中学 | 1938 | 邓庆澜 | 意租界,现建国道 | 并入二十四中。 |
| 浙江中学 | 1938 | 王文典 | 英租界,男部现营口道,女部河北路 | 1952年改为二十中,1955年迁校湖北路。 |
| 含光女子中学 | 1939 | 张淑纯 | 意租界,现民生路 | 后改为二十六中,又改五十七中。 |
| 达文中学 | 1940 | 姜般若 | 英租界,现建设路 | 后改为五十九中。 |

**天津租界内华人兴办的小学**

| 学校名称 | 创办时间 | 地址 | 变迁 |
|---|---|---|---|
| 浙江小学 | 1910 | 英租界,现河北路 | 初创于浙江会馆,迁现大沽路,再迁现河北路,后为河北路小学。 |
| 西开小学 | 1916 | 老西开 | 后与法汉小学合并,再改西宁道小学,2007年改为和平区中心小学。 |
| 木斋小学 | 1916 | 意租界,现民权路 | 1916年创卢氏小学,1924年迁入意租界,有中学、小学、幼稚园,后改为二十四中。 |
| 广东小学 | 1920 | 法租界,现滨江道 | 原创办于广东会馆,后迁入租界。 |
| 紫竹林华商公会附设小学 | 1921 | 法租界,现长春道 | |

(续表)

| 美育小学 | 1927 | 法租界,现长春道 | 后迁校为锦州道小学,2007年并入万全道小学。 |
|---|---|---|---|
| 培才小学 | 1927 | 法租界,现河北路与滨江道交口 | 该校虽设于维斯理堂内,但系华人投资的私立学校,也是租界内最大的私立小学,后与圣功小学并为劝业场小学,校址又迁现河南路。 |
| 法汉小学 | 1929 | 西开教堂前 | 后与西开小学合并,改为西宁道小学,现为和平区中心小学。 |
| 山东公学小学 | 1932 | 英租界,现西安道 | 1942年迁苏州道为苏州道小学。 |
| 福婴小学 | 1933 | 意租界,现进步道 | |
| 崇仁小学 | 1934 | 英租界,现河北路 | 1945年迁往西站校址。 |
| 立德小学 | 1934 | 英租界,现南京路 | 今不存。 |
| 民智第二小学 | 1941 | 英租界,马场道 | 后改为校园村小学,后并入他校。 |

资料来源:《津门校史百汇》《天津的九国租界》,学校变迁部分系笔者2007年的调查。

## 三、收藏大家的涌现和京剧艺术在天津的发展

在天津租界,华人尽管受到外来文化的诸多影响,但是我国民族的传统文化在这里没有中断。我国传统文化有着强大的生命力,她在租界这个特殊的社会中,在华人群体中得到了发展。这种发展表现在社会生活的方方面面,而收藏大家的涌现和京剧艺术的发展,就是两个集中的表现。

历史上,天津不是一个以文化见长的城市。尽管有不少盐商巨富,但是没有出现过全国一流的收藏家。收藏不仅需要财富的积累,更需要文化积淀,需要广博精深的专业知识,需要很深的阅历和大量的时间、精力。而这些条件正好出现在天津租界的华人社会。如本书前章所述,民初以来,大批的逊清贵胄从北京迁入天津,与此同时,北洋政府的大批下野军政人员也聚集在这里,一些人不再过问世事,且又有相当的条件,文物和图书收藏就成为他们毕生的事业与心愿。也有的人士既从事实业活动,又从事收藏。前者的代表人物是张叔诚,后者的代表人物是周叔弢。在军阀混战的年代里,天津租界是一个特殊的安全岛,这也为收藏家提供了一个安定的环境,随着天津经济的长足发展和城市实力的增强,大批

文物商人和图书商人向天津集中，租界里先是在大罗天，后来在劝业场、天祥商场、泰康商场形成了大规模的文物图书市场，这也是天津收藏业发达的客观条件。

张叔诚，前清工部右侍郎、开平矿务局督办张翼之子。张翼毕生喜好文玩字画，晚年居津时搜求清宫流散文物。张叔诚的父辈亲友中不乏收藏家和鉴赏家，他本人从十二三岁时即对文物有了浓厚的兴趣，学到不少收藏和鉴赏的基本知识。成年后更不惜重金收藏历代名画，讲求读画、审画。张家藏品中珍品很多，如北宋范宽的《雪景寒林图》、元代边鲁的《起居平安图》、赵子昂的《洛神赋》卷、明代仇英的《桃源仙境图》以及殷周时期的古玉器、两周时期的青铜器和历代瓷器、碑帖等。1981年，张叔诚向国家捐献了455件文物。收藏于天津博物馆，其《雪景寒林图》以及商代黄玉兽面纹珮、黄玉螳螂等成为镇馆之宝。

周叔弢是前清两江、两广总督周馥之孙，家学渊源。成年后随其叔父周学熙经营实业，是天津有代表性的工商业者。他毕生喜好搜集、整理和珍藏善本古籍。不惜重金收购险入日人之手的石涛《巢胡图》《东观余论》，晚年更注重清代至近代的活字版书籍。他还收藏了敦煌卷子250多卷。总计他一生所收的书约共有3万7千余册。① 善本书中的精品达2672册，其中宋本百余部，元、明本约占二分之一。周叔弢早在1942年就写下留给子孙的话：藏书"实天下公物，不欲吾子孙私守之。四海澄清，宇内无事，应举赠国立图书馆，公之世人"。② 建国后，他分数次将全部藏书捐献给有关文化部门。

除张叔诚、周叔弢以外，著名藏书家还有陶湘、任凤苞、卢弼，收藏家还有徐世章等多人。陶湘是著名银行家，一生酷爱名家刻本，晚年将所藏图书文物汇为《涉园收集影印金石图籍墨迹丛书》。任凤苞也是一位银行家，悉心搜寻全国各省、府、州、县的志书，成为全国著名的方志收藏名家。建国后，将其"天春园"所藏方志全部捐给天津图书馆，使天津图书馆的方志收藏在全国名列前茅。徐世章是徐世昌的十弟，曾留学比利时，后在北洋政府任职。1922年随徐世昌下野来津做寓公，收藏大批文物字画，尤以集玉著称。1954年逝世后，家人遵其遗愿将全部古玉、古砚、古印玺等捐献给国家。

我国民族文化的瑰宝——京剧在租界的华人社会中也得到了很大的发展。

清朝同光时代，京剧在天津已有了相当的发展。早在道光年间徽班刚刚进京，在天津就开始产生影响，以致"满街学唱二簧腔"。后来，天津出现了四大茶园，北京名角也纷纷来此演出。天津还存在着一个人数众多的京剧爱好者群体——票友，不过清末的票房都集中在城厢一带，主持票房的也多是富裕的盐商。这种情况到20世纪20～30年代有了很大的改变。

---

① 周慰曾：《周叔弢传》，第95页，北京师范大学出版社，1994年。
② 《周叔弢传》，第110～111页。

**20世纪20～30年代天津的主要票房**

| 票房名称 | 票房地址 | 主持人 |
| --- | --- | --- |
| 公余别墅 | 日租界,新旅社屋顶 | |
| 开滦国剧社 | 前俄租界,北方售煤处;另一处在英租界,现泰安道 | 王庚生等 |
| 电报局 | 法租界,现赤峰道 | |
| 联欢社 | 法租界,天祥商场(现劝业场新厦址) | 张福成等 |
| 永兴国剧社 | 法租界,嘉乐里(由南市迁来) | 后与海员公会合并 |
| 渔阳社 | 法租界,现和平路原泰康商场 | |
| 怀安社 | 法租界,天祥商场 | |
| 天津国剧社 | 法租界,天祥商场 | 卓景榕 |
| 凤韶社 | 法租界,福禄林楼上(现和平影院旁) | |
| 清平社 | 法租界,天祥商场 | |
| 遏云阁票会 | 日租界,德庆商场楼上 | 蒋士铃　刘叔度 |
| 南星国剧社 | 法租界,现赤峰道 | |
| 群一社 | 法租界,现新华路 | |
| 云吟国剧社 | 英租界,周宅 | 杨慕兰 |

资料来源:《大公报》1927年9月1日;1929年2月2日;1930年8月8日,9月2日,9月7日;1931年1月9日。

如果说,天津的票房在民国初年还主要分布在城厢和南市一带,那么随着天津城市重心的转移,到20世纪20～30年代,票房则多数集中在租界,特别是地处城市商业、交通中心的法租界,而且从富商的家庭转向机关或者是大型商场。这表明,票友的社会阶层在扩大,包括洋行买办和有稳定收入的职员、教师、会计师等知识分子。1930年的一篇文章《天津票房一瞥》一文指出,"老票房多已衰败,现有的规模大若不下二十余处"。有不少名票纷纷加入各个大票房,如开滦票房"社员由社会其他成员加入的也不少,其中王庚生、徐郁周、侯敬之、高鹤亭都是名角"。① 这些票房都有相当的规模和水平,以至于从1929年10月20日(周六)起,每周把本周戏目和出演人员的名单都在报上刊出,成为天津文化生活的重要部分。1926年成立的永兴国剧社开始设在南市,后来迁至河北路,成员一开始以买办、海关职员为主,以后吸收各界人士,前后发展至500人之众。从1930年起,

---

① 《大公报》,1930年9月2日。

永兴国剧社每月彩排,剧目也都见诸报刊,吸引相当数量的观众,每次都"十分拥挤"。①

在天津票友当中,一部分上层人物及其子女起了特殊的作用。由于他们的经济实力和社会地位,使他们不仅能在早期接受良好的传统戏曲的传授与熏陶,能从各名家大师处得到真传,甚至他们登台时也可以请到大家的合作。这当中,杨慕兰、袁寒云就是最突出的代表。

杨慕兰出身于书香官宦之家,后来嫁给周学熙四子周志厚为妻。她从幼年就看过各种堂会,耳濡目染,对京剧艺术产生了强烈的爱好。周家为巨富高官,哪容儿媳唱戏,只好秘密学戏,拜了许多名家,入"通天教主"王瑶卿门下。杨慕兰与梅兰芳、程砚秋、尚小云、荀慧生四位大师都有半师半友的情谊,学到各家之长。"七七"事变后她在明星(现和平影院)登台演义务戏,压大轴《玉堂春》,从此"近云馆主"名声四起,曾邀金少山演《霸王别姬》,邀郝寿臣、侯喜瑞分别上演《十三妹》,邀姜妙香演《玉堂春》,以后又组成吟云国剧社,对促进京剧艺术的发展起了不小的作用。

袁寒云(名克文)是袁世凯的二公子。在天津的票友中,他出身北洋,地位特殊而极富才华。他早年在北京接触大量皮黄昆曲。1925 年到 1931 年病逝前,他大多生活在天津,先后同孙菊仙、尚小云、程砚秋等大家同台演出,在上层观众中影响很大。

这些富家子女在家学戏,多是自掏腰包,登台演出不为戏份儿,"好者为乐,花钱买脸"。也有的是以学戏自娱,并不下海,也不公演。著名昆曲艺术家周铨庵(周叔弢之堂妹)1920 年随父移居天津,被寄养在舅父张叔诚家。张叔诚在京、津两地都有住宅。周铨庵少年时在两地听戏,尽观名家演出。但是一般票房不收女社员,一些上层爱好京剧的女性便集中在赵少曾兄妹家中演唱。优异的条件和大量的闲暇时间,使他们对京剧艺术的研习达到相当的水平。

京剧艺术在天津的发展,堂会也起了不小的作用。

租界里不少富户在喜寿日宴请亲朋,要召集最好的戏班,遍请名伶名票,不少人在厅堂内筑戏台,专供演戏自娱,排场愈来愈大,花费多在数万。许多大型堂会的规模,已经不仅是私家的小型演出,而是轰动社会的新闻。1930 年 3 月 3 日,国民饭店第一次搭台,为该店董事李直绳祝寿,自北平请到章遏云、新艳秋,下午 2:00 开戏,直唱到夜间 2:00,第二天更演到凌晨 3:00 才散戏。而卞宅堂会,更包租明星电影院一天,白天主角是尚小云,晚上是梅兰芳的《宇宙锋》,可见其规模。

当时在社会上最著名的堂会有齐耀珊宅、潘复宅和张勋宅的堂会。

齐耀珊曾任内务总长。据京剧艺术家许姬传《天津十年》记载,许氏曾在 1920 年听了齐宅两天堂会,其中就有梅兰芳的《天女散花》、杨小楼的《连环套》等。② 齐宅的堂会,一般都连演三天,京津名角荟萃一堂。名票王君直曾在此与

---

① 《大公报》,1931 年 1 月 9 日。
② 《天津文史资料》第三十九辑,第 205~207 页有详述。

梅兰芳合演《坐宫》《武家坡》，开票友与大师合作之先河。① 到1931年，齐宅又请梅兰芳、尚小云来津，在北洋大戏院演出堂会。②

潘复家的堂会在马场道2号潘家花园草地上搭台，观众达数百人。少年许姬传和友人混进去听戏，也无人盘问。只见前面都是沙发，茶几上放着茶点，就座的全是名流。堂会共有七八出戏，倒二是杨小楼的《夜奔》，大轴是梅兰芳、余叔岩的《梅龙镇》。③

据许姬传说："几乎看了天津所有的堂会戏，最精彩的是张勋家的堂会，看到孙菊仙学程长庚的《鱼藏剑》。"

举办堂会的大户尽管是摆排场，但是就京剧艺术本身的发展来说，这是一种难得的汇演。许姬传的一位长辈曾负责堂会的节目安排，对他说："堂会戏可以从各班挑选角色，譬如用的是'三庆班'班底，可以从'四喜''春台'请外串。"他常把汪大头、小叫天"两出戏挨着，叫他们比赛"④。在一般剧场的演出中，哪位老板也无力请到这么多挑大梁的名家。而在这里不同流派的大家尽可展示绝技，交相辉映，光彩照人。这对京剧艺术的切磋交流无疑会起到巨大的作用。

到1928年法租界劝业场建成前后，天津的京剧演出场地集中在劝业场周围的商业中心，不仅包括劝业场楼上的天华影剧院，还有陆续建成的大型剧院——春合大戏院(1927年，现滨江道与大沽路交口，已不存)和北洋大戏院(1931年，现延安电影城)。1936年，一座拥有2000座位的超大型剧院——中国大戏院落成了。戏院开幕的广告自称"冠雄华北，唯我独尊"。到"中国"去唱戏，这成了每一位京剧表演艺术家的心愿。以中国大戏院的落成为标志，京剧在天津的发展达到鼎盛时期。

## 四、以曲艺为代表的大众文化的繁荣

随着租界里华人居民的逐步增多，特别是法租界劝业场地区形成全市的商业和娱乐业中心，原先在城市周边地区、南市等地"撂地"演出的曲艺、评剧等也迅速向市中心发展，形成了庞大的演出市场。法租界劝业场一带出现了多处专门的演出场所。

1927年，天祥市场开辟了"新世界"，一度在津门首屈一指(1929年改为"小广寒"，它最著名的名字是后来的"大观园")。1928年，劝业场开幕，商厦楼上专演曲艺的"天会轩"也开始营业。几乎同时，一路之隔的泰康商场的"歌舞台"(1930年改名为"小梨园")也开幕了。位于市中心三大商场的三个曲艺演出场所，相距不过百米，成鼎足之势，这在全国各大城市都是罕见的。

20世纪30年代前后，天津曲艺已经发展到鼎盛阶段。我们从当时的报刊上可以看到"小梨园"和"小广寒"两军对垒的节目单：⑤

---

① 丛鸿奎：《二十世纪天津京戏的一鳞半爪(十)》，《天津文史丛刊》第七期。
② 《大公报》，1931年2月7日。
③ 许姬传：《天津十年》，《天津文史资料选辑》第三十九辑。
④ 许姬传：《天津十年》，《天津文史资料选辑》第三十九辑。
⑤ 《"小广寒"复活》，《大公报》，1937年2月3日。

| "小梨园" | | "小广寒" | |
|---|---|---|---|
| 京剧大鼓 | 筱彩舞 | 京韵大鼓 | 白云鹏 |
| 梅花大鼓 | 花玉露 | 梅花大鼓 | 金万昌 |
| 单　弦 | 雪艳花 | 单　弦 | 常澍田 |
| 相　声 | 张寿臣 | 相　声 | 陶相如 |
|  | 侯一尘 |  | 小龄童 |
|  | 小蘑菇 |  |  |
|  | 常连安 |  |  |
| 西河大鼓 | 马增芬 | 西河大鼓 | 陈俊霞 |
| 西皮二黄 | 周菊娥 | 戏　法 | 罗文涛 |
| 八角鼓 | 郭荣山 | 河南坠子 | 翠玉屏 |
|  | 韩咏先 | 靠山调 | 姜三顺 |

从以上两个剧场两军对垒的阵势,我们可以看到,到20世纪30年代,天津的曲艺确实发展到鼎盛时期,这至少有如下特点。

第一,人才济济,众多表演艺术家汇于津门。尽管事过70年,但是如白云鹏、金万昌、常澍田、罗文涛、筱彩舞、张寿臣、常连安、小蘑菇、马增芬等这一大串耀眼的名字仍然使我们眼前一亮。可以说,天津的舞台上汇集了我国北方说唱艺术的第一流艺术家和领军人物。

第二,天津的说唱艺术,这时已经发展到出大师、成流派、雅俗共赏的水平。上述名单中,没有"歌王"刘宝全,他是临时南下演出,由来津不久的筱彩舞替代。名单中的其他艺术家都是对京韵大鼓、梅花大鼓、相声等表演艺术发展起到至关重要作用的大师级人物,他们已经形成了自己的风格、流派,他们的表演已经发展到一个新阶段。刘宝全的演唱不仅吐字清楚,而且颇具书卷气,时人评论他"举凡喜怒悲叹之情,悉能于宛转抑扬之间","谓炉火纯青,语非虚誉也"。[1] 他在演唱刘派代表作《乌龙院》《大西厢》时,"四座击节,均叹为绝唱也"。白云鹏的代表节目,以《红楼梦》故事为多,他本人对《红楼梦》也有不少研究,往往在演唱之间还带有评论。刘、白两位大师把曲艺表演推向顶峰,观看者已不限于一般市民和商人,知识界乃至租界上层的知名人物也无不为之折服。以至于连庆王府的堂会也"请刘宝全、金万昌等名曲艺演员演唱"。[2]

第三,后继有人,这时小蘑菇(常宝堃)还是一名少年,而筱彩舞(骆玉笙)正值妙龄,她在以后的半个多世纪里一直活跃在舞台上,其影响早已超出天津市的范围。

这里要指出的是,20世纪30年代天津的曲艺演出品种也愈见丰富,早年从北京传入的相声、单弦、评书都有了很大的发展,其中相声更在天津取得了突出

---

[1] 《1929年的杂耍》,《大公报》,1929年12月10日。
[2] 爱新觉罗·溥铨:《我父庆王载振事略》,《天津文史资料选辑》第四十四辑。

的地位。1916年,相声大师张寿臣到天津之后,很快成为京津相声界的首席。天津相声界人才辈出。1930年,9岁的常宝堃拜张寿臣为师,使天津常氏相声发展到了一个新阶段,各派相声的不同风格、流派已经形成,少年常宝堃(艺名"小蘑菇")成为全市人见人爱的公众人物,一代相声大师侯宝林也是20世纪40年代首先在天津舞台成名的。这个时期,天津各派相声演员的整体阵容和实力已经超出了它的发源地——北京。

在天津大众文化的发展中,评剧能在市中心登上大雅之堂也很值得注意。评剧自从20世纪初传入天津,几经波折,最后还是占领了天津舞台。1929年,市中心出现了专演评剧的中型剧院——劝业场天乐评戏园。同年8月,附近的新明大戏院决定以演评剧为主。不久,天天舞台和天福舞台也上演评剧。评剧之所以能有这样的发展,是由于它通俗易懂又多切中时弊,受到中下层观众的喜爱。到20世纪30年代评剧界涌现了李金顺、刘翠霞、白玉霜这些形成各自流派的表演艺术家。刘翠霞自关外演出归来,被一向专演"大戏"(京剧)的北洋戏院邀请,票价卖到4元(与京剧名家相同)。当时被举为"评戏女皇"的白玉霜则代表了20世纪30年代评剧艺术的最高水平。①

---

① 参见《天津租界社会研究》,第261~263页。

# 第八章 多国色彩的历史文化街区的形成

在天津城市经济发展的强力推动下,租界对天津城市的建筑风貌和历史文化产生了多方面的影响,形成了带有多国文化色彩的街区。19世纪60年代以后最早形成的是现解放路——我国北方金融、外贸中心区;民国初期形成的意大利风格的高雅居住区;洋味十足的"小白楼"自由商业区;1928年前后形成的新型城市商业娱乐业中心——劝业场地区;20世纪20~30年代形成的"五大道"历史文化街区。

## 一、我国北方最大的金融、外资中心——现解放北路

现解放北路是天津租界最早形成的街区。最早出现英、法租界时,东临海河,西临现大沽路,解放路正居其中,当时人们习惯上称它为中街。这是由法租界内的大法国路和英租界内的维多利亚路相连接而成。从现解放桥起至现曲阜道,这段路长1.8千米,是天津最具特色的一个街区。

解放北路金融、外贸中心区的形成,经历了从19世纪60年代至20世纪20年代半个多世纪的历程。这是天津租界中最早规划、最早兴建的一条贯穿英法租界的中央大道。随着天津城市整体功能的转变,这里的景观、功能也发生着深刻的变化。

1860年以前,这里是天津旧城区以南数千米以外的一些菜园、荒地和低洼地。靠河边住有一些零散的农户和渔夫。当戈登和另一位法国军官在这里勘测划定租界时,"在现今中街的一段稍西一点儿是一丛破烂不堪的土坯房屋;从那儿到海大道,主要是一些高粱地、池沼和一些坟地"。①戈登用铅笔把这一带画成河堤大道、马路以及建筑物的地基。从1860~1870年,还是中街一带开辟的初期,大部分外国商人仍居住在天津城里。不过,这里出现了在建码头、房屋,排除了积水,垫高了地基。在法租界,1864年在现大沽路上兴建了老合众会堂。

---

① (英)雷穆森著,许逸凡、赵地译:《天津——插图本史纲》,《天津历史资料》第二期,第21页。

到 1870 年，由于开始加高河坝大道，从老海关到利顺德饭店修建了平坦的马路，这就是"长长而笔直的中街，路面平坦，两旁有双排的榆树，一些外观美丽的大洋房出现了"。① 但是"法租界比它的邻居远远地落后了"。当时的大法国路不过是"跟一条便道差不多的道路而已"。② 不过，这时中街的总体水平仍很差。到 1886 年，有人在这里建成 8 所两层楼房，还是轰动一时的大事。

19 世纪 80 年代后期到 90 年代，英法租界进入了快速发展期，外国侨民越来越多地集中居住在这里。1887 年，为纪念维多利亚女王即位 50 周年而建成的维多利亚公园开放了。1889 年，戈登堂建成开放，这里很快形成了英租界的行政管理中心和侨民集会、娱乐中心。到 1900 年，中街的建设已经初具规模。

到 20 世纪初，中街的发展进入了一个全新的阶段。随着天津租界的大规模扩展和天津对外贸易事业的急速发展，中街一带的功能发生了重大变化，即由原先外国侨民，特别是英国人的主要居住区演变成金融外贸区。在这方面中街的区位优势是不可取代的。它的东侧百米之遥就是沿海河码头而建的河坝路（现张自忠路），而面向码头的建筑几乎全是大型仓库，最早到天津的外国洋行也大多先开设在河坝，如太古洋行天津分行 1881 年在天津成立时就在现台儿庄路设办事处，仅有平房 9 间。这里靠近海关，办理进出口业务都十分方便。随着中街建设和交通的发展，许多洋行又纷纷把门面开在中街上。1886 年太古洋行就建立了现解放路 165 号的天津太古洋行大楼。这些洋行是"码头——库房——洋行"三位一体，占据着从海河至现解放路的最佳位置。不久，怡和洋行、仁记洋行与太古洋行几乎是毗邻而建，新泰兴洋行则建在它们的斜对面。这样，英国皇家

维多利亚公园和戈登堂

① 《天津——插图本史纲》，《天津历史资料》第二期，第 25 页。
② 《天津——插图本史纲》，《天津历史资料》第二期，第 37 页。

特准的四大洋行就把持了天津外贸的大局。而洋行的建立,必定带来大量的汇兑业务与结算等金融需求。继1896年华俄道胜银行开设之后,数十家外资和中资银行都向这里集中。本来英国汇丰银行在初设时,建立在靠海河的海关大楼对面,日本横滨正金银行开业时在法租界大阪商船码头前。20世纪20年代中期,这两家大银行在中街也建成最豪华的大楼。其他各银行建筑也大多完成于20世纪20年代中期。这时,现解放路上的景观也最后形成了,这里几经规划、加宽,两侧房屋的距离是40英尺。同时"现在的中街有四分之三的地方已加宽到60英尺",已经"变成一条现代街道"。①

为了重现20世纪上半叶"中街"的情景,这里列出当时"中街"沿线各主要银行、洋行的分布情况。同时列出毗邻"中街"的各银行、洋行分布情况。

**现解放北路沿线银行、洋行一览(20世纪上半叶)**

| 西侧 | | | | 东侧 | | | |
|---|---|---|---|---|---|---|---|
| 原门牌 | 现门牌 | 名称 | 备注 | 原门牌 | 现门牌 | 名称 | 备注 |
| 2号 | 2~4号 | 裕中饭店 | | 1号 | | 百福大楼 | 建于1926年 |
| | | 公懋洋行 | 美商,现解放路与长春道交口 | | | DD饭店 | |
| | 10号 | 新华储蓄银行 | | | 29号 | 法国俱乐部 | |
| | | | | 19号 | | 聚兴诚银行 | |
| | | | | | | 中英商保火险公司 | |
| | 34号 | 法国工部局 | | 35号 | | 伦敦泰晤士报 | 后迁至现189号 |
| | | | | 43号 | | 金城银行 | 后迁至现108号 |
| | | | | 61号 | | 美丰银行 | 成立于1923年 |
| | | | | 73号 | | 伟塔药房 | |
| | | | | 75号 | 77号 | 东方汇理银行 | 天津分行成立于1907年2月 |

---

① (英)雷穆森著,许逸凡译:《天津的成长(租界)》,《天津历史资料》第10期,第62页。

（续表）

|  |  |  |  | 89号 | 89号 | 万国储蓄会 | 1945年成立天津邮政储金汇业分局 |
|---|---|---|---|---|---|---|---|
|  |  |  |  | 91号 | 95号 | 华义银行 | 设于1920年 |
|  |  |  |  | 101号 | 99号 | 朝鲜银行 | 日资,成立于1919年 |
|  | 74~78号 | 中法工商银行 | 1922年成立,该楼建于1936年 |  | 111号 | 原大清邮政津局 | 后为仪品放款公司 |
|  | 80号 | 横滨正金银行 | 成立于1899年4月25日,该楼建于1926年 |  | 113号 | 美国海军俱乐部 |  |
|  |  |  |  | 117号 | 119号 | 中央银行 | 原中日合资中华汇业银行,1931年售予中央银行 |
|  | 82号 | 汇丰银行 | 成立于1881年6月18日 |  | 123号 | 华俄道胜银行 | 1896年成立 |
|  | 86~88号 | 中南银行 | 1926年12月迁至此处 | 131号 |  | 东方实业公司 |  |
| 96号 | 90号 | 花旗银行 | 成立于1919年 | 147号 | 147号 | 四行储蓄会 | 1923年由北四行联合成立 |
| 106号 | 100号 | 新泰兴洋行 巴拿马洋行 西比利洋行 | 100号为新泰兴大楼,内有多家洋行 | 153号 | 153号 | 麦加利银行 | 津行1895年开业 |

（续表）

| | | | | | | |
|---|---|---|---|---|---|---|
| 104 | 华比银行 | 天津分行 1906 年成立 | 157 号 | 157 号 | 怡和洋行 | |
| 108 号 110 号 112 号 | 金城银行 | 原德华银行 1921 售出 | | 161 号 | 福利公司 德士古石油 恒丰公司 | 英商高档百货公司 |
| 128 号 | 114、116 | 利华放款银行 | | 169 号 | | 利华照像馆 |
| 132 号 | 118、120 号 | 利华洋行 | | 173 号 | 165 号 | 太古洋行 | 1881 年开设 |
| | | | | 181 号 | 177 号 | 皇宫饭店 | 英资,成立于 1924 年 |
| | | | | | | 合通银行 | |
| | | 戈登堂 | 1889 年落成 | | | 伯尔贸易商行 | |
| | | | | 195 号 | | 利喊洋行 | |
| | | | | 197 号 | | 敦华银行 | 1935 年建 |
| | | 维多利亚公园 | 1887 年建成 | | | 恒丰泰洋行 | |
| | | | | | | 永年人寿保险公司 | |
| | | | | 199 号 | 189 号 | 天津印字馆 | |
| | | | | | | 京津泰晤士报 | |
| | | | | | 199 号 | 利顺德饭店 | |
| | | | | | 201 号 | 英国俱乐部 | 始建于开埠之初,1904 年重建 |
| | 150 号 | 屈臣氏大药房 | | | | | |
| | 158 号 | 泰莱饭店 | | | | | |

资料来源:天津社会局档《调查外商公司商号》;英国领事馆《英国在津洋行名单》;《俄国商会会员登记》。另据《大公报》历年广告等综合整理。其间有不少变迁,不再一一列出。

**毗邻现解放北路的各银行与洋行**

| 原路名 | 现路名 | 原门牌 | 名称 | 国别 | 备注 |
|---|---|---|---|---|---|
| 杜麦路 | 哈尔滨道 | 34号 | 垦业银行 | | |
| | | 70号 | 大陆银行 | 中国 | |
| 巴斯德路 | 赤峰道 | 10号 | 万记洋行 | 英国 | 出口商 |
| | | 12号 | 盐业银行 | 中国 | |
| | | | 中国银行 | 中国 | 1912年成立时在中街24号,后东迁至赤峰道口 |
| | | 13号 | 赞臣洋行 | 立陶宛 | 进出口商 |
| | | 30号 | 朱记洋行 | 美 | 进出口商 |
| | | 30号 | 义隆洋行 | 法 | 房地产商 |
| | | 59号 | 古绅商行 | 美 | 印染地毯 |
| 领事馆路 | 承德道 | 16号 | 百利洋行 | 瑞士 | |
| | | 19号 | 直隶印字馆 | 意大利 | |
| | | 25号 | 泰东皮毛公司 | 苏 | |
| | | 27号 | 紫东洋行 | | |
| | | 29号 | 永兴洋行 | 法 | 进出口商 |
| | | 32号 | 辽宁皮毛公司 | 美 | |
| | | 33号 | 高德公司 | 美 | 进出口商 |
| 宝士徒道 | 营口道 | 15号 | 通用电器有限公司 | 英 | 进出口商 |
| | | 15号 | 汤生公司 | 英 | 1917年成立 |
| | | 33号 | 安利出口洋行 | 英 | |
| | | 33号 | 康绵皮毛公司 | 英 | 1936年成立 |
| | | 33号 | 世先洋行 | | 1936年成立,皮毛进出口 |
| | | | 德华银行 | 德 | 现一轻集团址 |
| 领事道 | 大同道 | 15号 | 中国实行银行 | 中国 | 后改眼科医院,现它用 |
| | | 36号 | 德隆洋行 | 英 | 榨棉业1885年成立 |
| | | 36号 | 美隆洋行 | 苏、葡 | 进出口皮毛业 1945年成立 |
| | | 36号 | 布林洋行 | 美 | 进出口总行在纽约 |
| | | 44号 | 罗·隋洋行 | 美 | 皮毛进出口 |

第八章 多国色彩的历史文化街区的形成

(续表)

| 怡和道 | 大连道 | 11 号 | 恒通洋行 | 苏 | 进出口 |
|---|---|---|---|---|---|
| 博罗斯道 | 烟台道 | 11 号 | 平和洋行 | 英 | 进出口 |
| 咪哆士道 | 泰安道 | 18 号 | 深本司洋行 | 英 | 进出口1916年成立 |
| 海大道 | 大沽路 | 114 号 | 兴隆洋行 | 苏 | 进口钟表出口古玩、瓷器 |
|  |  | 114 号 | 利满洋行 | 苏 |  |
|  |  | 125 号 | 欧维克夫洋行 | 苏 | 匹头、杂货 |
|  |  | 125 号 | 北议商行 | 苏 | 进出口代客买卖 |
|  |  | 127 号 | 高林洋行 | 英 | 皮毛棉织品1875年成立 |
|  |  | 128 号 | 业合洋行 | 苏 | 1930年成立 |
|  |  |  | 百海洋行 | 苏 | 进出口商 |
|  |  | 133 号 | 先农公司 |  | 大房地产商 |
|  |  | 143 号 | 公诚洋行 | 美 |  |

资料来源：天津社会局档：《调查外商公司商号》；英国领事馆：《英国在津洋行名单》；第一区、第十区外商登记表。大沽路的洋行达数十家，表中只取最集中的一段。

从上两表列出的内容可以看出，现解放北路及其邻近的两侧是外国洋行、银行高度集中区。除资格最老的英国四大洋行集中在中街，与此相隔一街的海大道（现大沽路）也是洋行林立。此外与现解放路交叉的各条街道，如现哈尔滨道、赤峰道、承德道、营口道、大同道、大连道、烟台道的东头，外国洋行也相当集中，而津海关、各公证行均近在咫尺，这里显然是天津外贸业最集中的地区。

这些外国银行实力强大，它们以本国政府为依靠，以租界为据点，享有种种特权。它们有的控制了我国的关税、盐税，许多家外国银行可以在我国发行货币，有的经营我国政府的对外借款和赔款的偿还，有的操纵我国的外汇市场。

这时，实力较强的中资银行也向这一带集中，早期的中国银行、大陆银行就开设在中街。由于英、法租界当局的干涉，不许华商银行在中街建楼，因此，中资银行大都只能开在中街的附近，只有中南银行因系华侨关系，得以在中街建楼。

据1947年统计，当时的中街有官办、商办和外资银行26家，其两侧附近有13家，两者相加，占当时天津银行总数的78.5%，金融中心的地位十分突出。

这条1.8千米长的"中街"，包含着十分丰富的历史。在这里（1860年）最早划定紫竹林租界，列强的军队曾在这里集结，其后攻打天津和北京；这里是天津对外贸易大发展的见证地。外国对我国北方输入的商品大部分要从这里输入，而"三北"地区的土特产又从这里装船运往世界各地；这里又是我国北方近代文明传播的重要窗口，不仅我国最早的邮政在这里开办，而且最早的有线电报和我国自办的长线电话也首先在这里开通，天津最早规划的街道和最早的碎石路也首先建在这里。漫步在这条近150年历史的街道，面对着绵延不断的西式建筑群，就如同走入了历史的长河。

这个街区最典型的建筑可以分为五个群体。

首先是解放路与泰安道交口。这个交口一角是戈登堂与维多利亚公园，其对角是天津俱乐部，东北侧为利顺德饭店，这里形成英租界的行政中心和休闲、集会、娱乐中心区。戈登堂是为纪念在侵华战争中"有功"而且是开辟天津租界走在最前列的戈登而建的，1889年落成，是天津仅有、国内少见的英国中古时期都铎式建筑。该建筑为二层砖木结构，铁皮坡屋顶，青砖墙面，建筑屋中间凸出一个大门楼，上面是台阶形山墙，两侧各有一个八角形三层角楼。檐墙两个塔楼之间是一道雉堞状的墙垛。大楼所有的门窗都是拱形，带有哥特式特点。"设计这座阴森堡垒的建筑师是一位苏格兰传教士，他曾以'天津的维多利亚'来形容它的建筑风格。它成为当时的建筑时尚，英租界的许多早期建筑，大都模仿它的风格"。① 大楼为英租界工部局办公地点，其大厅供集会、演出使用。建国后，大楼为天津市人民政府办公用，1976年地震后破坏不小，但未经修复而拆除，现在解放北路146号是幸存下来的戈登堂附属建筑，入口处有英国中古时期流行的四心圆拱券，这是国内唯一的都铎式建筑的遗存。

从戈登堂的大台阶下来，就进入了维多利亚公园。这是英租界当局为纪念

利顺德饭店1895年新址落成

---

① 《租界生活——一个英国人在天津的童年》，第14页。

女王即位50周年而修建的,占地18.5亩。1887年建成。园中心还有一座中国式的六角亭,周围有一圈花池,四条辐射状道路通向四个角门。该园吸取了中国园林的布局手法,而东、南两侧靠马路有一连串长方的花坛,又表现出英国园林的风格。"维多利亚花园四周围着铁栏杆。除了外国孩子的保姆,任何中国人都不准入内"。"花园门口有一条小路,路的上方有木制棚架,上面爬满了紫藤。……在一些天的下午,英国的军乐队会来到花园的小亭子里演奏,衣着考究的人们或是坐在旁边的绿椅上,或是沿着花坛之间的小径漫步"。① 花园与中古风格的戈登堂相互映衬。在这里的英国人一时会忘记了这是在中国的土地上。

与维多利亚公园隔路相望的是利顺德饭店。该饭店始建于天津对外开埠的初期,开始时规模不大,从1894年开始建饭店大楼,1895年5月交付使用。这是国内第一家外资开设的大型饭店。这也是天津仅有、国内很少能见到的浪漫主义风格的建筑。该建筑的特点是沿街的立面为木制游廊,可供客人休息和眺望维多利亚公园,具有北欧田园风貌。在主楼转角处,建有哥特式的瞭望塔楼,具有中世纪遗风。20世纪20年代和80年代,饭店经历过大规模的改建、扩建,原有岁月痕迹只能依稀可见,不过,内部设施保存完好,它的木质楼梯、原装电梯和室内陈设都保留着20世纪初期的韵味。它的历史文物陈列也成为一大特色。②

这个路口的东南方向是英国俱乐部,由于早期的英租界实际上是各国侨民的居住与活动中心,因此洋人们多称之为"天津俱乐部"。它始建于开埠初期,1904年新建。整体建筑在一个很高的台基上,而瘦长的爱奥尼克式圆柱被装饰

维多利亚路(现解放北路)街景

---

① 《租界生活——一个英国人在天津的童年》,第11~12页。
② 利顺德饭店是钱国重点文物保护单位。

在各窗口之间。俱乐部实行会员制,侨民的上层人士几乎每天在这里读报、喝咖啡、交换信息。

离开解放路与泰安道交口向北,中间经过一些小的洋行、商店就会见到英国人于1924年①开设的皇宫饭店,走过太原道,靠海河的一侧是原招商局所在地,最早来到天津的广东籍买办都先住在这里,这里是19世纪70年代李鸿章在天津办洋务的见证地。

第二个建筑群是从现解放路与保定道交口到解放路与营口道交口。

**1932年维多利亚路(现解放北路)改造为沥青路,图为银行区街景**

这是解放路上银行与洋行最为集中的街区。其两侧依次是利华大楼(原利华放款银行,现114～120号)、金城银行(现108～112号)、华比银行(现104号)、新泰兴洋行(现100号)、花旗银行(现90号)、中南银行(现86～88号)、汇丰银行(现82号)和横滨正金银行(现80号)。其东侧依次是太古洋行(现165号)、福利公司(现161号)、怡和洋行(现157号)、麦加利银行(现153号)、四行储蓄会(现147号)、华俄道胜银行(现123号)、中央银行(现119号)。在这里,首先映入眼帘的是建于1936年的利华大楼,这座建筑用了大量圆弧形的玻璃窗,方圆结合,高低错落,是现代建筑的典范,这也是解放路上落成较晚的一座建筑。而其他各中外银行,则大多采取西洋古典复兴式。这座建筑的基座,柱子、檐部的比例基本上是按典型的西洋古典建筑的比例建造的,不过各个建筑也有变化,显现出不同的风格。

在这些银行中,最有特点的是汇丰、横滨正金和华俄道胜三座大楼。

汇丰银行天津分行建于1881年,是天津第一家外资银行。当年开幕时,李

---

① 天津社会局档,外商登记表。

原汇丰银行天津分行（现中国银行天津分行）

鸿章还应邀出席宴会并发表贺词。1925年，坐落于中街的汇丰新楼落成。这座大楼是由英商同和工程司阿金生和道拉斯共同设计。主楼三层，钢筋混凝土结构，建筑面积5539平方米。汇丰大楼所用的花岗岩为淡粉红色，由海外进口，耗资巨大。大楼采用古典柱式造型，入口处有凸出的柱廊，由4根贯通三层楼高的巨型爱奥尼克柱组成，侧立面是8根爱奥尼克柱并列的柱廊。楼内一层是670平方米的营业大厅，大厅四周是16根天然粉色大理石圆柱，屋顶以玻璃天棚采光，使整个大厅显得分外宽敞和豪华。汇丰银行是对中国影响最大的银行，清政府和北洋政府的许多贷款都是通过它办理的，而作为担保的我国关税、盐税的存管权则大部落入它的手中。它还发行钞票并且长期把持中国市场上外汇与中国货币的比价。每天早上10点，由汇丰银行出面，在上海和天津同时发布外汇比价，可见其特权地位。它还吸收了中国大批存款，庆亲王、李鸿章、曹锟、张宗昌都曾在汇丰天津分行有大宗存款。据统计，1941年在这里存款超过5000万元的大户有2个，2000万的大户有5个，1000万以上的大户有20个。①

日本横滨正金银行1899年在天津开设办事处，第二年改为支店。1900年以后迁至中街，1925年大楼奠基，至今大楼东北角处的奠基石清晰可见。② 该楼设计师也是阿金生和道拉斯。这座建筑的特点是临街正立面为方正、对称的柱式构图，8根科林斯巨柱组成柱廊屹立在1.5米高的基座上，完全仿造了古罗马神庙的列柱门廊，而柱头的雕刻又异常精细华美，加以大门和墙面上的金色装饰板，使大楼在诸多银行建筑中分外抢眼。正金银行总行设在日本东京，它利用特

---

① 常南：《英国汇丰银行的经济掠夺》，《天津文史资料选辑》第九辑。
② 《天津的外国银行》，《大公报》，1927年10月11日。

日本横滨正金银行天津分行（现解放北路80号，中国银行天津分行）

权，发行钞票，也吸收了大批存款。庆亲王、兵部尚书铁良、军机大臣那桐以及军阀段芝贵、倪嗣冲都在这里有大批存款。此外，正金银行还以日本政府为背景，负有特殊任务，它是日本银行（中央金库）在天津的代理，负责办理日本在天津驻屯军的开支业务，它还是日本在津特务活动经费的支付所，日本在津的军事工业部门，甚至可以在这里透支，因此该行成员多是日本人，不让华人参与它的核心业务。①

华俄道胜银行天津分行，成立于1896年（现中国人民银行天津分行之一部）

① 魏伯刚：《天津横滨正金银行与魏家两买办》，《天津文史资料选辑》第十八辑。

华俄道胜银行天津分行建于1896年,总行设于彼得堡,开始时是华俄双方合资,实际上由俄国财政部直接控制,1910年清政府退出。该行设外币交易所,以俄国卢布作为主要交易筹码。1917年俄国十月革命后,该行总行被收归国有,巴黎分行改为总行,天津分行一直经营到1926年。该处是天津目前仅存的古俄罗斯风格建筑。大楼顶部中央是帐篷造型的穹窿,上边又建有采光亭。楼体的细部有多种形式的山花、壁柱,墙体由黄色彩砖贴面,与周围其他银行建筑风格迥异。

建于1919年的美国花旗银行天津分行(现解放北路90号)

第三个建筑群集中于现解放路与营口道交口。

这个路口是英、法租界的交界处。稍加注意,就会发现,现解放路南段(原英租界)和北段(原法租界)在这里不是直通,而是有意地错开了六七米。这一路口的西南角是日本横滨正金银行,而最突出的两个建筑一是处在西北角的中法工商银行(现解放路74～78号)和东北角的大清邮政津局(现解放路111号)两座建筑。中法工商银行设立较晚,是承受中法实业银行而设,开办于1922年。① 1936年现大楼竣工。大楼规模宏伟,总面积达6240平方米,其最突出之处是巧妙地利用地处解放路与营口道拐角的位置,在沿街两个立面采用古典柱式构图,以正门为中心向两侧沿弧线对称排列10根科林斯巨柱,半圆型的高大的柱廊雄视解放路。与中法工商银行隔街相对的是风格完全不同的一座建筑——大清邮政津局。该楼建于庚子年(1900年)以前,是解放路上唯一保留完好的19世纪的

---

① 《天津的外国银行》,《大公报》,1927年10月11日。

建筑。该建筑以中式青砖砌成,但楼体是西式的,而窗门的拱券、壁柱以及雕花又以青砖加工而成,这是带有浓郁中国特色的西洋建筑。这里是我国近代邮政产生和发展的重要见证地。1915年,邮政津局迁出。1921年,天津仪品房产放款公司成立并且在此办公。这是法租界最大的房地产公司,至天津解放前夕,该公司在天津出租土地7万多亩,建有房屋600多万平方米。

第四组建筑是离开营口道向北100多米的解放路与承德道交口,这是法国租界的行政中心所在地。

路口西北方向是原法国公议局大楼(承德道10号);东南方向是原朝鲜银行(现解放路99号);东北方向是原华义银行(现解放路95号)。

**1931年建成的法国公议局大楼(现天津市文化局)**

原法国公议局大楼建于1931年,由仪品公司工程师满德森设计,是法国古典主义风格的建筑。它保持着法国宫殿三段式的特点,特别是主楼与两侧辅楼严格对称,在一楼5个漂亮的拱形门之上,二楼上设虚实相映的柱廊。大楼一层与众多银行的大营业厅不同,入正门后迎面是宽大的大理石台阶,进入中层后楼梯向双向转折再进入二楼大厅。整个楼梯和过厅形成高阔华美的空间,使人拾级而上,渐入殿堂,庄严凝重之感油然而生。这是解放路一带最华贵漂亮的建筑,2006年被定为国家重点文物保护单位。

原法国公议局大楼前面的街道两侧种植了高大的法国梧桐树,形成了天津最好的林荫大道。大楼对面的广场曾被称为克里孟梭广场,用以纪念一位法国总理。法国军乐团经常在这里举办露天音乐会。这里无疑是最具法兰西情调的街区。

第五组建筑是距承德道以北百米现解放路与赤峰道交口。

这里距离法租界开辟之初最早繁荣起来的老界最近,在早期法租界的文献中,就直称这里为"法租界十字路口"。在这里最突出的建筑是法商东方汇理银行,其总行设在巴黎,1907年2月成立天津分行。① 大楼落成于1912年,为三层砖木结构,形式上基本是古典主义的三段论,该楼非常重视门窗的栏杆装饰而且富于变化。

法国东方汇理银行天津分行(现解放北路西洋美术馆)

距东方汇理银行不远,就是著名的华商盐业银行(赤峰道12号)。这是一座由中国建筑师沈理源设计的罗马古典复兴式建筑,建筑面积达6244平方米。沈理源留学意大利,他在设计中能结合中国特色加以创新。如,在柱廊设计中把混合式柱头上的卷涡改为中国回纹式。该楼一层是带科林斯柱廊的八角形大营业厅。厅内顶棚上镶着黄金材料制成的图案,窗上是彩绘刻画的"盐滩晒盐"画面。大厅的地面、内廊柱和营业台均是大理石砌成,极为富贵典雅。该建筑历经风雨,保存非常完好,是国家级重点文物保护单位。著名的故宫珍藏国宝——金编钟被溥仪抵押后长期秘存在天津盐业银行,躲过了军阀和日本人的查找。后来又转移到四行储蓄会(今解放北路147号)地下室,建国后,经理胡仲文将金编钟交给国家。

---

① 《天津的外国银行》,《大公报》,1927年10月11日。

盐业银行所在的赤峰道与解放路交口一带是早期发展起来的中资银行较为集中的地区。辛亥革命胜利后由孙中山签发成立的中国银行天津分行早在1912年10月11日就开始营业,地点就在"法租界七号路24号",①即现解放北路上。不久,该行迁往东面的赤峰道。上海银行坐落在赤峰道100号,而大陆银行在距此不过百米的哈尔滨道上,②中华汇业银行就在一路之隔的大沽路上,著名的新华信托银行则在解放路与滨江道交口(现解放北路10号)。该楼也是由沈理源设计,1935年建成。这是解放路上建成较晚的建筑。该楼建筑面积7026平方米,主体六层,局部八层为退层塔楼。该建筑采用竖线条,立面简洁,挺拔向上,具有现代感。

## 二、洋味十足的自由商业区——"小白楼"

"小白楼"是天津一个特有的地名,主要指原美国租界。1860年以后开辟的美国租界的范围是:东面临海河,西至大沽路,南至现开封道,北至彰德道,面积仅有131亩。

正如本书第一章所述,美国当局对美国租界在很长一段时间里并没有进行过实质性的管理。1880年,美驻津领事照会津海关道,将该界交还中国政府管辖,但保留以后美国重新实施管理的权利。清政府接管后,仅派少数兵丁出巡弹压地面,这里实际上仍处于无政府状态,朱家胡同(现开封道东头)、杏花村一带成为妓院的聚集区,如原为县署衙役的刘六,即在此开设娼寮达数年。③ 1902年,美、英双方私相授受,将原美租界有条件地并入英租界,此即成为英租界的南扩充界。

20世纪初期,这里的大部分土地陆续被先农公司控制,还有一部分则成为俄国富商巴图耶夫的财产。先农公司在这里建先农里,这是"小白楼"核心地区一大片房产。第一次世界大战后,先农公司又购置了徐州道南面的10所楼房。20年代初先农公司又买下了小营市场,随后在大沽路、开封道一带又建了多座楼房及铺面。20~30年代小白楼地区处于商业繁荣的鼎盛时期。

小白楼地区的繁荣,得益于它特有的地理位置和历史特点。

小白楼正处于天津市金融贸易区与高级住宅区之间。小白楼以北,沿现曲阜道、彰德道向北正是外国银行、洋行最为集中的英租界维多利亚路(现解放北路)和海大道(现大沽路);向南则是德国租界。德租界虽然建立时间不长,但是由于地势开阔,人口密度小,尤其是紧靠小白楼的威尔逊路(现解放南路)、德国俱乐部(现市政协俱乐部)一带,是天津外侨居住最集中的地段之一。俄国十月革命以后,大批来津的白俄都集中在这里。1917年德国租界收回之后,这里改为特别一区,其市政建设条件也仍然是一流的。在天津五大道建成之前,一大批北洋人物,如徐世昌、黎元洪、张勋,都住在这里。一直到第二次世界大战爆发前,

---

① 《大公报》,1912年10月12日。
② 大陆银行在70号,见天津社会局档。现为交通银行。
③ 《时报》,1886年9月9日。

这里洋人和富人集中的情况都没有多大改变。在小白楼地区西南方向，跨过墙子河（现南京路）就是著名的高档住宅区——五大道。这是20世纪初英租界"墙外推广界"的主要部分。在1919年以前，现河北路以东已经填平洼地，开始兴建，待20世纪20～30年代，这一地区一幢幢别墅如雨后春笋般拔地而起。这时，一大批下野的北洋人物，相当一部分新型银行家、实业家和高级知识分子都住在这一带。而五大道的规划中，恰恰不准建商店、戏院和其他娱乐场所，这里的居民要买日用杂品，可以穿过伦敦路（现成都道）去西安道黄家花园的商店购买，而要买进口高档商品，买黄油面包、俄式香肠，吃西餐，看原文电影，那就一定要到小白楼来。

小白楼地区的商业发展，还与紧靠美国兵营有关。当时美国兵营曾在三义庄一带，离小白楼近在咫尺。1927年，美国兵营迁往现马场道与广东路交口（现天津医科大学东院），①这里离小白楼也不超过1千米。据当时天津市公安局调查，1928年，美国在天津的驻军有陆战队1500人，步兵800人，空军75人，共计2300人。美国驻军后来也一直保持着相近的规模。每到美国兵发饷和假日，小白楼就成了美国兵的天下。报载：美国兵"因长官疏于约束，每日走各饭店及酒店，醉后则四处滋扰，致娱乐场所多有美兵足迹"。②他们"每每在舞厅强拉华妇，强使跳舞，与男客冲突""前日美兵发饷，上街尤多""深夜乘坐洋车，往返奔驰"。小白楼是数千名美国大兵购物、娱乐的主要场所。

这里的商业繁荣和娱乐业的发展，与它的历史地位也直接有关。不仅1860年以后直至1902年这40年间这里几乎没有人管理和收税，就是1902年收为英租界南扩充界以后，英租界也并没有把这一片混乱无序的地区作为自己的发展重心。因此，这里既无现解放路、五大道那样的完整规划，也一直没有严格的市场和税收管理。这就为这里的商业自由发展，而且大多由外国人尤其是白俄和犹太人经商创造了条件，也使这里的商业带有明显的多国色彩。对于娱乐业，像舞厅、赌场，英租界历来是严格控制的，对于妓院则更是严禁。而小白楼地区则完全是放纵泛滥的局面。

小白楼地区的商业和服务业与市中心劝业场一带不同，显得"洋"味十足。这里的顾客华洋各半，而来这里购物消费的华人也是奔洋货来的。这里靠近码头，一些来自大连、营口跑码头的商人也来此休闲、购物。精明的中国商人，特别是稍晚来津发展的南方商人，看准了这里的商机，开设了专营洋货的商店。最大的一家百货店是开设在现大沽路小营市场的裕恩永，所营商品一律为进口货，价格昂贵，面向洋人与富裕华人。相邻的小营市场则是一家中等规模的食品商场，以销售高档蔬菜，名贵鱼虾畜肉为主，主要也是面向高端顾客，就连以经营针头线脑而驰名的一家小店——天香室，所售商品也全由德商世昌洋行进口。此外，大沽路、开封道上有好几家规模不小的绸缎庄。1927年开业的益昌祥一改天津老店的经营，大量购进白俄妇女喜爱的大格大花绸布，销路一直看好。一些天津

---

① 《美兵营将移英界》，《大公报》，1927年5月19日。
② 《大公报》，1927年7月16日。

旧城的老店也开始迁来。著名老店德华馨（鞋店）在大营门开设了第三分店，开幕第一天就卖出 2000 多元。① 靠开封道北侧，开设有高档皮鞋、皮货店，专售进口货。天津最讲究、时髦的富人买皮鞋、皮货，首选是到小白楼。

这里还聚集了"西洋女成衣局"，在朱家胡同（现开封道东头），"一条街上有二十多家，大多由上海、杭州、苏州人……经营"。这些服装店铺面不大，一件衬衣的工价却是 3～4 元。"他们的子孙能升入中学，有两家子女在北平上大学。每年夏天，他们还可以去一趟北戴河。"一位作者叹曰："这手艺人中，真天壤之别。"②

小白楼地区所有的商店，特别是餐饮业的售货员、服务员以及街头摊贩、擦鞋的、报童都能用俄语与顾客要价还价、简单交谈，有的还会和俄国人、犹太人聊大天，能说英语的也不少。这在天津仅此一处。初次逛小白楼的天津人，往往会驻足观看，十分惊奇。

这一地区的商店极富国际色彩，漫步在徐州道、开封道，你会感到与欧洲城市的商业区没有什么区别。

小白楼地区外国商店一览③

| 路名 | 原门牌号 | 名称及开办时间 | 经理 | 资金 |
| --- | --- | --- | --- | --- |
| 开封道 | 16 | 高德大药房 | 德伯克夫 | 120 元 |
| | 24 | 义成洋行 1929 | | 2000 元 |
| | 35 | 汉士药房 1935 | | 5000 元 |
| | 41 | 卫生牛奶房 | | 150 万 |
| | 42 | 西毕立面包房 | 列尔曼 | 1000 万 |
| | 44 | 葛达也夫奶房 | 葛达也夫 | 80 万 |
| | 53 | 欧洲食堂 1934 | | 5000 元 |
| | 58 | 新药房 | | |
| | 59 | 柘植商店 | 石化瓦立 | 100 万 |
| | 61 | 大米商店 1941 | 沙别拉金 | 180 万 |
| | 64 | 伊克洋行 | | 200 万 |
| | 65 | 桑妥斯咖啡牛奶洋行 | | 150 万 |
| | 67 | 美薄利公司 1925 | | |
| | 70 | 美米高梅 1934 | | |
| | 73 | 远东水酒厂 | 夫瑞曼 | |

① 《天津鞋店老字号德华馨》，《天津文史资料选辑》第三十四辑，第 139 页。
② 《大公报》，1936 年 4 月 7 日。
③ 本表资料是按当时档案记载整理列出，因时代的原因，资金的货币单位并不统一。

（续表）

| | 先农里 | | 天津肠子铺 | 列文 | |
|---|---|---|---|---|---|
| | 徐州道 | 3 | 美兴洋行 | | 20000 元 |
| | | 4 | 公义洋行 | 陆丹 | |
| | | | 维士德酒馆 | | |
| | | 17 | 华沙酒馆 | | 100000 元 |
| | | 18 | 莎卫饭店 | | 200 万 |
| | | 32 | 一字告微杂货店 | | 50 万 |
| | | 35 | 瑞德斯酒吧 | | 20000 元 |
| | | 41 | 好莱坞酒吧 | | 10000 元 |
| | | 42 | 摩登鞋店 1932 | | 20000 元 |
| | | 54 | 世瓦斯钟表店 | | 1200 元 |
| | | 91 | 罗斯古多夫美容社 | | 2000 元 |
| | | 103 | 包我不及点心酒馆 | | 30000 元 |
| | | 105 | 夫屋夫满肠子罐头 | | 20000 |
| | | 115 | 郭满药房 | | 5000 元 |
| | | 107 | 大维咖啡馆 | | 3000 元 |
| | 威尔逊路（现解放南路） | 14 | 屋古洋行（手提包） | | |
| | | 19 | 玫瑰妇女洋服店 | | |
| | | 23 | 莎菲帽店 | | |
| | | 25 | 范勃基号钟表店 | | |
| | | 26 | 倪洛洋行，杂货 | | 150 万 |
| | | 27 | 摩登药房 | | |
| | | 28 | 奥起士林 | | 8000 元 |
| | | 30 | 模范牛奶厂 | | 500 万 |
| | | 32 | （犹）汉士饭店 | | 2000000 元 |
| | | 44 | 薄利楼酒吧 | | 1000000 元 |
| | | 49 | 织云女子服装商店 | | 200000 元 |
| | | 50 | 马德呢舞厅 | | |
| | 浙江路 | 15 | 大阔饭店 | | 20000 元 |
| | | | 斯塔舍夫斯基商店（制莫斯科硬肠） | | |

（续表）

| | | | | |
|---|---|---|---|---|
| 大沽路 | 430 | 维士德酒馆 | | 50000 元 |
| | 436 | 大极酒馆 | | 40000 元 |
| | 442 | 义国酒馆 | | 1000000 元 |
| | 442 | 美国酒店 | | 20000 元 |
| | 电灯房胡同4号 | 阿力巴巴酒吧 | | |
| | 大沽路菜市内 | 欧洲食品店 | | |

资料来源：据天津社会局档《俄国商会会员登记》；《调查外商公司商号》等整理。

小白楼地区的建筑多两层的联排楼房，没有太大的特色。如前所述，这一地区不仅社会无序，建筑也远不如英租界其他地区，它的大片地区都属于先农公司以及河东业兴公司、东升公司、德盛洋行所建的经营性出租房。先农公司在开封道两侧盖了5座较好的公寓楼（主要由洋人居住），与同期五大道的建筑则不可同日而语。真正上档次的仅有大沽路上紧靠天香池的"济安大楼"，这是一座四层公寓楼，分四个门楼，每层两户，每户有大客厅、卧室、餐厅，带冷热水的卫生间，每套房子都在100平米以上，这在20世纪30年代已是很高的规格。这里几乎没有单体的豪华别墅，达官显贵、北洋寓公和外国富商也不会落户在这里，这是一个功能十分鲜明的商业、餐饮和休闲区。

这里有代表性的建筑一是起士林和维格多利餐厅，二是以平安为代表的三家头轮电影院。

1905年阿尔伯特·起士林在天津创办起士林点心铺，以后不断扩大为西餐厅

天津最有名气的西餐厅首推起士林。阿尔伯特·起士林(Albert Kiessling)出生于1879年,年轻时是远洋轮船上的厨师。1904年到香港一家德国人开设的西餐店任厨师。1905年,他在天津法租界大法国路(现解放北路)开设了西式点心铺,并且以自己的名字命名。起士林的面包、糖果、西点最为著名。以后由于与法国士兵发生了冲突,法租界当局强令其迁出。1906年迁至德租界威尔逊路(今解放南路)。1913年巴德(Bader)加盟。这时,起士林发展成供应德式、法式西餐为主的西餐厅。它的面包、糖果还成批量地供应京山铁路沿线的外国驻军。20世纪30年代,起士林先是在南京开设分店,后来又在上海开设了两家分店,北戴河的分店更是沿续多年,起士林一度是中国西餐业的知名品牌。

"维格多利"是20世纪40年代初在义顺合大餐厅的原址上兴建的大型餐厅,由俄籍犹太人普列西和中国人齐如山、郝如久合资经营。这座四层大厦雄踞浙江路、建设路、开封道和现南京路交汇之处,面对义路金花园与平安影院,从五大道方向去小白楼,或是沿墙子河(现南京路)去小白楼,这座大厦都是最抢眼的建筑,可以说是小白楼地区的标志。大餐厅与中式餐厅完全不同,一、二楼迎面都是落地大玻璃窗,视野极为开阔。从外面观看,幔帘垂落,灯光柔和,气氛十分高雅。入门后,左侧有大回转式的楼梯通向二楼,而一楼大厅舞池上是一个巨大的天井与二楼相通,这就使一楼大厅(咖啡、点心)空间倍增,坐在周边的钢架皮椅上,一眼可以看到二楼屋顶上垂下的豪华吊灯。而二楼餐厅座位之间空隔很大,舒适而安静。这个餐厅经营有方,除了正宗俄式西餐以外,还推出适合天津人口味的一些小吃和菜肴。20世纪40年代,维格多利的经营和规模就超过了起士林。

20世纪30年代,天津有三家头轮电影院,即平安、光陆和蛱蝶,它们都集中在小白楼一带。

平安电影院(现音乐厅,原建筑不存,已重建)

平安电影院成立于1922年,其设施和内部回廊、楼上两厢的装饰都是欧式剧院的风格,座席达1000多个,是20世纪20年代天津最讲究豪华的影院。这里票价昂贵，楼上长期卖 2 元，"平昔看客，多属西人"。① 它每逢周日、二、四换新片，而说明书全是英文，所以"中国人除了几个认识洋文的人以外，其余光顾的很少"。② 1928 年以前，平安向来不映国产片，在无声电影时代，也只有英文字幕。1929 年，平安影院进口了有声电影放映机，"与世界上最大的'洛士'戏院设备完全相同"。③ 这部由美国西方电影公司派出的工程师安装的机器，无疑处于世界一流水平。1930 年元旦，它独家上映了有声五彩影片《歌舞升平》，成为天津文化生活中的一件大事，不过，由于票价昂贵，"中产以下，相率裹足"。④

光陆电影院（今解放南路北京影院）由白俄库拉也夫经营。这座影院不仅规模大，音响效果好，而且它虽分楼上、楼下，但是实际上座位由前到后，成坡状上升，楼上不过是略高一阶，这使整个影院无视觉死角，更无前排遮挡之碍，在设计方面是颇具匠心的。光陆电影院在 1931 年 2 月 1 日开幕。1935 年 11 月 4 日，它发出预告：将采用 1935 年发明的新式声机 WIDE RANGE，现已安妥，为远东第一部，上海已来人参观。⑤ 该机使用时，放映了嘉宝十周年纪念作品——由托尔斯泰的名著《安娜·卡列尼娜》改编的《春残梦断》。

早期的蛱蝶电影院

蛱蝶电影院（今大光明电影院）开始由中国人韦耀卿建立，后卖与泰莱悌，改名为大光明。这里不仅雇有印度门卫，场内售冰淇淋的男孩也一律著西式礼服。影片放映时无人起立出入，场内极为安静，与华界的吵闹人声完全两样。大光明的放映机几经更换，始终在映像、音响方面处于国内一流。它所放映的美国新片

---

① 《大公报》，1927 年 6 月 17 日。
② 《大公报》，1929 年 1 月 15 日。1927 年 6 月 17 日。
③ 《大公报》，1929 年 12 月 31 日。
④ 《大公报》，1930 年 4 月 11 日。
⑤ 见《大公报》该日广告。

与美国本土相比,时间不会晚过半年。1929年11月,有声电影刚刚问世,它就预告将映出有声电影《爱火情歌》。1930年1月2日,它首映《断魂桥头》(即《魂断蓝桥》),引起很大的轰动。不过,大光明始终自视甚高,直到1935年它才破例放映国产片,即明星公司司徒慧敏的《自由神》。其在广告中自称"若非巨片,绝对不能映于从不公演国片的大光明影院"。①

到20世纪30年代中期,平安电影院与20世纪福克斯、联美两大影片公司订立长期合同,这两家公司的影片直接进口并且全归平安首映。与此同时,大光明影院首映派拉蒙公司的作品;光陆则首映米高梅公司的影片。②

### 三、马可·波罗广场的建设与意式建筑群的形成

在天津的各个租界中,意大利租界开辟较晚,而且面积不大,仅比最小的比利时租界多30.25亩。不过意租界的开发相当迅速,而且很快就形成了天津租界最早的富人居住区。

意租界的开发,从地理区位上有不少有利条件。一是这里离火车站最近,下火车之后到意租界大马路(现建国道),不过二三百米,最远处也不超过1千米。在汽车尚未普及的民国初年,这正是一个步行街区或乘马车的距离。在民国初年的社会动荡中,北京军政界的人物来津暂住,大都选中这个进出北京极方便的地方;二是这里距当时天津的行政中心最近。民国初年至20世纪30年代,天津的各行政机关、市政府都在现河北区中山路一带。天津市的不少官员,包括三任天津市长都住在这里;三是这里通往市内各处的交通十分方便。1906年天津的有轨电车通行,不久,电车由东南城角通过金汤桥往老龙头火车站,随后又通过法国桥往法租界;四是整个意租界的西、南方向都有海河绕过,它像半圆型的半岛一样伸向海河。在现大沽桥、广场桥、北安桥、进步桥均未修建的情况下,意租界的核心地带是半封闭状态的。一般路过的车辆均从大马路(现建国道)通行。如果不是本界的车辆或住户,就没有必要从中穿行,这种区位有利于它保持一定静谧的环境,而这正是高级住宅区所必备的条件;最后,意租界开发较早(民国初年),入住这里的北洋人物多数在1912年至1925年之间,而这时,天津"五大道"、劝业场地区包括赤峰道的住宅区还在初建之中,大批北洋的头面人物如曹锟、段祺瑞、倪嗣冲等,包括梁启超都首选入住意租界。不过10年左右,不少人又迁居英、法租界。

在1902年意租界划定之前,这里是海河东岸的一片低洼地,只有少量住户,沿河岸边是长长的"盐坨",其余则是水塘和垃圾堆。意租界的平均地面比其他各个租界都低,有些地方甚至比目前地面低20英尺。在这样一个地方开发,无疑会遇到很大的困难。

在意租界开发初期,意大利青年军官费洛梯做了很大贡献。③ 费洛梯原来是

---

① 《大公报》,1935年11月4日。
② 《大公报》,1937年2月14日。
③ (英)雷穆森著,许逸凡译:《天津的成长》,《天津历史资料》第10期,第69~71页。

一位海军陆战队的中尉,罗马政府看准他的聪明干练,任命他为意大利驻天津领事和租界的行政委员,并授予上尉军衔,让他负责租界的全面开发,他上任后还兼任工程师、卫生专家、公用事业顾问数职,事无巨细,全面负责。他所面临的最大困难是财政问题。那时,意租界的市政收入每个月不过 200 个银元左右,而意大利政府只提供给他 25000 元供修下水道系统的费用,要开辟一个新城区,真是杯水车薪。

费洛梯慎重地制定了租界的开发方案。他用微薄的市政收入首先从事基础建设。先是把海河淤泥废土用人工拉来,垫平沼泽和低洼地,然后又开始详细的勘测和规划。在不长的时间里,就使整个意租界的地面比 1917 年大水的水面高出 5 英尺。下一步就是按计划修路。意租界的开发要比英、法租界晚了许多年,但是在道路建设上却后来居上,采用了当时最先进的沥青铺路技术。费洛梯亲自指挥,成为天津最早研究使用沥青铺路的人。1914 年,他与纽约美孚公司签订合同,在大马路(现建国道)进行实验,获得成功后又向其他道路推广。到 20 世纪 20 年代中期,意租界绝大部分路面都已铺上沥青,在各个租界的道路建设中处于领先地位。

在房屋建筑和房地产开发方面,费洛梯也有自己一套行之有效的方法。这就是鉴于意租界财政收入的困难,采用较低的地税和房捐来吸引投资,同时又设法控制地皮的炒作。意租界开发的消息传出,不少人看准它优越的位置和房地产升值的潜力,来此购地建房者十分踊跃。费洛梯并不因此而提高地税房租,而是一直把地税控制在估定价值的 0.5%,房捐率为 3%;后来虽然分别提高为 0.75% 和 5%,比起其他租界,仍是最低的。这样就吸收了大量的资金向意租界房地产投入。当然,这样低的地产税率,很容易引起一部分炒卖地皮的人,他们会只买地皮不建房,以待地皮紧缺升值炒作。因此,费洛梯又设立了"建筑不足额地亩捐"。即业主买了地皮,必须在法定的年限内,完成地面建筑的施工,否则便要课以每亩 20 两白银的重捐。这实际上是以罚金来迫使业主按期建房,这无疑促进了建设速度。意租界的迅速发展使它的财政状况有了很大的改善。在租界成立之初,年收入不过 2000 两。到 1923 年,收入为 165000 两,支出为 75000 两,净余 89000 两,这就使投入其他项目的建设成为可能。①

费洛梯对意租界的街道走向和房屋设计也提出了有益的主张。他特别在规划中设计了两个文化广场,即在两条十字交叉的主干线上(现民族路和自由道、民生路和自由道)以意大利著名旅行家,也是沟通中意两国文化的使者——马可·波罗和意大利最伟大的诗人但丁命名的广场。费洛梯对房屋设计的艺术性和整体景观的协调提出要求,明文规定:各座沿街楼房的图纸不准重复使用,从而使这里的意式花园别墅形态各异。随着当局财力的增加和建设的投入,为居民服务的俱乐部、花园、菜市、消防队等公共设施也逐步建成,使这里形成了一个完整的居住区。这是意大利在海外建成的系统的意大利建筑群。

在这里,最突出的、最有代表性的标志性建筑是马可·波罗广场和广场周围

---

① 《天津的成长》,《天津历史资料》第 10 期,第 69~71 页。

意租界马可·波罗广场，其前侧建筑为回力球场

三组带有凉亭的建筑群。广场是意大利城市中市民集会、休闲的中心，一般靠近教堂和行政中心。罗马的广场就有数百个，威尼斯的圣·马克广场更是举世闻名。这是中国城市建设中从来没有出现过的完全不同的景观。广场并不像许多人想象的有超大的面积。马可·波罗广场完全引入了意大利城市广场的理念。它的中心是座高十余米的科林斯巨柱。柱下围着喷水莲池，柱顶是铜铸双翼和平神像。以这座石柱为中心，整个广场是不断向外拓展的同心圆，一直到人行道，而周边建筑也是圆的排列，弧形的围墙把广场围成一个大同心圆。当时的入住华人不习惯"广场"的称呼，而把它称为"圆圈"。位于偏东的但丁广场叫"东圆圈"，位于偏西的马可·波罗广场被称为"西圆圈"。

广场周边的住宅楼群建成于1908～1916年，建筑形式是流行于19世纪后半期的地中海式的浪漫风格。这些建筑引起人们注意的最大特点是俏立于住宅楼顶上风姿绰约的凉亭。这七座不同方位的凉亭有的是方形，有的是圆形，支撑凉亭的柱式也各有不同，亭柱间的拱券又有方形、椭圆式、尖拱形之分。凉亭屋顶出檐很大，这在阳光灿烂的意大利会起到遮阳的效果。在这些建筑中又以广场西北角（民族路80号）的一所庭院更具代表性，它一度被称为"女神别墅"。这座白色小楼共有住房14间，在镂花围墙与楼房之间是秀丽的小花园。角楼上的方形三联尖拱别具风采。清末署理两江总督兼广州将军张鸣岐曾住在这里。

与"女神别墅"对面的，即广场东南角是意国花园。花园面积不是很大，但求精致与舒适。花园靠近广场的主体部分有罗马式凉亭、喷水池和花坛，偏南侧曾是运动场，1934年以前每到冬天泼水为冰，是天津有名的溜冰场。这里的溜冰会由意国工部局乐队伴奏，1928年2月21日《大公报》报道：前日"与会者200人，化装男女，华人闺媛居强半数。由于这里的居民绝大多数是华人，所以公园东

马可·波罗广场周边地中海风格的建筑

侧修了中国儿童游戏场、避雨亭、葡萄架。1934年回力球场建成后,公园东侧成了僻静之处。马可·波罗广场三面被带角亭的小楼环绕,靠东南侧是绿荫一片,给人们的视野留下一片空间。雕像、广场、公园、角亭相映成趣,构成了十分浓郁的地中海风格的建筑群。

紧靠意国花园的是意租界最高大的建筑——回力球场,它是由意大利建筑师鲍乃弟(Bonetti)设计,1934年建成,建筑面积6429平方米。大楼主体为四、五层交错。大楼最显著的特点有两处:一是楼顶南北两座造型别致的塔楼,南小北大,相互呼应。塔楼呈八角缩尖角柱形,与先期已建成的劝业场、惠中饭店的塔楼十分不同;二是大楼正面和北面高处墙面上有表示各种回力球运动姿势的8组浮雕。浮雕高近5米,动感十足。人们从很远处看就会感到运动场的气氛。不过,意租界当局一味敛财,回力球场变成了天津最大的赌场。

除马可·波罗广场周边的建筑以外，比较有代表性的公共建筑还有建于现建国道上的豪华教堂——圣心教堂（1910年）、意国医院（1922年），建国道上另一个意式建筑是屋顶设方形坡顶阁楼的意大利领事馆（1930年），离它不远，是后墙在建国道，门面朝向光明道的意大利兵营，这是一座至今保存完好的拱窗明廊、楼高院阔的庞大建筑，意大利政府经常在这里驻扎着远比它驻津侨民数量还多的军队。此外，整个意租界还有为数众多的意式住宅楼以及中西合璧的代表性建筑，其中最突出的是汤玉麟故居和鲍贵卿故居。

汤玉麟故居在现民主道38号，这是天津最有代表性的意大利文艺复兴风格的建筑。汤玉麟是奉系军阀，后任热河都统，攫取了大量不义之财。1934年底来津从原北洋政府交通总长吴毓麟手中购得此宅。吴曾以职务之便，运来大批花岗条石为大楼墙基，此为其他建筑所不可企及。这座大楼布局对称，入口有圆拱券门，楼前的廊厦下有左右坡道，汽车可直抵大门前。该楼最突出是二层中央有三个连拱券门，前面是带有瓶饰栏杆的大阳台。整个楼面、窗口多处用了精致的洛可可风格的雕饰，使全楼突显庄重豪华。

位于平安街81号的鲍贵卿住宅则是意式风格与中国传统相结合的代表。鲍贵卿曾任北洋政府陆军总长、中东铁路督办等职，后长住天津。他早年毕业于天津武备学堂工兵科，懂得一些建筑知识，据说这座建筑是他自己设计的，至少是受到他的很大影响。该宅的会客楼正立面的前廊、栏杆、长窗、屋顶大出檐等都带有明显的意大利风格，而楼顶上的三个亭子却各有特点。从东向西，一个是中国古典圆亭，一个是西洋古典方亭，最西边的是西方现代方亭，倒也体现着与众不同的情趣。这座建筑的确是中西建筑文化交汇的见证。

建于1916年的意式民居（现民主道与民生路交口）

这种中西合璧式的建筑还有坐落于博爱道上的孟养轩住宅。

我们在这个街区不仅可以看见多姿多彩的建筑文化,而且它还体现着丰厚的历史文化内容。意租界兴建之初正值民国初年政治动乱的年代,来自北京的大批军政界人物在这里进进出出。1917 年,随着北京政权"府院之争"日益激烈,居住在意租界大马路的段祺瑞更是把这里视为集聚力量与黎元洪抗衡的基地。他在意租界二马路(现民主道)段芝贵宅右侧又租妥一所楼房,其眷属早已迁居天津,而安徽督军倪嗣冲的住宅距此不过数百米。1917 年 7 月张勋复辟发生前,这里风声日紧。6 月 19 日,热河都统姜桂题上午 11 时由京到津,下午 2 时 30 分赴德租界拜会徐世昌,3 时赴意租界拜会倪嗣冲,4 时又拜会段祺瑞,"所谈维持时局,疏通意见"。姜氏遂于次日早车回京。北洋时期,历来有"北京是前台,天津是后台"之说。在民初的一段时间里,由于段祺瑞主要在这里活动,意租界一度成为这个"后台"的主要组成部分。待张勋复辟发动之后,从北京来津避难的人们,下火车之后首先拥往意租界,以致这里人满为患,租房困难。

在居民中,还有不少在天津有一定影响的工商业者。而这里良好的市政建设、优雅的意式建筑以及安静、舒适的环境更吸引了不少知识界的人物入住。天津著名的书法家华世奎、章草书法大师郑诵先都入住这里。这里还是我国戏剧大师曹禺(万家宝)度过童年、少年时期的地方。曹家在清末落户天津,先是住在小白楼,1910 年 9 月万家宝就出生在那里。民国后万家买下意租界二马路的两座小楼(现民主道 23 号、25 号)。比起东西两侧的邻居(东侧是段祺瑞宅、段芝贵宅;西侧是后来迁入的曹锟)这两座带小阳台和回廊的住宅并不十分显眼,是一座较为普通的住宅。毫无疑问,天津的社会大环境、南开中学的教育和影响以及少年时期家庭周边的种种文化氛围都对曹禺的成长起着重要的作用。

修复后的"饮冰室"

尤其值得称道的是，这里是我国著名的维新派领袖和学术大师梁启超的书斋——饮冰室所在地。从1915年至1929年梁启超逝世前的14年中，大部分时间他都是在这里度过的。梁启超在这里不仅策划过反袁的护国运动，他的最有代表性的学术专著，如《清代学术概论》《中国近三百年学术史》《中国历史研究法》等，都是在这里完成的。一代文化巨匠在天津度过的时日和留下的鸿篇巨著，是中国文化史上的重要篇章。饮冰室书斋是一座带半地下室的两层小楼，建筑面积949平方米。正面有三个小拱门，门前是分向两侧的石阶，石阶之间是一个小型蓄水池，而拱门之上又有带宝瓶花样护栏的阳台。圆拱、石阶、阳台使小楼正面空间层次多变，自由活泼又优雅宁静，再配以楼前的花坛、甬道和透空花墙，鲜明地表现了意大利文艺复兴时期花园府邸的特色。这座建筑是意大利工程师白罗尼的创作。饮冰室与梁氏住宅楼距马可·波罗广场仅200多米，在现民族路沿线各具特色的意式建筑中，不仅其建筑特点引人注目，而且因为梁启超的入住，使这里成为整个意式建筑群中最具魅力的人文景观。

## 四、新型的城市商业、娱乐业中心——劝业场地区

劝业场地区是天津的中心区，这里不仅是商业中心、餐饮业中心、娱乐中心，也是市内交通的枢纽。它的形成可以追溯到20世纪初期。

这一地区属于法国租界。一直到19世纪80年代，"法国租界就比它的邻居（指英国租界）远远落后了。当时的大法国道也和过去一条便道差不多的道而已。"① 20世纪初期，法租界的西界由现大沽路一直扩张到现南京路以东的广大地区。"法国租界的一半地区，在法国河坝与墙子河之间的地带，在10年前（引者按：作者此书出版于1924年）还是未开辟的荒地。在接连通往天津县城的街道杜领事路（按：今和平路），与英国租界的达文波道（按：今建设路）以外的地带，尽是大的臭水坑，偶尔有几所中国人的房屋、木材场和荒地"。② 1920年前后，今辽宁路正阳春饭店北面仍然是一个露天粪场，现劝业商厦则是先农公司用来存放建筑材料的空地。而现中心公园一带原来是一个大水坑，1916年才填平。

促使这一低洼荒芜地区发展起来的一个直接原因，是有轨电车的通行。

有轨电车的出现是城市交通近代化极为重要的一步，而天津正是我国第一个通行电车的城市，后来更成为在城市交通中电车占比重最大的城市。如本书第六章指出的，从1906年有轨电车开通后，陆续开通了黄牌、红牌、蓝牌、绿牌等电车，形成了城市轨道交通系统。电车的通行使人们在生活上发生了不小的变化，从旧城区、日、意租界前往法租界购物消费成为十分便捷的事，以致一般百姓在称呼街道名称时，根本不称洋人命名的"26号楼"或"福煦将军路"，而是称"绿牌电车道"，其他的则是"蓝牌电车道""红牌电车道"。以劝业场为代表的中心路口正是红、黄、绿、蓝4路电车交叉转向的枢纽。从这里，往西北，可通日租界、南市和旧城区；向东南，可通往海关、码头；向东北，可通往火车站、意租界和河

---

① 《天津——插图本史纲》，《天津历史资料》第2期，第33页。
② 《天津的成长》，《天津历史资料》第10期，第67页。

东;向西南,经过滨江道可达老西开。现劝业场中心路口形成了十分明显的十字交叉,为这里形成天津城市的交通枢纽和商业中心提供了客观条件。

　　商业中心向劝业场一带转移更是天津城市发展的必然结果。天津的商业中心,本来在估衣街、东北角一带,但是随着天津城市发展,商业中心区不断向南转移。这一方面是由于进入20世纪以后,各国租界,尤其是英、法租界迅速发展,日租界的居民也在迅速增加,日、法、英租界显然存在着一个巨大的市场。劝业场地区所在的法租界与英租界又不同。英租界凭借着强大的实力发展金融、外贸,它的不少地区对商业的发展有种种限制。法租界没有这样的实力,只好鼓励商业的发展以增税增收,另一方面,华界所遭的历次兵燹洗劫也促使商业重心加快向劝业场一带转移。1912年袁世凯指使曹锟发动"壬子兵变",抢劫了北门外大街和宫南大街。待各店刚刚复苏,1920年爆发了直皖战争,1922年、1924年又有两次直奉战争。天津的华界都无一例外地卷入战乱,成为军阀争夺抢占之地。繁华的北大关、宫南、宫北大街一次次地遭到乱兵掳掠。不仅老城区的富户在多次向租界逃难暂住后干脆迁往租界,大批天津著名的老字号、名店也纷纷南迁。"稍有余力之商号,缘担负过重,俱纷纷向租界迁移,以致各租界内,寸地寸金,绝少余隙,而迁移者仍纷至沓来"。① 1922年以后,先是北门里天津最著名的大金店恒利、物华楼迁至日租界(以后物华楼又迁至英租界,"九·一八"后,又在法租界滨江道设分号)。天津最著名的老九章、大纶绸布呢绒店也由估衣街迁往旭街。而旧城区的银号则几乎都迁入法租界。滨江道的杨福荫路和长春道的四德里,竟成了钱庄街。正兴德、成兴两大茶庄,乐仁堂、达仁堂、隆顺榕三大药店则都在劝业场附近开设了分店。② 有些商店先是在租界开设分店,原处为总店,而后竟升分店为总店,老店却成了分店。这要以著名的德华馨鞋店最为典型。此店1912年在大胡同开业。1924年第二次直奉战争后在天祥市场(现劝业商厦新楼址)下设了第一分店。1929年又在相距数十米的南侧劝业商厦正门旁开设了第二分店。这时,劝业场一带人流如潮,购买力极强,而老城区日见萧条。到1932年,德华馨干脆把一分店改为总店,大胡同老店降为一分店,三处日销达2500元以上。③ 另一家大型鞋店同陞和也是1912年创办于估衣街,1926年则在劝业场近邻竹远里设第一分店。1930年,惠中饭店刚刚落成,店主看准了惠中饭店底层拐角处这一黄金位置,开设了第二分店。此处占尽了劝业场中心地位的风光,借以与另一处名店——盛锡福帽厂对抗。单就鞋店来说,在劝业场底商门面还有一家实力强大的金九霞,在现和平路、滨江道交叉口附近还有久恒、天顺、久成、沙船等各具经营特色的鞋店,男女皮鞋、便鞋、绣花鞋、童鞋都可以定做。劝业场一带商业的繁荣,于鞋店的发展可见一斑。④

　　在天津商业中心形成的过程中,1928年劝业商场大厦的建成和开幕是最令

---

　　① 《天津绸布地毯皮货等二十个同业公会沥陈华界商务萧条租界繁荣原因请收回奢侈捐文》,《天津商会档案》(三)第4册,第415页。
　　② 《天津早期商业中心掠影》,《天津文史资料选辑》第七十六辑。
　　③ 《天津鞋店老字号德华馨》,《天津文史资料选辑》第三十四辑。
　　④ 《天津同陞和鞋帽店的变迁》,《天津文史资料选辑》第三十四辑。

人关注的事件。

在劝业商场出现前，这里曾建成了天祥商场（1924年开业，现劝业商厦北侧新厦址）、泰康商场（1927年，在天祥对门），不过其规模和经营都远不及劝业商场。

劝业场的创建者是原德商买办高星桥。高星桥原来是德商井陉煤矿天津售煤处的经理。20世纪20年代中期他到过上海，见到上海的发展远超过天津。上海在1915年以后几年中，南京路上的先施公司、永安公司等大型百货商场纷纷拔地而起，繁华异常，他认定，天津也要建成这样的大公司，而且要建十一层高楼。他看准了现劝业场这块地皮的前景，以每亩2万两的高价买下这5亩2分地，合银10万4千两。不久，他又将劝业场对角现交通饭店的地皮高价买下。这样，他就买下了劝业场这十字交叉路口对角两处。1928年2月3日，商场破土动工。在工地围墙上，画上了大厦立体图案，这在当时是十分少见的，引来行人驻足观看。这时，电车早已通行，不少爱看热闹的天津人特地来看这个从未见过的大工程。一个月以后，对角的交通饭店以及和它一体的龙泉澡堂也动工了。两处工程的脚手架竞相耸立，引起全市的关注。这座大厦的设计师是法国人慕乐。大厦的建筑风格是西洋古典折中主义，吸收了西洋古典的各种形式，使建筑物形式显得活泼、多变。大厦采用钢筋混凝土框架结构，楼房各层间的檐部采用古典手法装饰，又有宝瓶式的栏杆。大厦顶层转角处有圆穹顶和采光亭的塔楼。大厦完工后，曾以沙石在顶层坨梁上做荷重测试，认为全场可以负重2万人以上，并且保证99年不出危险。这座商厦已被确定为国家级重点保护单位。

1928年12月，商厦已完工，隆重的开业典礼即将举行。21日，劝业场大厦、交通饭店和龙泉浴池挂满彩色电灯，而且高星桥以5000元请到英国驻津的苏格兰军乐团前来助兴，一时九衢轰动，市民踊跃前来观看，当天场内各店户随即营业，游客真的达到了2万人。

与劝业场同时落成的是交通饭店。饭店主体三层局部六层，楼顶建有八角形碉楼，楼体立面多水泥花饰。交通饭店与劝业场成犄角之势。它的规模不是很大，但内部设施讲究，是当时首屈一指的豪华型饭店。

处于和平路与滨江道十字交叉西南角的建筑是著名的惠中饭店。该饭店由上海人以高价从高星桥手中购得地皮，由上海华中营造公司设计。该楼大部分为五到六层，塔楼高耸为九层，建筑面积达13106平方米，它的底层则沿现和平路拐向滨江道，全是底商店铺。饭店1931年开业，房客多为官绅商人。后来，法租界的交际花也多出入其中。由于它与中国大戏院只一路之隔，因此，来中国大戏院唱戏的名角也大多住在这里，曹禺正是取材于此，而写出名剧《日出》。

1928年天津劝业商厦的建成是天津市新的商业中心形成的标志。它表明，天津城市的重心已经极为明显地转移到城区南部，这里存在着一个有强大购买力的市民群体，而以电车为骨干的近代城市交通体系又为这个中心的形成提供了客观条件。

天津劝业场不仅是全市的商业中心，而且是全市的大众文化娱乐中心和餐饮业中心。这里存在着一个由中国大戏院、春和大戏院、北洋大戏院和天华影剧院组成的庞大的京剧表演阵地；这里有光明、明星（现和平影院）、华安、天宫等电影院；这里有以表演曲艺为主的大观园和小梨园；这里还有专门演出评剧的权乐戏院。而这些演出场地各自相距不过百米，演出场所如此大密度地集中，这在全国也是少见的。而以登瀛楼、蓬莱春、丰泽园为代表的大小饭庄、菜馆更多达60多家。进入20世纪30年代，劝业场地区的发展进入了全盛时期，从早到晚，商店里、街道上到处人流如潮、熙熙攘攘。每到周末或节假日，剧院、影院中更是人满为患。新开辟的劝业屋顶上游乐的人群会多达3000人。这里是真正大众的消费和娱乐中心。

　　劝业场和小白楼很不相同。小白楼地区的游人是华洋参半，真正到平安、峡蝶、光陆这些头轮影院看原文电影，去起士林、维格多利吃西餐的中国人毕竟是少数，而大多数洋人都在小白楼和现解放南路一带活动。劝业场地区洋人很少，几乎所有的商店、剧院、餐厅、饭店全是华人经营的。在这里，除了可以看见几个"小老法"巡视街头，体现着法租界当局在实施着行政管理，整个社会生活则完全是华人的天下。一般的天津老百姓对现解放路上的外国银行大楼望而却步，对小白楼洋气十足有相当的隔阂，五大道富人区的别墅对于他们也很遥远，一些人一辈子也没有去过，而劝业场是他们感到十分亲切的地方。

　　不过，1928年前后的劝业场地区与80年以后的情况大不相同。现在的劝业场商业区已经纵横伸延了好几个街区。向西，已经与南京路商业街连成一体。那时，商业闹市区主要在电车道沿线（现和平路与滨江道），现山东路以西，则是教堂、学校和住户。与滨江道并行的现哈尔滨道、长春道两侧的商店也不多。与滨江道相隔一条路的赤峰道则是一条车辆、行人都很少的绿化很好的道路，两旁是很安静的高级住宅区。

法国花园中的凉亭

第八章　多国色彩的历史文化街区的形成

与劝业场相距不过200多米的是颇具有法国建筑特色的法国花园。法国花园1917年始建,1922年竣工,是一个直径135米的圆形公园,周边道路向五个方向呈放射状,是一个典型的法国规划式园林。其中心是法式八角石亭,四周以草坪环绕,草坪边沿种植有伞状树木及高大的白杨树。从圆心到围墙之间还有若干条呈同心圆的小路,最早的围墙是铁艺透空栏杆,使园内外的景色相映成趣。1922年公园落成后,著名的法国陆军元帅霞飞到天津时,在这里埋下了"得胜石牌",[1]由此这里曾被称为"霞飞广场"。为纪念第一次世界大战的胜利,从法国运来"和平女神"青铜像。该像右手持剑,剑尖向下,左手握剑鞘,意在刀枪入库,和平降临。这座铜像后来被日本人拆掉,而铁艺栏杆被运走军用,公园的风貌受到破坏。法国花园在建国后改称中心公园。本世纪初改建为"中心文化广场",原有花园风貌已无存。

法国花园中竖立的"和平女神"铜像

　　围绕着法国花园的是圆形的花园路,由于可凭园林景色和环境幽静,这里集中了不少高级住宅,在天津近代优秀建筑中占有重要地位。

　　花园路12号(原和平区政府,现做他用)是英商仁记洋行买办李吉甫的住宅,建于1918年,二层带地下室,建筑面积近5000平方米,是一座采用古典主义手法建造装饰的大型住宅。正门入口为三个带方钢透孔花饰的拱门廊,入内则是方形回廊,天井中央原有喷水池和花坛。整个建筑最突出的是中央部位的十字交叉拱形大厅。大厅地面为带美术图案的水磨石,四角分别立有爱奥尼克柱子,装饰极为豪华。

　　花园路10号是庄乐峰故居。该楼建于1926年,为三层,建筑面积3735平方

---

[1] 《大公报》,1922年3月4日。

位于花园路12号的李吉甫宅,建于1918年

米。建筑外墙间有古典壁柱装饰,楼顶中央是突出的法国曼塞尔式风格。正门大厅有两层楼的高度,楼上四周有回廊,可俯视厅内,大厅为家庭欢聚、演戏之用。若干年后,天津市教育局占用此房,大厅居然可改为小礼堂,容二三百人,可见其建筑规模。设有带回廊的大厅,一时几乎成为天津新建西式豪宅的通例。庄乐峰早年曾在开平矿务局任职,后任中兴煤矿董事,又出任英租界华人董事多年。他热衷于华人教育,发起和兴建著名的天津公学,即现在的耀华中学。

花园路9号是著名实业家章瑞庭故居。建于1922年,建筑面积2324平方米。该楼三面有外廊,后院有假山、花池。这座建筑最突出的是半圆形的大花厅和曼塞尔式的屋顶。大花厅在楼房正面,可由两侧进入。大厅70平方米,上设透明玻璃顶,厅内有喷水池,巨大的玻璃窗由各色玻璃拼成风景图画,黑白大理石相间铺地。顶层则是带有曲线的仿曼塞尔式,依稀可以看出中世纪法国碉堡塔楼的痕迹。章瑞庭早年开办军装厂,后来成为恒源纺织公司的大股东。他热心于教育事业,曾投资于南开学校教育基金会。南开中学将礼堂命名为"瑞庭礼堂"至今以为纪念。

花园路5号是抗日英雄吉鸿昌将军故居。这是一座由比利时人设计的英式小楼,建于1917年,建筑面积1408平方米。这座建筑在花园路并不豪华也无太多特色,它引起人们的注意是因为1930至1934年,抗日英雄吉鸿昌将军住在这里,并且在此设立了秘密印刷厂,从事抗日同盟军的筹款等各项工作。1934年11月吉鸿昌将军被捕,转送北京,英勇就义。

花园路9号章瑞庭住宅正门内的大台阶和花厅

### 五、天津"五大道"历史文化街区的形成

"五大道"是天津人对于一个包括马场道、睦南道、大理道、重庆道和成都道这五条道路组成的一个街区的简称。这个街区面积有 1.28 平方千米,纵横共 22 条道路。现有各类建筑约 2000 幢左右,其中有大批英、意、法、西班牙等各式风格的建筑,目前被列为风貌建筑加以保护的有将近 400 幢左右。这是一处前期进行了完整的规划和精心设计而建成的我国北方最大的花园城区。由于华人的大量投资建设和中外建筑师的共同努力,使得"五大道"形成了至今在中国城市中还堪称典范的现代居住区。由于"五大道"入住了民初以来大批军政、实业界和知识界的代表人物,因此,这一幢幢别墅住宅又无不保留着历史的痕迹和记忆,整个"五大道"都饱含着深厚的历史文化底蕴,这里不仅是建筑风貌区,也是一个难得的历史文化街区。

"五大道"的建设,集中在 20 世纪 20～30 年代。

现在的"五大道"街区,是 1903 年英国租界第二次扩展的结果,这个扩展的区域包括自墙子河(现南京路)以西直到马场道、海光寺道(今西康路)之间的大片地区,由于处在墙子河以外,所以被称为"墙外推广界"。"五大道"正是这个"墙外推广界"的主要组成部分。这里原来是起伏不平的低洼地,到处是大大小小的水坑,直到 1914 年,现新华路以东还有几处水坑,水最深处竟达 6 米多。整个地区只有少数的菜农居住和零星的坟地。在 20 世纪初期的十几年里,英租界当局还拿不出具体的开发建设方案。1916 年英租界纳税人会议通过提案,要求对"推广界"做出规划。一个专门研究"推广界"的委员会还建议,在规划"推广界"时应划出一片地区,规划为高级住宅区,只准许建造每所价值不低于 3000 两的住宅。这是最早提出规划"五大道"的理念。① 提出建设高级住宅区显然受到当时正在欧美流行的花园城市设计理念的影响,另外民国初期,特别是北洋各派军阀混战中大批富裕居民迁入租界。下野的贵胄官宦更是携重金到这里来寻求安全享乐,这也为建造高级住宅的投资提供了可能。

对于"五大道"及附近地区提出规划和设计方案的是英国建筑师安德森(McClure Anderson),他时任英租界工部局代理工程师,受董事会的委托,1918 年 1 月,他向纳税人会议提交了"推广界"的规划和开发方案。这份报告最核心的内容是如何创造一个有利于健康的居住环境,满足人们对空气、阳光和娱乐的需要。在距今 90 年前,在人们提出"生态环境"的理念半个多世纪之前,提出营造一个健康的居住环境,这无疑是非常领先的思路。在"健康环境"这一主导思想之下,报告提出若干具体要求和措施,如:街道走向要避免绝对的南北向或东西向,以使尽量多的住房空气流通,都能有一定的阳光射入;要建设有效的排水系统;要制定明确的建筑章程,对建筑类型、建筑材料,乃至屋顶、房檐等都要有明确的规定。此外,在安德森的报告中,还提出了今后这一区域的道路规划设计,包括如何形成林荫道,如何在今河北路与成都道交口处形成交通枢纽等具体设想。

在这一带的规划中,为了保证达到现代化城区的标准,要求实行强制性的卫生设施要求。从一开始就不仅要建立地下排水系统,而且要建立大口径管道的排污系统,要求每户必须设化粪池与之接通,这就彻底结束了早厕、粪车的时代,使这里具备了全市最为领先的卫生下水道系统,"使墙外租界地成为华北最适宜的住宅之一"。②

安德森的这一报告在纳税人会议上通过。他所提出的设计理念和规划,在今后"五大道"街区的建设中起到非常重要的指导作用。

1919 年,英租界当局为了落实这个规划,制定了《推广界分界条例》,决定在这里实行分区制,对于未来的房屋建设做了具体规定。一等区的范围包括今马场道以北、成都道以南、桂林路以东、南京路以西的地区以及马场道、睦南道的全部。二等区包括桂林路以西至西康路,睦南道以北至成都道以及成都道全线、西安道和潼关道一带。三等区主要指"推广界"的西北部,即成都道以北至营口道,西安道以西至西康路以及墙子河边。其中,一等区的全部和二等区的大部分,就是后来的"五大道"。《条例》规定,一、二等区的建筑必须是欧洲式的,尤其是一等区只能建住宅,不准建商店。只有在二等区的指定街区可建商店,后者就是黄家花园一带。一等区的住宅,主要是独居建筑,并且一所住宅占地不得少于 0.4 亩,房屋占地的土地面积不得超过整个地块的 60%,其余 40% 为绿化空地。而与相邻建筑之间空地的宽度至少要等于房屋主要墙壁的高度。《条例》要求住宅最大的房间,不得小于 2500 立方英尺。这里以"立方"而不用平方,就是为了限定房间的高度不能过矮。此外,《条例》对住宅空间与人口也做了规定。在一等区,

① 刘海岩:《"五大道"早期开发建设扫描》,《天津文史资料选辑》第一百零七辑,第 264 页。
② 《天津的成长》,《天津历史资料》第 10 期,第 62 页。

也有一些集合式住宅,但是其式样、外观都必须是一流的。以上对于空间、采光、通风的规定都在贯彻着一个"健康居住"的理念。

此外,当局还对建筑的价值、外观等也做出了规定,如一户的住宅造价不得低于3000两,建筑的外观必须达到一定的美观标准,不得导致毗邻的房产贬值,不得有损邻里的既得利益或妨碍邻居的舒适和安逸,不能有碍周围地区今后的发展和改善。这些规定使得"五大道"地区只能建造造价很高又设计美观的花园别墅式住宅或高级公寓式住宅。

不过,提出规划和方案,还只是建设这个街区的第一步。直到这时(民国初年),这里还是低洼荒地。要把它改造成可以建房居住的城区,还是一个浩大的工程。垫平低洼地的工程设想是:用开掘、疏通海河河底的淤泥,以大马力的吸筒挖机通过大管道吹往需要填平垫高的地方。这个工程被称为"吹泥填地"。这大体上分几个阶段:筑堤、抽水、注泥、勘测、修筑道路。即先在某个确定施工的区域四周筑起高于需要地面的土墙,中间围成类似水池样地方,将积水抽净,然后向里注入淤泥。淤泥堆积后,水分经年渗透、蒸发而渐成硬土。与此同时,另一批水池已做好,工程从墙子河(今南京路)一步一步地向西、南两个方向延伸。这项工程实际上是在1916年就开始了。海河工程局引进了戽斗式挖船,后来又使用了先进的大功率吸式挖泥船。据1925年估算,填入的泥土量每年达40万方,而且一直要延续5年。大体上,1919年,河北路以东已填平;1927年,河北路至桂林路一带填平;1929年,桂林路至昆明路填平;昆明路以西至西康路之间的工程延续到20世纪30年代初期。英国记者雷穆森描述道:"当这个高大宽阔的新土堤坝逐渐持续地越过平原向前推进的时候,几乎是在新土还来不及干燥的时候,跟着就出现了道路,公用事业","土面像波浪一样,距低洼的地面约10~20英尺高,大约一英里宽"。[①] 这些新修成的道路,立即装上电灯和上下水管道。

对于已经干燥的平地,当局根据规划,划成不同的地块,标出号码,在报纸上公布这些地块的位置、方向和标号,公开招标。在1925~1930年前后的天津报刊上,会不断看到招标广告。

值得指出的是,"五大道"建设的高潮年代1925~1930年前后,正是天津城市经济快速发展的全盛时期。这时的天津正在形成为我国北方经济中心,工业、商业、外贸、金融各业都处于北方领先地位。这里不仅集中了一大批北洋寓公,而且吸引了不少外地特别是江浙一带的投资者以及海外归来的银行家、实业家和高级知识分子,他们有实力也有愿望向这个高级住宅区投资建设。应该说,"五大道"的兴建,正是天津经济和社会实力的表现。

天津城市的迅速发展和不少住户新区的兴建,也吸引了来自国内外各方面的建筑师和营造商。按照原有的规划,参与建筑设计的建筑师组成了委员会,以协调和指导建筑设计和施工建设。这时,在天津的著名外国设计师几乎都参与了"五大道"的建筑设计。这些建筑师有:曾在1919年设计开滦矿务局办公楼的同和工程司英国建筑师阿金生和道拉斯;飞利工程司的瑞士建筑师卢曾和英国

---

① 《天津的成长》,《天津历史资料》第10期,第60页。

建筑师 E.C. 扬；景明工程司的英国建筑师赫明和伯克里；永固工程司的英国建筑师库克和安德森，而后者正是最早提出"推广界"规划报告者。此外，法国建筑师慕乐在 1924 年设计了工商学院（现天津外国语学院主楼）。意大利建筑师保罗·鲍乃弟在 20 世纪 20 年代末来津，他在"五大道"设计了"安乐村"和"疙瘩楼"；奥地利建筑师盖苓在天津开办了"盖苓美术建筑事务所"，"五大道"地区的现代公寓式住宅楼香港大楼、民园大楼和剑桥大楼都出自盖苓之手。参与住宅设计的华人建筑师超过了 10 人，其中有毕业于美国麻省工业学院的关颂声和毕业于香港大学土木建筑系的阎子亨。正是各国建筑师的共同努力而且又发挥了各自的专长和风格，使得"五大道"的建筑呈现了英、意、法、西班牙以及现代等不同风格的小洋楼。

奥地利建筑设计师盖苓

从建筑类型和风格上看，这里的小洋楼可以分为以下几个类型。

绿荫　小巷　洋房　车库——睦南道小景

第一类是别墅式住宅，即花园洋房，这是"五大道"数量最多、最具有代表性的建筑。这类住宅一般占地在 0.5 亩左右，建筑单体多采用二层砖木结构，讲究庭院绿化和小品处理。这些建筑有的是以尖坡顶、主体构架为木料并且裸露于外为特征的英式风格，如睦南道 3 号许氏故居、141 号高树勋故居等；有的是拱形门窗，而且非常重视百叶窗的设计，细部装饰上带有意大利风格，如睦南道 26 号颜惠庆故居；有的是拉毛白粉墙、红筒瓦屋顶，配有铁艺装饰或铁艺风向标，带有明显的西班牙风格,如大理道66号寿州孙宅和马场道121号达文士宅。

西班牙风格的民宅建筑(马场道121号达文士宅)

在靠西部,由于建成较晚,又出现了较多的现代风格的住宅,如昆明路112号的吴颂平宅(建于1935年)。

现昆明路吴颂平故居的庭院

意大利工程师鲍乃弟设计的颜惠庆故居

不过,"五大道"别墅建筑的风格并不规范和典型,许多建筑只能说是"带有""体现"了某些风格,原因在于这里的住宅户主绝大多数都是华人。在建筑师设计之初以及在施工过程中,房主人都会提出不同的要求,许多地方都会向中国人的审美观念和舒适要求靠拢,不一定非要达到某国建筑风格的规范。如孙宅虽然是西班牙风格,但是它的部分窗户已经现代化,烟囱也不全是西班牙式的;睦南道114号林子香的洋房体现了不少现代风格,花园是西式的,绿荫深处假山上却是一座中式八角亭;①大理道与桂林路拐角处陈光远宅,则是在一座西式楼房顶上建了一座中式凉亭,成为"五大道"上远近夺目的一景。

这些新宅建筑,更有一些中西合璧的作品,尤以重庆道55号庆王府最为突出。这座建筑原为清代大太监张祥斋在1922年设计和建造,1925年售予庆亲王载振。这是一座中西合璧的建筑。它完全摆脱了大屋顶,基本上采用新的建筑构图。大楼外观上是中式青砖砌筑,四周都是类似爱奥尼克柱式的空柱廊,但楼顶的女儿墙和回廊采用黄、绿、紫三种色彩的琉璃栏杆,颇有中式宫廷色彩。大楼房间均在四周,中间是350平方米的大厅(设有演出舞台),又似中式庭院。室内既有石膏雕饰又有精美的木雕。楼东花园中有假山、石桥、中式六角亭和西式喷水池。

第二类是公寓式住宅。在"五大道"建筑兴起之时,近代建筑材料和技术也在发展,与之相适应的现代公寓式住宅出现了。1937年由奥地利建筑师盖苓设计的香港大楼就是这类建筑的代表。该楼建筑面积4298平方米,五层,由不同

---

① 这个八角亭在近期已被改建为西式亭。

数间的单元房组成,各单元的起居室、卧室、厨房、浴室等设备齐全,地下层有车库,外墙设计简洁,有大玻璃窗和封闭暖廊。这种高级公寓还有常德道上的茂根大楼、重庆道上的剑桥大楼和民园大楼。

第三类是里弄式住宅。这是在中国传统建筑的基础上吸收了西方近代联排式住宅的布局而形成的,兼有别墅式与中国里弄的优点。里弄较宽,汽车可以出入,而里弄内离开街道,又十分幽静、舒适。在这些里弄式住宅中,以安乐村最有代表性。这是1933年由意大利建筑师鲍乃弟设计的,总建筑面积达10525平方米。其底层较矮,仅2.2米,为辅助房间,一层起居室则高达3.4米,二层有进深达1.6米的大阳台。入口处是拱券门洞,二层用绞绳式柱子和连拱组成休息平台,其栏杆是古典宝瓶式,带有浓郁的意大利风格。这种里弄式住宅还有桂林路桂林里、重庆道大兴邨和成都道永定里等。

除了建筑之外,五大道的空间环境也很值得研究。

从五大道内部环境看,这里是由不同系列的建筑群体组成,建筑的层数一般都是二层,少数三层,平均建筑面积高度在12米以下,许多建筑都在绿树丛中半露半隐。而沿街院墙则较高,使得庭院里成为一个私密的空间,较好的别墅大多是房屋建筑离院墙尚有10米以上的距离,室内尽可一览院中小景。街上景观,以道路—庭院—建筑物为一立面,是典型的英式城市布局。道路宽度在10米左右,为人们观赏临街建筑提供了最佳视角。由于在规划之初,这一地区,特别是一类区不能开设商店和其他娱乐场所,直到20世纪80年代,我们还能看到这里没有一家商店,而医院、学校则都设在马场道和成都道以外的沿线,这就保证了这一高级住宅区内部环境的幽静。

从"五大道"的外部环境看,其东北方向隔河(墙子河,现南京路)与小白楼商业区相望;其西北方向与黄家花园商务区相邻。这两个繁华的商务区与"五大道"中心区的距离都不超过千米,这是"五大道"居住者购物的主要去向。"五大道"的东南侧是马场道,这是一条一侧(外侧)相对封闭的道路。现香港路、睦南道、新华路、河北路、桂林路、云南路、昆明路等垂直交叉的道路,一般通到马场道之后,已经到了尽头,大多是呈"丁"字路口,只有几条通往谦德庄和墓地一带的小路。这种格局,直到本世纪初期打通广东路、永安道、友谊路之前还清晰可见。而"五大道"的西南侧,即现西康路以西则是大埝、水塘和农田,已无路可走。这就是说,在原先两侧封闭的状态下,"五大道"内很少有穿行的车辆和行人,如果不是这里的居民或来访者,那就没有必要进入这个地区,要越过这一街区的车辆(如,前往马场)都在马场道、成都道绕行。这就使得这一街区的道路十分寂静,在大部分时间里,一眼望去,数百米之内只有稀疏几个行人和偶然过往的车辆。

实际上,在20世纪20~30年代"五大道"建成初期,是一个最邻近郊外的别墅建筑群。越过现佟楼桥,已是一派农村景色,这里也是人们郊游的起点。在佟楼桥下,乘游船沿河前往青龙潭(现水上公园),身着猎装的年轻人,则由此去更远的李七庄或侯家台。

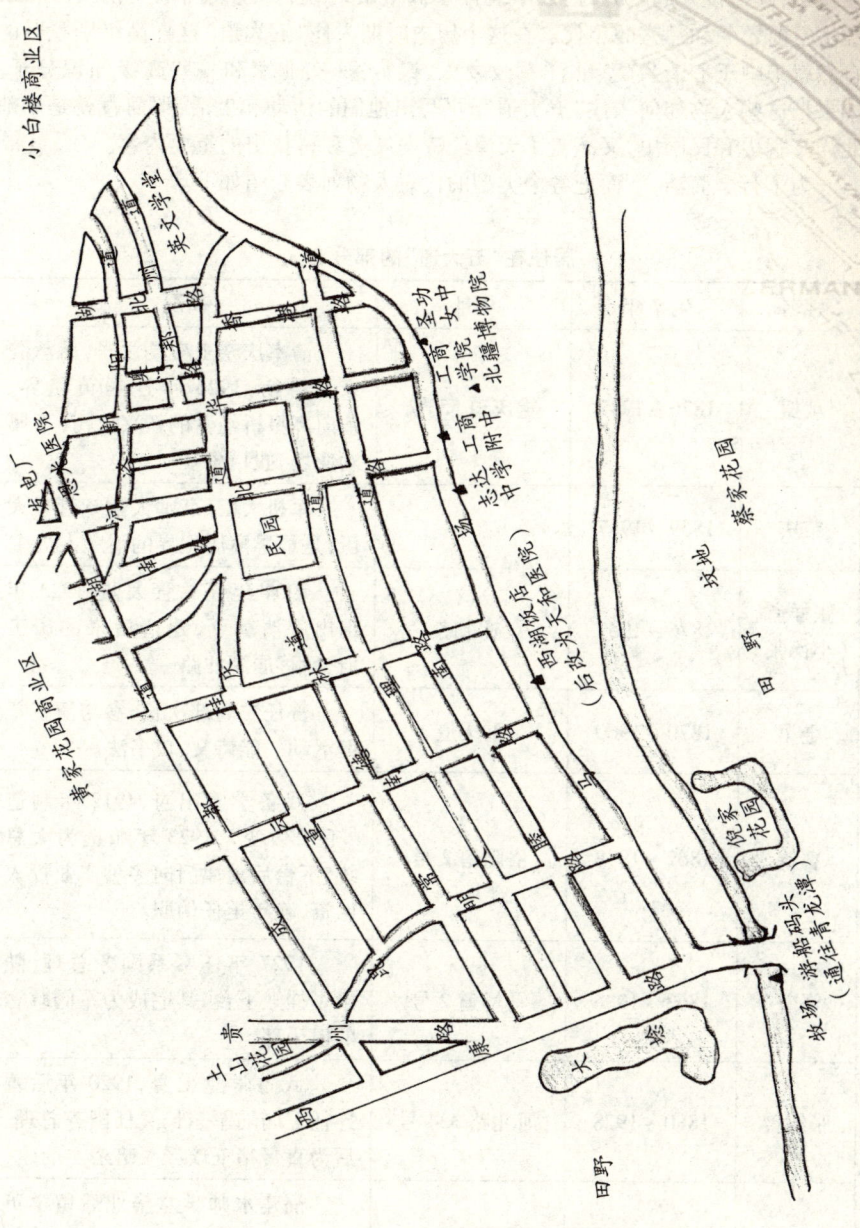

20世纪30～40年代(现)五大道地区及周边环境示意图

第八章 多国色彩的历史文化街区的形成

值得指出的是,"五大道"不仅是一处建筑风貌区,它还包含着丰富的历史文化内容。这主要是由于特殊的居民构成所决定的。"五大道"开辟之初,正值民国初年;其建设兴起之时,正处于北洋军阀混战时期;其建设高潮又是天津城市经济空前繁荣和鼎盛的年代。在这个历史时期入住"五大道"这样高级别墅区的自然就集中于逊清贵胄、北洋军政要人、银行家、实业家和一些高级知识分子。如果把这些人物如何入住"五大道",再写出他们的活动和生活,那简直就是半部北洋军阀史和民国史,又涵盖了天津经济发展史和科技史的重要内容。

为了行文简洁,下面把各个类型的代表人物列表介绍如下。

居住在"五大道"的部分名人

| 姓名 | 生卒年 | 住址 | 简况 |
| --- | --- | --- | --- |
| 载振 | 1876~1947 | 重庆道55号 | 清室庆亲王奕劻之子,后承袭亲王爵衔,1926年迁居英租界。曾向高星桥经营的新兴公司(下属劝业场)投巨资。 |
| 荣庆 | 1859~1917 | | 军机大臣、京师大学堂管学大臣,是最早寓居租界的清室人员。 |
| 张祥斋(小德张) | 1876~1957 | 湖北路 | 1904年任总管太监,1923年退出逊清朝廷,建造后来的庆王府,后移居湖北路。 |
| 金梁 | 1870~1960 | 重庆道 | 曾任农商部次长,参与清室复辟活动。能诗文、攻书法。 |
| 曹锟 | 1862~1938 | 洛阳道2号 | 武备学堂出身,1912年制造"壬子兵变",1923年贿选为大总统,下台后寓津门向多种产业投入巨资,晚年拒任伪职。 |
| 潘复 | 1863~1936 | 马场道2号 | 1927年任奉系国务总理,随奉军挫败下台,其宅成为军阀政客的俱乐部。 |
| 张绍曾 | 1880~1928 | 河北路334号 | 武备学堂出身,1920年后曾连任三届陆军总长又任国务总理,后为直督褚玉璞派人暗杀。 |
| 刘冠雄 | 1853~1927 | 马场道123号 | 福建水师学堂毕业后留学英国,1912~1916年任海军总长,1917年去官,后居津。 |

（续表）

| | | | |
|---|---|---|---|
| 张作相 | 1881~1949 | 重庆道4号 | 奉系元老，曾辅佐张作霖、张学良两代，后任吉林省长，1933年来津拒任伪职。 |
| 孟恩远 | 1858~1929 | 重庆道23号 | 小站练兵出身，1916年任吉林督军，后在北京政府将军府任惠威上将军，去职后在津投资面粉、棉纱等实业。 |
| 蔡成勋 | 1871~1946 | 大理道3号、5号 | 武备学堂出身，1920年任陆军总长，1923年任江西督军，1924年下台寓津。 |
| 陈光远 | 1873~1939 | 大理道48号 | 武备学堂出身，任江西督军，1924年下台寓津，向多项产业有巨额投资。 |
| 王占元 | 1861~1933 | 大理道60~62号 | 武备学堂出身，曾任湖北督军，后任两湖巡阅使。1924年直系失败后寓津，向多项产业投资。 |
| 龚心湛 | 1871~1943 | 重庆道64号 | 金陵同文馆毕业，1919年任财政总长兼代国务总理，后任内务总长、交通总长。1926年退出政界，在天津经营实业，曾任启新洋灰公司总经理。 |
| 徐世章 | 1886~1954 | 睦南道26~28号 | 北京同文馆毕业，比利时留学，1920年任交通部次长、交通银行副总裁，1922年随其兄徐世昌下台而去职，从事实业。热心教育，着力收藏古玉、名砚，建国后全部献给国家。 |
| 袁克文 | 1890~1931 | 成都道93号 | 袁世凯次子，久居天津，才华横溢，善书法、填词，又为京昆名票。 |

(续表)

| 姓名 | 生卒年 | 地址 | 简介 |
|---|---|---|---|
| 张自忠 | 1891~1940 | 成都道60号 | 冯玉祥部下，后为二十九军第三十八师师长。1936年任天津市长，平津失陷后败走南京。1938年任第三十三集团军总司令兼第五战区右翼兵团长。1940年亲临第一线，战死于湖北宜城，为抗日战争中牺牲的最高军衔的军官。 |
| 鹿钟麟 | 1884~1966 | 大理道18号 | 1924年随冯玉祥发动北京政变，任国民军第一军第一师师长，曾驱逐溥仪出宫。1929年任西北军代总司令，中原大战时为冯玉祥的前敌总指挥，下野后定居天津。 |
| 张学铭 | 1908~1983 | 睦南道50号 | 张学良二弟，1931年任天津市长兼公安局长。长期居住天津，建国后为全国政协委员、市政工程局副局长。 |
| 高树勋 | 1898~1972 | 睦南道141号 | 年少从军，为冯玉祥部下，后任民众抗日同盟军骑兵司令。抗日战争中，锄掉汉奸石友三。解放战争时举行邯郸起义。建国后任国防委员会委员、河北省副省长。 |
| 顾维钧 | 1888~1985 | 河北路267号 | 著名职业外交家，1919年在巴黎和会为维护中国主权做出杰出贡献，长期担任外交总长、外交部长和驻多国使节。晚年留有《顾维钧回忆录》。 |
| 颜惠庆 | 1877~1950 | 睦南道26号 | 著名职业外交家，1919年巴黎和会中国代表团顾问，1922、1924、1926年三次出任国务总理。后定居天津，任大陆银行董事长，为英租界华人的代表人物。20世纪30年代又出任驻美、驻苏大使。 |

关于居住在租界的天津银行和新型企业家，本书在第四章已有介绍，这其中的代表人物大部分都住在"五大道"。在本书介绍的近代企业家中，除范旭东住

在日租界外,几乎全住在"五大道",如:李烛尘住马场道102号;孙多钰住大理道66号;周叔弢住云南路,后迁睦南道129号;朱继圣住成都道永定里;宋斐卿住睦南道184号;李勉之住睦南道74号。

1941年太平洋战争爆发后,日本人立即关闭了北平协和医院。协和医院一大批专家、教授处于失业状态。而天津高层次的医疗需求和"五大道"的优良条件也使这些专家移居天津成为可能。这些专家绝大部分在1942年前后入住五大道。

入住"五大道"的部分医学专家

| 姓名 | 生卒年 | 住址 | 简况 |
| --- | --- | --- | --- |
| 朱宪彝 | 1903～1984 | 原成都道124号 | 著名内分泌学专家、医学教育家、天津医科大学创始人。 |
| 杨济时 |  | 原重庆道186号 | 著名内科专家。 |
| 金显宅 | 1904～1990 | 睦南道69号 | 著名肿瘤学专家,被誉为"中国肿瘤医学之父",天津肿瘤医院创始人。 |
| 赵以成 | 1908～1974 | 常德道69号 | 我国脑系外科的开创者。 |
| 方先之 | 1906～1963 | 睦南道109号 | 著名骨科专家、天津(骨科)医院创始人。 |
| 范权 | 1907～1989 | 原桂林路41号 | 著名儿科专家,天津儿童医院创始人。 |
| 施锡恩 | 1904～1990 | 原成都道74号 | 著名泌尿外科专家。 |
| 柯应夔 | 1904～1979 | 睦南道139号 | 著名妇产科专家。 |

资料来源:《天津卫生史料》。

著名医学教育家、内分泌专家朱宪彝

著名骨科专家方先之

中国肿瘤医学之父金显宅

中国神经外科创始人赵以成

这些专家刚到天津的时候都是自己开业。英租界对开业医生本来的限制甚严,非英国医学院校毕业的,无论哪国留学都不准开业。特别是"五大道"中心区(现新华路以西,成都道以南,桂林路以东,睦南道以北),任何国籍的医生都不准开业,后来这种限制逐渐放宽,这就使得"五大道"街区出现了两所高水平的综合医院,即天和医院和恩光医院。① 1942年春,由胸外科专家张纪正联合方先之、柯应夔和邓家栋发起成立天和医院,得到雍剑秋的支持,租到前西湖饭店大楼作为院址,有病床100张(这在当时全市已属领先水平)。它的胸外科、骨科、内科、妇产科主任都是国内顶级的权威。恩光医院在"五大道"的北侧成都道原25号、41号,设病床40张。它是留美内科专家曾昭德、金显宅和耳鼻喉科专家林必锦组成创办的。医院规模不大,但各科都是国内一流的。②

"五大道"有各国风格的建筑,不仅居住着不同背景的名人,而且还有一个庞大的公共建筑群——工商学院、北疆

天津工商学院外景(现天津外国语学院校址)

---

① 这一街区原来有一所留英女医师丁懋英开办的女子医院(在成都道,1935年开设)。本文所叙的天和医院建国后发展为市第一中心医院。

② 《天和医院建院概况》,《天津卫生史料》1986年第4期;《天津市医院史料纪要》,《天津文史丛刊》第4期。

博物院和民园体育场。

工商学院由天主教耶稣会兴办，1923年9月开始上课。由法国建筑师慕乐设计的主楼落成于1926年，其曼塞尔式楼顶和法国古典主义后期式样的楼体至今也是马场道上最夺目的建筑。该校建校初期受法国教会势力的影响较大。在后来的发展中，偏重于实用的基础知识和应用科学，专业设置较贴近现实的经济生活，在国际贸易、商业、会计、财政、银行、保险方面培养了不少人才。天津英租界的富家子弟在此读书的为数不少。该校1948年改称津沽大学，1952年全国院系调整时并入天津大学，其校址改做其他学校，现为天津外国语学院。

"五大道"住户子女的入学率在全市是最高的，他们读中学的去向有三：一是跨过墙子河，就读英租界纳税人子弟学校——耀华学校；二是就近读工商学院附中。工商学院1923年开始报预科。1930年正式设附属高中。工商附中的校舍、操场与大学校园连为一体，有着良好的学习氛围，是耀华以外设施最好的学校；三是女生就读于马场道上的圣功女中。工商附中后来几经更名、迁校，现为天津实验中学，圣功女中现为新华中学，都是天津名列前茅的名校。

北疆博物院（现在外国语学院内）

在工商大学院内，还有另一处著名的文化机构——北疆博物院。这里收藏了法国神父桑志华博士历时8年在探索黄河、白河两大流域时搜集到的各项动植物标本、矿石标本和古生物化石，共计7万多件。该院1928年正式对外开放。这是天津文化史上的重要一页，也为"五大道"地区提升了文化品位。

民园体育场位于"五大道"街区的中心位置，在早年"五大道"的规划中就已留出空地，后来又修建了看台、田径场和足球场。租界里多次举办的校际运动会、万国足球赛和万国运动会都在这里进行。除非有重大赛事，民园体育场终年开放。体育活动逐步成为人们生活中的一项重要内容。

# 第九章 天津租界的收回

天津租界的收回与全国各城市租界的收回同步,这大体上分为三个阶段,一是第一次世界大战后期德、奥租界的收回和俄国十月革命后对旧俄租界的收回;二是1927年以后,经过谈判收回的比利时租界;三是第二次世界大战后,中国作为战胜国,直接收回意、日租界和英法租界。

## 一、第一次世界大战后德、奥、俄租界的收回

第一次世界大战是各帝国主义国家为重新瓜分世界而进行的一场战争。大战中德、奥的战败和俄国十月革命的胜利,为德、奥、俄租界的收回提供了条件。

1917年,德奥同盟国的败势已经十分明显。北洋政府于3月14日宣布与德国断交并且接收在华的德国租界(汉口、天津两处),随后公布了天津处置德租界的办法。① 3月16日,天津警察厅长杨以德率警察300人进入德租界,接管了德租界的行政管理权和税收权,然后赴德国兵营,宣布解除德军武装,并点验和封存了兵营的军械库。中国军警撤下了德国国旗,升起了中华民国五色旗。这时,德租界社会"照常交易,安谧如常"。② 随后,德国各洋行和侨民的武装也被一一解除。德商礼和、瑞记、泰来洋行交出枪支140余支;瑞丰银行交出大炮3门;德国侨民则交出枪支500多支,子弹40000多发。德国的武装被彻底解除。③

这时,大势已去的奥匈帝国驻津领事早已成热锅蚂蚁。奥租界8月初就宣布戒严,巡捕一律荷枪。8月7日、11日,奥领事两次拜会天津地方官,要求保护侨民。8月14日,北洋政府向德奥两国宣战,并且宣布废除与德、奥之间订立的"条约、合同、协议",并收回奥租界。8月14日,杨以德乘汽车至奥领事署,下午4:30,200名荷枪警兵赴奥工部局前降下奥旗,升五色旗,并在门首悬白牌"天津特别第二区管理局",至此,天津奥租界已经为中国政府完全接管。

---

① 《大公报》,1917年3月16日。
② 《大公报》,1917年3月18日。
③ 《大公报》,1917年5月1日、5月16日、5月18日报道。

第一次世界大战结束后,1919年春天召开的巴黎和会上,中国代表据理力争,在《凡尔赛和约》第130条中规定了"德国将在天津及汉口之德国租界或在其他中国领土所有属于德国政府之房屋、码头、浮桥、营所、炮台、军械及军需品……等,让与中国"。第132条规定,取消有关在中国租界的契约,中国在原德租界"完全恢复行使主权"。不过,由于《和约》规定了将德国在山东的一切权利由日本继承,中国代表团拒绝了这个和约,使得中国收回德租界的行动仍无国际条约的依据。

到1919年10月,中奥签订了《圣日耳曼和约》,其中第115条和第116条规定了取消该国与中国政府间订立的关于天津奥匈租界的契约。1921年,中德签订了新的通商条约。在该条约的换文中声明,德国政府承担《凡尔赛和约》中有关在华租界的条款所发生的义务。至此,中国收回德、奥租界的法律程序已经全部完成。

天津德租界1895年划定,1917年收回,历时22年。天津奥租界1902年划定,1917年收回,历时15年。

随后,天津正式设立了特别第一区(原德租界)和特别第二区(原奥匈租界),并分别设立了区公所。

天津俄租界的收回,起决定作用的是十月革命后苏俄政府的主动放弃。

1917年11月7日,俄国爆发了十月革命,世界上出现了第一个社会主义国家。1919年7月,苏俄外交人民委员加拉罕发表对华宣言,郑重宣布:将废除沙皇政府同中国订立的不平等条约,放弃沙皇政府以侵略手段从中国夺取的所有土地。这时,列强尚未承认苏俄政权,在北京,也仍然保留着旧俄的驻华公使。因此,苏俄政府的举动并没有即时得到北京政府的回应。

一年多以后,形势有所变化。1920年9月23日,北京政府发布大总统令,宣布停止沙俄驻华公使、领事等人的待遇。俄国在华租界的一切事宜,"应由各主管各部暨各省长官,妥善处理"。9月25日,天津警察厅长杨以德和交涉员董荣良进入俄租界。是日下午,俄国工部局钟楼上升起了中国国旗,中国警察替代了俄国巡捕。看来,一切与收回德、奥租界一样,可以顺利进行了。但是实际情况并不简单。这时,英、法等国所支持的旧俄政权尚未完全覆灭。列强对北洋政府接收俄租界的举措极力反对。他们的驻华公使也出面干涉,在他们的支持下,流亡在天津的俄国侨民中的顽固分子更是蠢蠢欲动。北京政府迫于压力,只好于10月22日宣布"此次接收俄租界,系属代管,并非收回"。(北洋政府《外交公报》,第一期,命令,1920年9月24日)这样,负责租界行政、财政和警察事务的俄租界董事会仍然保留,只是由中国交涉员替代了旧俄总领事兼任董事会会长而已。不过,北洋政府已经收回的俄租界的部分警务管理权没有放弃。

1920年11月,苏俄政府再次对华宣言,重申以前声明的原则,并一再催促中国政府举行谈判,但是,谈判直到1923年9月才正式进行。1924年5月31日,由苏联政府全权代表加拉罕与中国政府代表顾维钧签订了《建立邦交之换文》《解决悬案大纲协定》等,其中《协定》第10条规定:"苏联政府允许抛弃前俄政府在中国境内根据各种条约、协定、章程所得之一切租界、租界地、贸易及兵营等之特权及特许。"该《协定》生效后,天津地方政府于同年8月6日正式接管了俄租界。

天津俄租界自1900年划定,到1924年收回,历时24年。

旧俄租界收回后,为特别第三区。

## 二、经过谈判收回的比利时租界

天津比租界历来十分冷落。由于它处于海河市区段的下游,远离市中心,又隔河无桥可过,再加上比利时当时国力并不强大,无力投入更多的资金,而大直沽一带在八国联军抢掠烧毁之后,根本无力恢复。因此,比租界是天津各租界中最未得以开发的一个。1927年,《大公报》刊出"行将收回的天津比租界现状"一文,作者写道:这是一片荒原,远远看去,"只是几所房子,三个警岗,道路全是无名土路"。① 比租界工部局根本无力偿还为修筑马路、河岸而向银行所借到的8万余两白银。这块租界不仅不能给比利时带来什么实际利益,反而成了它的包袱。

1927年1月17日,在汉口、九江收回英租界的浪潮推动下,比国驻华公使洛恩宣布:比国愿将天津比租界交还中国,以示友好。1月19日驻津比国领事晋京商谈具体事宜。② 此时,正在北伐的国民政府表示坚决反对比利时与北京政府的任何条约,因而谈判一度搁置。1929年,国民政府外交部重提此案,比利时政府表示,愿"自动"将该界"无抵偿"地交还中国。是年6月17日,双方开始谈判,经反复蹉商,于1929年8月31日,在天津签订了《关于比国交还天津比国租界的协定》。

1931年1月15日,"交还比租界典礼"盛大举行。收回的比租界,定名为特别第四区。

天津比租界自1902年划定,1931年收回,历时29年。

到20世纪30年代,列强在天津的九国租界中,除美租界并入英租界,德、奥、俄、比四国租界已经收回。依然存在的是海河西岸的英、法、日和海河东岸的意大利租界。

## 三、世界反法西斯战争的胜利和天津日、意、英、法租界的收回

1937年7月,日本发动了全面侵华战争。7月29日,天津(华界)沦陷了。天津各个租界暂时维持着原状。

天津日本租界本来就是日本发动全面侵华战争的基地,这时日本当局更着力经营。不过,五年之后,日本对华战争陷入困境,日本政府不得不调整对华政策。在1942年12月召开的御前会议上制定了所谓对华"新政策":进一步宣传"日中亲善",强化汪伪政权,诱降重庆国民党政府。在这一"新政策"的指导下,日本在中国导演了一出"撤废治外法权,归还租界"的闹剧。1943年1月9日,日本与汪伪政府签订了《日华关于交还租界及撤废治外法权之协定》。3月30日,

---

① 《大公报》,1927年1月20日。
② 《大公报》,1927年1月20日。

日本举行了"交还"天津日租界的仪式。由日本驻津总领事和居留民团团长作为代表将日租界正式"交给"汪伪政权代表——伪建设部长陈君慧和伪天津市长王绪高。日租界"收回"后，表面上原来的租界行政机构已不存在，但居留民团团长臼井忠三依旧大权在握，日租界的整个局面没有出现任何实质性变化。

"交还"后的日租界被称为"兴亚第一区"。

日租界的实际收回是1945年8月，即日本投降之后。

天津意租界的收回过程出现了日军进驻"接收"和向汪伪政府"交回"的闹剧。1943年1月，意大利法西斯政府为了配合日本的行动，曾向汪伪政府发出了意大利关于同意交还租界和撤废治外法权的电文，但不见任何行动。这一年7月，盟军在西西里登陆，意大利反法西斯力量推翻了墨索里尼政府。新政权于9月向盟军无条件投降。意大利与日本已经失去了盟国关系，转而为敌国。日军遂立即封锁了意租界，并指派伪市政府出面强行"接收"意租界，组织区公所及警察分局，成立了"兴亚第四区"。9月10日，举行了"接收"仪式。

意大利租界的实际收回时间是1945年日本投降之后。

天津英、法租界的收回，经历了较为曲折的过程。

1927年，在汉口收回英租界的斗争高潮中，英国当局慑于形势的发展，曾表示"准备交还"天津英租界，并与北京政府开始谈判。但是由于一些争论问题的拖延，再加上中国政权的更替，谈判未能进行下去。

1937年7月，日本侵略军占领天津后，英、法租界仍相对独立。在这里，伪政府的"政令"行不通，国民党政府发行的货币照常流通，而抗日力量更利用英、法租界为掩护进行各种活动。为此，日本军队1938年12月9日起一度封锁了英租界，1939年1月一度封锁了法租界。1940年6月20日，又第二次对英、法租界进行封锁。1941年12月日本发动了太平洋战争并且立即占领了英、法租界。接管了英租界内的军用物资和交通、通讯机关以及银行和洋行，英国大批侨民被押往集中营。日方宣布英租界为"极管区"（因为进驻英租界的日军番号为极部队）。

1942年2月18日，日本为了给汪伪政权撑腰打气，宣布将其所占领下的天津和广州英租界的行政权，移交给汪伪政府。3月28日，在有伪外交部长褚民谊参加的仪式上，日军将原英租界的行政管理权正式"移交"给华北政务委员，更名为特别行政区，设区公署，由大汉奸方若任署长（1943年更名为兴亚第三区）。实际上，日军不仅仍然霸占各种物资，而且区内一切事务都要请示日本特务机关，连治安警备也"由中日两国军警协力为之"。

法租界的情况与英租界不尽相同。由于德国当时已经侵入法国，法国已经出现了亲德的傀儡政权——维希政府，日本又与德国保持着同盟的关系，因此，日军对天津法租界未实行公开的接管。但是，法租界实际上已经完全在日军的控制之下。1943年2月23日，法国维希政府迫于日本的压力，向汪伪政府送交了法国政府关于撤废治外法权和交还租界的声明书。同年5月18日，法政府又与汪伪政府签订了协定。6月5日，在天津举行了"移交"租界的仪式，法租界改称"兴亚第二区"。当然，法租界的正式收回是1945年反法西斯战争胜利之后。

在天津租界的逐步收回过程中，收回租界的法律程序也在积极进行着。在世界反法西斯战争中,中国是美、英等国的同盟国。为了更加巩固同盟国的团结,英国政府于1943年1月11日在重庆与中国政府签订了《关于取消英国在华治外法权及其有关特权条约》,其中第四条规定将天津英租界归还中国。1943年5月,国民政府根据法国维希政府2月23日的声明,宣布收回法租界。战后,1946年2月28日,中法两国在重庆签订了《关于法国放弃在华治外法权及有关特权条约》,其中第四条规定了将天津租界归还中国。

1945年8月15日,日本宣布无条件投降,中国人民和世界人民反法西斯战争最终取得胜利。中国收回租界的斗争进入了最后阶段。

1945年9月,美国海军陆战队作为盟军在塘沽登陆,随即进入市区。10月3日,由美国海军陆战队第三军团长骆基中将与国民党第十一战区前进指挥所主任施奎龄代表美、中两国政府,在美海军陆战队司令部(现承德道文化局)门前,接受了天津日军司令内田银之助的投降。日租界也随之宣告最后被收回。

天津日租界1896年划定,1945年收回,历时49年。

1945年11月,国民政府颁布了《接收租界及北平使馆界办法》。该《办法》的公布,宣布了天津的英、法、意三国租界已经正式为中国收回。

天津英租界1860年划定,1945年收回,历时85年。

天津法租界1860年划定,1945年收回,历时85年。

天津意租界1902年划定,1945年收回,历时48年。

根据国民政府的训令,天津市政府组成"天津前英、法、意租界官有资产与官有义务、债务清理委员会",负责三国租界的清理、接收事宜。1946年中国又与法国戴高乐临时政府签订了《关于法国政府放弃在华治外法权及有关特权条约》,追认了对天津法租界的收回。1947年,国民政府又与意大利政府换文,对意租界的财产清理又做了一些具体规定。租界接收工作的最后报告上报南京,待南京政府将文批回,租界接收工作才最后完成,时间已是1948年10月。

# 引用书目（1987～2007 年出版）

天津档案馆等:《天津租界档案选编》,天津人民出版社,1992 年。
天津档案馆、天津社会科学院历史研究所:《天津商会档案选编》,天津人民出版社,1992 年。
《八国联军占领实录——天津临时政府会议纪要》,天津社会科学院出版社,2004 年。
刘海岩主编:《清代以来土地契证档案选编》,天津古籍出版社,2006 年。
吴弘明编译:《津海关贸易年报(1865～1946)》,天津社会科学院出版社,2006 年。

天津市政协文史资料委员会编:
《天津近代人物录》1987 年。
《天津的洋行和买办》,天津人民出版社,1987 年。
《沦陷时期的天津》,1992 年。
《天津租界谈往》,天津人民出版社,1997 年。
《近代天津十大实业家》,天津人民出版社,1999 年。
《近代天津十大寓公》,天津人民出版社,1999 年。
《近代天津十大买办》,天津人民出版社,2002 年。

李竞能主编:《天津人口史》,南开大学出版社,1990 年。
费成康:《中国租界史》,上海社会科学院出版社,1991 年。
罗澍伟主编:《近代天津城市史》,中国社会科学出版社,1993 年。
张绍祖:《津门校史百汇》,天津人民出版社,1994 年。
周慰曾:《周叔弢传》,北京师范大学出版社,1994 年。
尚克强、刘海岩主编:《天津租界社会研究》,天津人民出版社,1996 年。
刘善龄:《西洋风——西洋发明在中国》,上海古籍出版社,1999 年。
刘海岩:《空间与社会——近代天津城市的演变》,天津社会科学院出版社,2003 年。

杨大辛:《天津的九国租界》,天津古籍出版社,2004年。
庞玉洁:《开埠通商与近代天津商人》,天津古籍出版社,2004年。
杨大辛:《津门往事杂录》,天津文史馆,2005年。
周利成、王勇则:《外国人在旧天津》,天津人民出版社,2007年。
[英]布莱恩·鲍尔著,刘国强译:《租界生活——一个英国人在天津的童年》,天津人民出版社,2007年。
宋安娜:《神圣的渡口——犹太人在天津》,天津人民出版社,2007年。

# 后 记

1995年,我和刘海岩共同完成了《天津租界社会研究》一书的写作之后,总感到意犹未尽,还有话要说。原因就在于那只是我们对于天津租界研究的一个起点。在这个课题里,还有太多的问题需要进一步研究。近年来,随着天津城市建设的长足进展,人们对租界与天津城市的关系这一话题颇感兴趣,这的确也是一个无法回避的课题。本书只能是力图对这一课题作一个初步的探讨。

在本书写作过程中,得到了天津地方史学界前辈杨大辛先生、天津社会科学院研究员罗澍伟先生、《天津日报》文艺部主任宋安娜女士、天津市历史风貌建筑保护办公室研究室主任金彭玉先生、天津历史博物馆周利成先生、我的同事庞玉洁博士的大力支持。天津社会科学院研究员刘海岩更是无私地为我提供了许多珍贵资料,书中的有些看法,也是在我们的切磋中共同形成的。罗澍伟先生更是拨冗为我赐序。我的老同学戴虎贤为我提供了珍藏多年的老照片。

对此一并致以深深的谢意!

尚克强
2008年5月于天津师范大学历史文化学院